Las respuestas

Catherine Lacey

Las respuestas

Traducción del inglés de Damià Alou

ALFAGUARA

Papel certificado por el Forest Stewardship Council®

Título original: *The Answers*
Primera edición en castellano: marzo de 2018

© 2017, Catherine Lacey
Todos los derechos reservados
© 2018, Penguin Random House Grupo Editorial, S. A. U.
Travessera de Gràcia, 47-49. 08021 Barcelona
© 2018, Damià Alou, por la traducción

© Diseño: Penguin Random House Grupo Editorial, inspirado en un diseño original de Enric Satué

Printed in Spain – Impreso en España

ISBN: 978-84-204-2702-7
Depósito legal: B-26542-2017

Compuesto en MT Color & Diseño, S. L.
Impreso en Unigraf, Móstoles (Madrid)

AL27027

Penguin
Random House
Grupo Editorial

Las respuestas

Hubo al menos una mañana en la que tuve la certeza, aunque solo fuera durante unas horas, de que todo lo que me iba a ocurrir en la vida ya me había ocurrido. Me desperté en la cama tumbada en diagonal, no tenía adónde ir, ninguna necesidad inmediata que cubrir, no esperaba compañía ni debía hacer ninguna llamada. Contemplé la bolsa de té rojo sumergida en agua caliente. La taza me calentó las manos. Creía que aquello había terminado.

Cuando subí las persianas, ella estaba en mitad de la calle, con la vista clavada en mi ventana del segundo piso como si supiera exactamente dónde me encontraba, como si hubiera estado esperando ese momento. Nuestras miradas se cruzaron: Ashley.

La taza se me escurrió entre los dedos, se hizo añicos y el té me escaldó los pies.

Procuro no tener más certezas.

Primera parte

1.

Me había quedado sin opciones. Así es como suelen ocurrir estas cosas, así, una persona acaba depositando sus últimas esperanzas en un desconocido esperando que, le haga lo que le haga ese desconocido, sea exactamente lo que ella necesitaba.

Durante mucho tiempo había sido alguien que necesitaba que los demás me hicieran cosas, y durante mucho tiempo nadie me había hecho lo que me convenía, pero ya me estoy adelantando. Ese es uno de mis problemas, me dicen, que siempre me adelanto, así que he intentado encontrar una manera de quedarme atrás, de tomarme las cosas con calma, como solía hacer Ed. Pero, por supuesto, no acabo de conseguir que la cosa funcione, no puedo ser exactamente lo que Ed era para mí.

Hay cosas que solo los demás pueden hacerte.

La Cinestesia Adaptativa del Pneuma, CAPing —lo que Ed le hace a la gente— exige que una persona *sepa* y otra persona (yo, en este caso) permanezca echada, sin-saber. De hecho, sigo sin saber qué es en realidad la Cinestesia Adaptativa del Pneuma, solo que me hizo sentir bien (o eso pareció) otra vez. Durante nuestras sesiones, las manos de Ed a veces revoloteaban por encima de mi cuerpo, mientras él salmodiaba, tarareaba o se mantenía en silencio al tiempo que supuestamente movía o reordenaba o curaba partes invisibles de mí. Me ponía piedras y cristales en la cara, las piernas, a veces apretaba o retorcía alguna parte de mi cuerpo de una manera dolorosamente agradable, y aunque yo no comprendía cómo todo eso podía eliminar las diferentes enfermedades de mi cuerpo, no podía negar que me aliviaba.

Pasé un año sufriendo enfermedades indiagnosticables en casi todas las partes de mi cuerpo, pero después de *una sola* sesión con Ed, después de noventa minutos en los que apenas me tocó, casi conseguí olvidarme de que tenía cuerpo. Era todo un lujo no verse abrumada por esa sensación de declive.

Fue Chandra quien me sugirió el CAPing. Lo llamaba *feng shui para el cuerpo energético, guerra de guerrillas contra las vibraciones negativas,* y aunque yo a veces me mostraba escéptica cuando Chandra hablaba de *vibraciones,* en esa ocasión tuve que creerla. Llevaba tanto tiempo enferma que casi había perdido la fe en que alguna vez volvería a estar bien, y me asustaba pensar qué acabaría reemplazando esa fe cuando desapareciera por completo.

Técnicamente, explicó Chandra, *el CAPing es una forma de ejercicio corporal neuro-fisio-chi, una técnica relativamente desconocida en la periferia de la vanguardia o en la periferia de la periferia, según a quién preguntes.*

El problema era, como siempre, invisible. El problema era el dinero.

Necesitaba un mínimo de treinta y cinco sesiones de CAPing, a doscientos veinticinco dólares cada una, lo que significaba que un tratamiento completo me costaría lo mismo que medio año de alquiler en ese piso de una sola habitación, mal iluminado y de forma irregular, en el que habitaba desde hacía muchos años (no porque fuera el más apropiado para mí —lo detestaba—, sino porque todo el mundo decía que era una ganga, demasiado bueno para dejarlo). Y aunque en la agencia de viajes donde trabajaba me pagaban un sueldo decente, cada mes los mínimos mensuales de las tarjetas de crédito, los pagos del préstamo estudiantil y la avalancha de facturas médicas del año anterior reducían mi cuenta bancaria a centavos o a números rojos, mientras que parecía que mis deudas siempre iban en aumento.

Una funesta mañana, muerta de hambre y sin efectivo, agoté lo que me quedaba en la despensa para desayunar (unas anchoas no demasiado caducadas mezcladas con una diminuta lata de pasta de tomate), y a menudo había hare-krishnizado para cenar: dejaba los zapatos y la dignidad en la puerta para adorar a Krishna (el dios, por lo que podía ver, del menú vegetariano calidad cafetería y los cánticos obsesivos). A la cuarta o quinta Fiesta del Amor a la que asistí, mientras el tilaka blanco me chorreaba por la frente y la pasta serpenteaba por el plato de metal como si tuviera vida propia, comprendí que el infinito amor de Krishna nunca sería suficiente para mí, por hambrienta, arruinada o confusa que estuviera. Fue unos días después de que contestar a ese anuncio que ofrecía una *experiencia generadora de ingresos,* clavado en el tablón de una tienda de comida sana, pareciera mi única alternativa real; quizá renunciar a los restos de mi vida era la mejor manera de recuperar una vida de verdad.

Llevaba un año sin tener vida, solo síntomas. Vulgares al principio —persistentes jaquecas, dolor de espalda, el estómago siempre revuelto—, pero a lo largo de los meses se fueron volviendo cada vez más extraños. La boca siempre seca y la lengua entumecida. Una erupción por todo el cuerpo. Constantemente se me dormían las piernas, ya estuviera en la oficina, en el cuarto de baño o en la parada del autobús mientras el M5 iba y venía, iba y venía. En algún momento me partí una costilla mientras dormía. Comenzaron a salirme unos extraños bultos en la piel que se iban solos, como cabezas de tortuga que asomaran y volvieran a sumergirse en un estanque. Solo podía dormir tres o cuatro horas cada noche, así que intentaba echarme una siesta durante la pausa para el almuerzo, con la frente contra el escritorio, los días que no tenía cita con el médico. Evitaba los espejos y el contacto visual. Dejé de hacer planes con más de una semana de antelación.

Me hicieron análisis de sangre y más análisis, TAC y biopsias. Había siete especialistas, tres ginecólogos, cinco médicos de cabecera, un psiquiatra y un quiropráctico con la mano un poco larga. Chandra me llevó a un célebre acupuntor, a un cirujano espiritual y a un tipo que vendía unos polvos apestosos en la trastienda de una pescadería en Chinatown. Hubo chequeos, seguimientos, vómitos y demás.

No es más que estrés, dijo uno de los médicos, pero tampoco podían descartar el cáncer o alguna rara enfermedad autoinmune o un ataque psíquico o pura neurosis, todo estaba en mi cabeza. *No se preocupe demasiado, procure no pensar en ello.*

Un médico dijo: *Así es como funciona su cuerpo,* suspiró, y me dio una palmadita en el hombro, como si todos supiéramos el chiste.

Pero yo no quería pillarle la gracia. Quería una explicación. Me quedaba delante de los escaparates de quirománticos y videntes con ganas de entrar. Dejé que Chandra me leyera el tarot varias veces, pero las noticias siempre eran malas: espadas y dagas, demonios y la muerte. *Soy nueva en esto,* me dijo, aunque yo sabía que no era verdad. Apreté mis espasmódicas piernas contra el pecho, la barbilla contra las rodillas y me sentí como una niña, disminuida por todo lo que no sabía.

Unas cuantas veces estuve a punto de rezar, pero me había topado ya con tantos silencios que no quería dar pie a otro.

Podía racionalizar que se trataba de algo en los genes o una consecuencia de malas elecciones, pero también podía ser un contundente golpe de mala suerte —una bofetada kármica o absurda—, algo que tenía merecido. Mis padres habrían dicho que eso formaba parte del *plan de Dios,* pero para ellos, claro, todo formaba parte de ese plan. Cómo alguien elige explicar la catástrofe no es importante..., eso lo sé ahora. Cuando la mierda te cae encima, tanto da de qué agujero salga.

Dos

Durante cinco años, tuve una vida.

Mi infancia no fue mi vida; puede que fuera la vida de Merle, pero no la mía. Y la época en que viví con la tía Clara realmente no fue vida, sino más bien una rehabilitación. Y la universidad tampoco fue vida, solo un periodo gestacional, cuatro años de advertencias y preparación para esa vida que venía, esa cosa futura.

Mi vida comenzó en un avión, en el momento en que despegamos. Despegamos y me eché a llorar contra el hombro de Chandra tan en silencio como pude, y cuando se acercó la azafata, Chandra le pidió una taza de agua caliente, introdujo su propia bolsita de té, la mantuvo estable en medio de la turbulencia hasta que alcanzó la temperatura adecuada para beber y me la entregó. Chandra sabía mucho, conocía la mejor manera de hacer las cosas. Desplegó su enorme bufanda, nos envolvió y me quedé dormida contra su hombro. Nos despertamos al aterrizar en Londres, tras haber dormido cogidas de la mano, y minutos después me guio por Heathrow, un lugar que ella ya conocía. No es que conmigo se sintiera como una madre, pero, de algún modo, yo todavía era su hija.

Debía de ser su viaje número cien, aunque el primero para mí, un regalo de graduación de sus padres, Vivian y Oliver. Viv y Olly, los llamaba ella. Durante mi época universitaria pasaba casi todas mis vacaciones y algún fin de semana en su casa de Montauk, pues no tenía ningún otro lugar adonde ir. La casa estaba llena de cosas caras que en realidad no les importaban —antigüedades desportilladas, artilugios olvidados, pilas de cedés rayados—, y no era raro encontrar billetes de veinte dólares entre los cojines del sofá o desperdigados por la cocina, entre caramelos de países extranjeros. Durante la cena su familia hablaba en voz bien alta y con la boca llena, y Chandra, siempre con afecto, discutía con sus padres sobre libros y arte. Todo el mundo hacía y se reía de chistes que yo no entendía, aunque al final aprendí a reírme igualmente. Todos bebíamos vino, aun cuando yo tenía diecinueve años y una cucharada me bastaba para ponerme alegre y dormirme.

Fue ese billete válido para dos meses y para todo el mundo, regalo de Viv y Olly, lo que inició mis años de viajes compulsivos. Vi los pájaros de las Galápagos, los cerezos en flor de Japón, las pirámides y las catacumbas de Egipto, las pagodas de las serpientes de Birmania, y ese inquietante lago neón turquesa de Nueva Zelanda. Me encantaba partir, aunque fuera en vuelos a las cinco de la mañana, viajando en silenciosos vagones de metros que atravesaban desoladas mañanas desiertas color púrpura, los aeropuertos llenos de gente adormilada poco antes del amanecer. Leí en alguna parte que lo primero que aprendes cuando viajas es que no existes: no quería parar de no existir.

En casa las deudas no hacían más que crecer. Llamaban desconocidos a todas horas y con el odio en la voz me hablaban de lo que les debía. Recibía severas cartas con números grandes y en negrita, cada uno más elevado que el anterior. Llegaban otros sobres con nuevas tarjetas de crédito, nuevas salidas, nuevos viajes. Dejé de preguntarme adónde podría ir después, sino qué ocurriría si nunca regresaba. Pero siempre regresaba. Y cada vez que el avión tocaba la pista de aterrizaje tenía la espantosa sensación de que el viaje del que acababa de volver nunca había ocurrido, que había gastado cientos de dólares en un recuerdo que apenas podía evocar.

El dolor de espalda fue lo primero, y pareció bastante inofensivo (¿acaso no lo sufre todo el mundo?), aunque en esa época solo tenía veinticinco o veintiséis años. Le eché la culpa a las camas llenas de bultos de los albergues y seguí haciendo viajes que no me podía permitir, aunque de un modo menos aventurero después de haber sufrido una racha de espasmos musculares tan fuertes que me dejaron tirada en una senda del parque de Abel Tasman durante una hora, hasta que un grupo de senderistas japoneses me recogió.

Unos meses más tarde, mientras combatía la primera plaga de parásitos estomacales, comenzaron las jaquecas, y con estas los dolores por todo el cuerpo, palpitantes y enormes, unos dolores que parecían estirarme por dentro. Estaba preñada de ese dolor, un parto que no acababa nunca, solo remitía. Tuve que dejar de viajar, y dedicaba todo mi tiempo y mi dinero a intentar sentirme viva de nuevo: me derivaban a un especialista, concertaba citas, los resultados no eran concluyentes, más especialistas, más facturas. Recibía severas llamadas de recepcionistas que antes habían parecido muy simpáticas: ¿cuándo pagaría?, ¿cómo? ¿Estaba al tanto de que el hecho de no pagar a tiempo acarreaba una multa? Y más llamadas aún de cobradores de morosos, tres o cuatro. Me preguntaban si sabía cuánto les debía o me lo decían; más, a menudo mucho más, de lo que pensaba. Me decían que, contrariamente a lo que algunos creían, podías ir a la cárcel por deudas. Yo contestaba que lo encontraba sorprendente, y me decían que no me sorprendiera tanto. *Es un robo, una forma de robo,* me dijo uno de ellos, a lo que no respondí. ¿Acaso no me preocupaba mi calificación crediticia?, añadían. ¿No hacía planes para el futuro, comprarme una casa, jubilarme, mantener a mi familia? A lo que yo contestaba, cortante y en un tono nada amable: *No, no pienso en eso, nunca he pensado en ello.*

Bueno, pues quizá debería, me dijo aquel tipo.

A veces me preguntaba por qué me molestaba en contestar el teléfono, pero supongo que siempre albergaba la esperanza de que fuera otra persona, alguien que se dedicara a otra cosa. Uno de los cobradores hablaba tan deprisa que mientras lo escuchaba parecía que me emanara calor de la nuca, a través del pelo, y otro me habló tan despacio y con una voz tan suave que tuve la impresión de hundirme o ahogarme, de que el aire se había vuelto más denso y me arrastraría hacia abajo si seguía respirando.

Parecía posible —aunque sé que es absurdo— que el uso de mi propio cuerpo, lo único que de verdad era mío, hubiera pasado a manos de mis acreedores.

Durante un tiempo, puede que la constante atención de Chandra fuera todo lo que se interponía entre mí misma y la pérdida total de mi mente o mi vida, y al evocar ese año —cuando casi todas las noches me despertaba siendo apenas capaz de respirar y me quedaba echada durante horas, con la boca abierta como una gárgola—, bueno, no quiero pensar en cómo habría acabado de no ser por ella, que impidió que me abandonara del todo. (No me refiero a matarme —nunca he tenido valor para ello—, sino que a veces el dolor era tan insondable y enorme que me preguntaba si sería posible matarme sin querer.)

Cuando Chandra me sugirió el CAPing para todos los dolores, y cuando para pagar el CAPing necesitaba un segundo empleo, me sentí desesperada, dispuesta a todo para aliviarme, por caro y ridículo que pareciera. Chandra se había vuelto una experta en el malestar y el bienestar, en recorrer la distancia entre esos dos lugares. Dos años antes, mientras estaba en la calle, en una esquina, un autobús urbano le había dado un violento golpe, y desde entonces ha estado viviendo en comunidad, dedicando todo su tiempo a curarse, del todo y de todo: de la pierna rota, la torcedura de muñeca, el impacto en la cara, el miedo a las aceras —unido a los que ya arrastraba—, la ansiedad, la dependencia de la cafeína, la alergia al polen, la cándida crónica autodiagnosticada, la desilusión, la intuición frustrada, la dificultad para comprometerse, la desconfianza, y todos los traumas y hábitos que todo ello había creado. Chandra tenía un herborista, un maestro de Reiki, su terapeuta de Rolfing, un logopeda, un terapeuta del movimiento, un terapeuta artístico y un terapeuta a secas.

Durante una época los retiros y las peregrinaciones la tuvieron mucho tiempo fuera de la ciudad, pero siempre me enviaba una postal. Yo las guardaba en el bolso y me quedaba contemplando las imágenes de océanos y templos con la esperanza de obtener cierta calma residual mientras permanecía sentada en otra sala de espera, apretando con la mano la parte del cuerpo que en ese momento me estaba matando. Primero fue una entusiasta de la ayahuasca, luego de las cámaras de privación sensorial o el MDMA, el pasto de trigo, la alcalinización corporal o cierto gurú. Decía que cada día eliminaba una capa de algo entre ella y su *yo*. Decía que se sentía realizada por primera vez en su vida, y aunque yo la envidiaba, la parte más cínica de mí no podía evitar preguntarse: *¿Realizada, en qué?*

Cuando andaba por la ciudad, cada semana se presentaba con un arsenal de curas: hierbas, polvos, aceites, tinturas amargas tan fuertes que tenía que tomarlas gota a gota. Quemaba salvia, salmodiaba, meditaba, y a veces —aunque eso siempre me avergonzaba— hacía sonar un pequeño gong o tocaba su flauta de madera. Yo nunca sabía hacia dónde mirar ni si reprimir o liberar las ganas de reír —incluso mi vergüenza me avergonzaba—, ¿y por qué no podía ponerme a salmodiar con ella, sentirme en paz con su estúpida flauta o ese pequeño gong? Tenía suerte de que ella siempre estuviera ahí, de saber que existía al menos una persona que quería ayudarme no porque fuera su trabajo, sino porque simplemente quería verme curada.

El día que volvió de Bali se presentó en mi puerta sin avisar, sana y bronceada, vestida de lino blanco.

Adivino que sufres, me dijo.

En boca de cualquier otro me habría molestado escuchar una afirmación que debería ser una pregunta, pero conmigo siempre acertaba. Recorrió mi apartamento con una calma seductora, casi sobrenatural, como si ya no le interesara otra cosa que la lenta purificación de su cuerpo, de otros cuerpos, de todo el mundo. Colocó pañuelos sobre mi horno tostador, mi despertador y el teléfono, susurró mantras mientras hacia cada punto cardinal, desplegó una tela circular sobre el parqué agrietado de mi sala y acto seguido se colocó en una elegante postura de meditación. Intenté imitarla, pero tenía las rodillas demasiado rígidas, y como también me temblaba el pie, me costaba mantenerme inmóvil, con lo que renuncié y me tumbé en el suelo abriendo brazos y piernas.

Para poder pagar el alquiler había vendido casi todos mis muebles poniendo un puesto de venta en la puerta de casa, por lo que tumbarme en el suelo sin nada especial que hacer era una costumbre con la que estaba bastante familiarizada. Cuando ella estaba en casa, lo llamaba meditación, pero siempre me quedaba medio dormida, con el cuerpo agotado de por sí. Aquella vez, cuando me desperté, Chandra se hallaba de pie delante de mí. Cuando nuestras miradas se encontraron, vi que su cara cambiaba un poco, de un modo que no sabría explicar exactamente, pero que pude sentir. Nuestros doce años de amistad implicaban que no nos costaba permanecer en un plácido silencio, aunque no era solo el paso del tiempo lo que había creado esa intimidad. De alguna manera, esa misteriosa intimidad había surgido enseguida, tan innata como un órgano corporal. En aquel momento, echada en el suelo, el auténtico peso de nuestro amor se volvió palpable, me quitó las ganas de llorar. Ella era todo lo que tenía.

¿Sigues tomando esos aceites de pescado medicinales?

Asentí. Ella se acuclilló y me secó las lágrimas, me alisó el pelo.

¿Y los polvos de cáñamo y geranio?

En gachas, como me dijiste.

Bueno, vamos a ver si conseguimos que aumentes de peso. Apartó la mirada de ese jirón en que me había convertido. Hacía mucho que había perdido el apetito, y con él todas las partes blandas de mi cuerpo.

Al principio todos mis compañeros de trabajo supusieron que había empezado a hacer yoga y me felicitaron por ello. Decían que tenía buen aspecto, que estaba en forma, me pedían consejos para motivarse, recetas saludables. Pero pronto comenzaron a decirme que no debía perder más peso, que así *estaba bien,* que a lo mejor hacía demasiado ejercicio, que necesitaba ganar músculo y algo de peso, empezar a comer más carne roja o mantequilla de cacahuete o leche entera de vaca alimentada con pastos. Alguien, en tono muy serio, me recomendó a su especialista en tiroides, y Meg sugirió que visitara a un hipnotista para que curara mi trastorno alimenticio, pero cuando le dije que no padecía ningún trastorno, que simplemente estaba enferma, Meg se limitó a decir: *Lo sé.*

Cuando se corrió la voz de que casi todos los mediodías tenía cita con un médico, todos comenzaron a hablarme como si ya no tuviera cuerpo, todos excepto Joe Nevins, que una vez interrumpió nuestra discusión acerca de una factura extraviada para decirme que tenía la cara diferente, y cuando le pregunté qué quería decir con eso, no me lo quiso explicar.

Solo diferente, dijo, y siguió hablando de la factura.

Me acostumbré a ello, en cierto modo, pues no era más que un saco de piel lleno de problemas, porque tener un cuerpo no te da derecho a que funcione correctamente. Tener un cuerpo no parece darte ningún derecho.

Lo superarás, dijo Chandra mientras desempaquetaba las nuevas hierbas y raíces que me había traído. *Para ti este dolor no es más que un maestro.*

Así era como ella veía el mundo: todo iba según un plan; creábamos nuestros propios problemas de manera subconsciente; todo cáncer llegaba porque lo invitábamos; cualquier herida nos la ganábamos. Yo no estaba segura de tener el valor para creérmelo, y si me lo creía, si de verdad aceptaba que todo lo que me había ocurrido me lo había buscado yo, no estaba segura de llegar a perdonármelo nunca. Pero pensar así parecía calmarla. Si ella merecía su dolor, entonces también merecía todo lo bueno de su vida.

Me habría ido bien aceptar las cosas de ese modo. Odiaba los dolores de mi cuerpo, luchaba contra ellos y los maldecía hasta tal punto que había llegado a temer las buenas sensaciones: un estómago asentado, una espalda relajada, dormir toda la noche de un tirón, o estar todo un día sin llorar. Incluso las atenciones de Chandra llegaron a aterrarme. ¿Y si desaparecían? ¿Y si me dejaba por imposible y ya no venía más?

Su amabilidad, como si compartiéramos la misma sangre o la misma historia, siempre me había resultado difícil de aceptar. Yo solo era alguien que había aparecido en su vida por azar, la compañera de cuarto que le habían asignado en la universidad, una semihuérfana procedente de un estado apenas alfabetizado a la que habían educado en casa, pero ella seguía dedicando muchas horas a un papeleo destinado a pedir ayuda económica y préstamos estudiantiles que yo no entendía. Perdía horas de sueño escuchándome debatir los méritos y deméritos de las asignaturas principales que debía escoger —religión, filosofía, historia o lengua inglesa—, aunque ella ya se había decidido desde el principio: la principal sería teatro, la secundaria, marketing. Y lo más importante, Chandra me descodificaba el mundo, me explicaba toda la cultura pop de la que nunca había oído hablar, y me permitía eludir la respuesta a cómo había conseguido llegar a los dieciocho años sin oír hablar de Michael Jackson. Yo lo achacaba a no haber ido nunca a la escuela o decía: *Éramos pobres.* (Esa palabra parecía aterrarla: *pobres.*) En una ocasión mencioné que durante una época me había criado mi tía, un detalle que frenó sus preguntas. A la gente como ella no la educaba una tía.

Cuando Chandra y yo acabamos de meditar, o, mejor dicho, ella acabó de meditar y yo de hacer lo que hiciera en el suelo, me sirvió mate en una calabaza y *crudités* con una pasta de pepitas germinadas casera, vegana y libre de alérgenos que ella había preparado, dijo, mientras enviaba vibraciones nutritivas a mi cuerpo astral. Sabía a hierba y se me formó un grumo en la garganta.

Las pepitas absorben las toxinas, dijo mirándome comer como si viera a alguien aparcar en paralelo. Yo me quedé allí sentada atiborrándome de pepitas, mientras las pepitas, imaginaba, se atiborraban de mis toxinas. Chandra me tomó el pulso en cada mano y me examinó la lengua. Cerró los ojos unos momentos y luego me dijo que sus guías espirituales acababan de sugerirle que me aconsejara que completara toda una serie del CAP lo antes posible, con Ed, su CAPero. Tenía algo que ver con las vidas pasadas o las futuras, o quizá incluso con las vidas presentes que Ed y yo de alguna manera vivíamos en otra dimensión. Habló sin inmutarse, como si sus guías espirituales fueran un grupo de gente real, un comité de carne y hueso.

El CAPing ha cambiado mi vida, dijo. *No es solo una puerta que se abre..., sino... ¿toda una casa de puertas que se abren? En ti tendrá el mismo efecto. Mis guías espirituales nunca lo han visto tan claro. Es tu futuro. Tienes que aceptarlo.*

Siempre que Chandra me hablaba de sus guías espirituales yo me mostraba escéptica, pues al parecer tenían unos planes para ella que todavía no podía explicarme. En una ocasión me dijo que le tenían preparado un futuro de incalculable fama y riqueza, que su accidente había formado parte de un régimen con el fin de fortalecerla para su futura grandeza, y que con el tiempo tendría su propio programa de entrevistas.

No sabía que querías hacer un programa de entrevistas, le dije, pero ella tan solo sonrió.

No es cuestión de lo que yo quiera. Los hados están por encima de nuestros deseos.

Yo quería creer que quizá ella comprendía el destino o que en realidad sabía algo del futuro, porque parecía creerlo y también creía en mí. Pero tampoco quería perderla porque acabara creyendo que la vida poseía un código que había que descifrar, y que existía algún ideal de vida.

A pesar de todo, confiaba en ella. Tal vez alguien podría decir que no me quedaba otra que confiar en ella, y quizá era cierto, pero también, y eso lo comprendo ahora, la amaba, y la amaba de esa manera extraña, de esa manera no posesiva, aceptándola, que es como la gente siempre intenta amar a alguien y fracasa, así que apuré el mate a través de la pajita metálica, miré los ojos profundamente curados y espiritualmente realizados de Chandra y le pedí el número de Ed.

Tres

Me desperté como si me hubieran arreado una bofetada. Me habían quitado el collarín. Estaba tumbada de espaldas. Ed se hallaba a mi lado en la mesa de masajes, observándome.

¿Cuánto tiempo llevo dormida?

Se apartó uno de sus crespos mechones de los ojos, que de inmediato volvió a su lugar anterior.

Solo unos cuantos días.

Durante unos momentos me pregunté si dormir unos cuantos días figuraba en la letra pequeña del CAPing que no había leído. Apenas recordaba haber entrado en la consulta, firmar nada, ni siquiera comenzar la sesión: únicamente la sala de espera vacía y blanca de arriba abajo, sin música ni recepcionista, dos sillas blancas juntas en un rincón, como dos niños gemelos encogidos de miedo.

Estaba bromeando, dijo Ed, *hace unos minutos que te has dormido. Ocurre mucho durante la primera valoración. Espero que Chandra te advirtiera de que mis lecturas son muy potentes.*

Dije que me lo había advertido, aunque yo seguía sin saber casi nada del CAPing, de lo que era ni de cómo funcionaba. Me preocupaba, quizá, que el CAPing no fuera más que una excusa para que ese tipo hiciese que las mujeres se quedaran dormidas en ropa interior en su consulta. Puesto que me había quedado absurdamente delgada, había observado que despertaba ciertas miradas en un cierto tipo de hombre, una mezcla de pedófilo y vampiro. (Yo sería fácil de conquistar, cualquier hombre se sentiría grande a mi lado.) Ed no parecía esa clase de hombre, aunque cuando consideraba las legiones de mujeres semi-conscientes y desesperadas que probablemente me habían precedido, no resultaba difícil imaginar que a lo mejor les acariciaba los pies mientras fingía leerles el aura, o a lo mejor tan solo se quedaba mirando sus cuerpos en ropa interior, enviando en vano pensamientos positivos en dirección a ellas, o peor aún, se la cascaba con la mano desnuda, o peor aún..., todo tipo de cosas. Pero yo necesitaba sentirme bien de nuevo más de lo que necesitaba protegerme de cualquier posible perversión. ¿Y si mi escepticismo respecto a Ed ya estaba actuando en mi contra, impidiéndome obtener aquello que legítimamente él pudiera hacer o curar en alguna dimensión que yo no podía ver?

¿Cómo está, por cierto?

¿Quién?

Chandra..., ¿cómo le va?

Oh. Está bien, supongo.

Claro que está bien, dijo Ed, asintiendo y sonriendo de una manera que sugería que sabía mucho más de Chandra que yo.

Me toqué el cuello y noté que el palpitante dolor que sentía se había visto reemplazado por un cálido cosquilleo.

Ya no volverás a necesitar el collarín. Eso ha sido fácil, pero la valoración ha descubierto varias contracturas que tardarán mucho más en solucionarse, así que... debo preguntártelo, Mary, ¿de verdad estás dispuesta a empezar esta tarea?

Creo que...

No necesitas verbalizarlo, me interrumpió. *Estoy hablando con tu aura... ¿Entendido?*

Nos quedamos un rato callados, pero con los ojos abiertos. Yo todavía estaba echada. Él seguía de pie a mi lado. Me dije que si le iba a hablar a mi aura, sería mejor que pareciera concentrarse, no que se quedara allí mirando como quien espera el autobús.

¿Entendido?, volvió a preguntar. *¿Te parece bien?*

Me observaba las rodillas. Levantó una mano como si quisiera hacer una pregunta y movió la otra en círculos por encima de mi cabeza.

¿Te parece bien?

Me pregunté si debía contestar, me dije que no, pero por algún motivo no pude evitarlo.

¿Es lo que...?

Shhh...

La mano que tenía sobre mi cara temblaba ligeramente.

Esperaré, dijo, y eso hicimos durante un rato, un minuto o cinco, hasta que por fin bajó las dos manos.

Veo que esto costará un esfuerzo extra.

Se pellizcó el puente de la nariz de una manera funcional, como si encendiera o apagara algo en su cuerpo. El pie me había dejado de temblar por primera vez en una semana, y el racimo de dolorosos bultos que me habían aparecido en el brazo derecho aquella mañana se había disuelto. Ed se sentó sobre algo que estaba al otro lado de la habitación que parecía una hamaca. No sabía si se me permitía moverme o no, no sabía ni si debía mirarlo o hablarle. Cerré los ojos.

Así que, Mary... Esto es algo serio. Sin duda Chandra te ha hablado de la seriedad de esta tarea, ¿no? ¿De que necesitaré que aportes tanta concentración como atención plena a todo esto para que podamos avanzar?

No dije nada durante un rato, pues no estaba segura de si le hablaba a mi aura.

Ahora puedes verbalizarlo, Mary. ¿Entiendes que esta tarea es muy seria?

Lo entiendo, dije, pero ahora sé que en ese momento no lo entendí, y quizá nunca lo entendería. (Serio, ¿en oposición a qué?) Lo que sí comprendía era que lo que Ed me había hecho hasta ese instante ya me había aliviado un dolor que se había mostrado contumaz contra miles de dólares de tratamientos, aunque no podía estar segura de si Ed era responsable de la misma manera en que lo es la penicilina o puede serlo una píldora de azúcar. No había ninguna explicación a lo que me había hecho: me sentía casi normal. Me preparé para la llegada de algún nuevo síntoma o para el regreso de alguno viejo, pero no pasó nada.

Escucha, y no lo digo para asustarte, pero el CAPing transformará profundamente tu manera de vivir, tus relaciones con los demás, el concepto que tienes de ti misma, todo. Si decides seguir una serie completa, tu vida y tu cuerpo nunca volverán a ser los mismos.

Por un segundo nos quedamos escuchando el ruido de fondo de las máquinas. Pensé en hasta qué punto quería que cambiara todo en mi vida.

¿Estás familiarizada con el concepto de pneuma?

La verdad es que no.

La verdad es que no ¿qué?

Con Ed nunca tuve la sensación de que estaba tratando de ganarse mi confianza, lo que me hizo confiar aún más en él. Su voz era brusca y despistada a la vez. Cada día llevaba los mismos pantalones holgados y túnicas de cáñamo. A veces tenía manchas color ceniza en la cara que parecían solo medio accidentales.

Lo que quiero decir es que no estoy muy familiarizada con el pneuma. Es algo que tiene que ver con el alma, creo...

La traducción literal del griego es «aliento», pero como concepto en mi práctica curativa tiene que ver con la fuerza vital creativa que todos tenemos dentro. La cinestesia también es de origen griego, y significa más o menos «conciencia del movimiento». O sea, que te voy a plantear una pregunta, Mary. ¿Ahora te estás moviendo?

Yo seguía tendida sobre la mesa acolchada, así que dije: *No,* aunque sabía que solo me lo preguntaba para poder corregirme.

Error. En este momento tu cuerpo se está moviendo muchísimo, mucho más de lo que necesita. Esto es lo que te ha pasado: tu pneuma se halla en un estado de caos y estrés que lo mantiene en constante movimiento, pero el miedo ha suprimido la conciencia de ese caos. Esta agitación pneumática lle-

va tanto tiempo sin control que se ha trasladado al lenguaje físico de tu cuerpo, y de ahí todos tus síntomas. Tu pneuma pretende que lo ignoren y lo traten al mismo tiempo. Pide ayuda e intenta evitar esa ayuda de manera simultánea.

Era un alivio que alguien me explicara cuál era mi problema, lo que había ocurrido. Nadie más, ninguno de esos médicos de chaqueta o bata blanca —o de cómica bata estampada, si trataban de llevar cierto sentido del humor a un lugar de huesos astillados y corazones muertos—, ninguna de esas personas había intentado explicarme nada. Todo cuanto eran capaces de decir era que no podían decir nada con certeza, que el cuerpo es un misterio, que incluso los análisis de sangre, los ultrasonidos, los rayos X, las resonancias magnéticas no eran más que pequeñas conjeturas. Hospitales enteros se encogían de hombros.

Pero ahora Ed me daba una respuesta: el pneuma. Tanto daba que yo creyera en el pneuma como que no. Tanto daba que él acertara como que no. Era una explicación. Un relato.

La raíz de tus síntomas está profundamente arraigada y ligada a tu yo no físico, y eso explica por qué la medicina occidental no ha conseguido ayudarte.

El pelo crespo de Ed se movió impulsado por una corriente de aire. Tuve la extraña sensación de que, de algún modo, el tiempo se había curvado, de que me llegaba en diagonal. El cráneo se me cubrió de sudor.

Tu cuerpo energético me dice que deseas que te curen hasta tal punto que tú misma estás impidiendo que te curen. ¿Eres consciente de ello?

¿No es raro que una persona pueda querer una cosa hasta tal punto que haga todo lo posible para no conseguirla? Es tan raro.

Creo que tiene sentido, dije.

Asintió lenta y profundamente a la moraleja de su propia historia. *Todos tus problemas y todas las respuestas a esos problemas existen en los límites de tu cuerpo.*

Me entraron ganas de echarme a llorar, aunque no supe por qué. Oí un zumbido detrás de mis ojos, pero no pasó nada. Ed cogió una piedra color gris claro, regresó a la mesa y la mantuvo a unos cuantos centímetros del puente de mi nariz.

He creado un campo desionizado alrededor de tu cuerpo, como si entablillara temporalmente tu aura, y eso le proporcionará cierto alivio, pero para crear una solución duradera necesitaré completar todo un ciclo de CAPing a lo largo de los próximos meses, quizá más tiempo. Comprendo que es caro, pero deberías saber que antes de una sesión de CAPing debo prepararme durante todo un día, y que tardo al menos dos en recuperarme. Tengo una docena de personas en lista de espera, pero teniendo en cuenta tu estado y que vienes recomendada por Chandra, podría empezar a visitarte la semana que viene.

Movía la piedra en arco por encima de mi rostro, tocando ligeramente cada sien. Estaba claro que yo no tenía que decir ni hacer nada.

Pero por el momento te administraré unas maniobras energéticas más drásticas para abrir esas contracturas, de manera que si pudieras relajarte del todo, permanecer atenta a tu cuerpo energético y confiar en mi guía, eso nos ayudaría enormemente.

Colocó la piedra encima de mi esternón y cerró los ojos, y acto seguido extendió las manos sobre mi pecho. Intenté despejar la mente, y quizá lo conseguí o quizá lo hizo él, porque el resto de la sesión me quedó en una nebulosa, y todo lo que recuerdo fue el lento trayecto a casa andando, sin espasmos en el pie, con el collarín medio metido en el bolso. Ya no sentía dolor, aunque tampoco había desaparecido del todo. Sentía como si unas fuertes manos me apretaran las piernas, la espalda, me acercaran más los músculos al hueso.

No te resistas. No vueles, dijo Ed cuando me fui. *Tan solo flota.*

32

Cuatro

Mi primera sesión de CAPing me tuvo casi tres horas fuera de la oficina, de manera que luego me quedé trabajando hasta tarde, *para ponerme al día con unas facturas,* le expliqué a Meg cuando se marchó, pero lo que en verdad pretendía era utilizar el ordenador del trabajo para solicitar un segundo empleo que me permitiera pagar una serie completa de CAPing. Lo cierto es que no tenía que ponerme al día con ninguna factura, solo quedarme unas horas en la oficina fingiendo que hacía algo útil. Sabíamos que las agencias de viajes agonizaban, y Universal Travel había ido menguando de manera paulatina desde que yo comencé a trabajar allí. No cumplía ninguno de los requisitos que pedían para el puesto de directora de cuentas, pero el sueldo era demasiado bajo para poder contratar a alguien cualificado. Solo solicité el empleo porque pensé que podría viajar gratis, pero incluso a los agentes únicamente les ofrecían un pequeño descuento, y nunca llegué a agente: *No das el tipo,* me dijeron. Mi sitio estaba al fondo de la oficina, una zona iluminada por fluorescentes y de techo bajo, y me dedicaba a mandar e-mails a gente que nos debía dinero y excusas a la gente a la que le debíamos dinero. Cheques. Facturas. Verificaciones de facturas. E-mails. Eso era todo lo que hacía.

Pero aquella noche todo lo que envié fue mi currículum y cartas adjuntas a trabajos nocturnos al azar extraídos de Craigslist: anfitriona de restaurante, trabajo temporal, diversas variedades de ayudante. Con ciertas reservas, también respondí a un anuncio que encontré en el tablón de una tienda de comida sana.

La oferta enumeraba diversos requisitos *(licenciatura en una universidad de prestigio, conocimientos de reanimación cardiopulmonar, historial de salud mental impecable, conocimientos de relaciones internacionales, buena capacidad de comunicación, y, sobre todo: discreción),* aunque los detalles del trabajo, se decía en la nota, no se podían especificar en el anuncio, *NO porque el empleo no sea legal,* sino porque describir los *deberes específicos* de ese trabajo podría atraer a candidatos que no encajarían con el perfil *(sueldo alto, pocas horas, fines de semana y algunas noches de los fines de semana)* del empleo, que, decía el anuncio, no era realmente *un empleo,* sino una especie de *experiencia generadora de ingresos.*

Al cabo de unos minutos llegó una respuesta automática:

> Estamos cubriendo las vacantes rápidamente. Por favor, complete y responda al impreso lo más rápida y minuciosamente posible.
> Atentamente,
> Matheson

... con una solicitud adjunta que constaba de varios impresos: un test de personalidad, una hoja de análisis grafológico que tuve que imprimir, completar y escanear; un cuestionario para la carta astral; autorización para una verificación de antecedentes generales; y diez breves preguntas sobre temas dispares.

De inmediato me puse manos a la obra y lo completé todo en dos horas. ¿Qué podía desvelar de mí una verificación de antecedentes generales? ¿Mis deudas? ¿Que yo era un misterio médico? ¿Los lugares donde había estado mi pasaporte? (Sabía que si alguien era capaz de llevar a cabo una verificación de antecedentes realmente precisa todo lo que encontraría sería a Merle y a mi madre en esa polvorienta cabaña marrón. El nombre de Junia. La Biblia de la marina que me dejé. Pero nadie llegaría a averiguar eso.)

Aquella noche, mientras recorría la letárgica oficina —a oscuras salvo por el parpadeo del salvapantallas en su baile solitario—, me dije que si alguna vez podía hacerme a mí misma una verificación de antecedentes, sabía exactamente lo que haría con ella. Ni siquiera la leería; me la llevaría a un lugar sagrado y le pegaría fuego.

La noche siguiente estaba tumbada boca abajo en el suelo de la sala intentando leer un libro cuando sonó el teléfono. Eran las once menos cuarto. Por entonces Chandra era la única que me llamaba, y sabía que seguía a rajatabla la norma de no utilizar tecnología después de la puesta de sol.

¿Podría hablar con Mary Parsons?

Soy yo.

Hola, Mary. Perdona que te llame tan tarde. ¿Cómo estás esta noche?

Estoy... bien. Bueno, la verdad era que me sentía extraña y viva, pues mi cuerpo todavía palpitaba por lo que fuera que Ed me había hecho.

Bien, bien. Verás, me llamo Melissa y he leído tu solicitud... Has contestado a uno de nuestros anuncios, ¿no? En fin, que nos gustaría que mañana vinieras para una entrevista.

Me dijo que me presentara en la suite 704 de un edificio situado cerca de Union Square a la 1:23, exactamente, y fue a la 1:23, exactamente, cuando se abrió la puerta de la suite 704 antes de que tuviera oportunidad de llamar. Salió una chica rubia y pálida, encorvada y sin mirar a ninguna parte, como si acabara de soportar algo indescriptible. Melissa y Matheson me tendieron sus manos blandas —*Qué tal, Mary, encantado de conocerte, cómo estás, gracias por ser puntual*—, y sus voces se solaparon, por lo que no supe cómo responder.

No hay de qué, dije, temiendo que mi nerviosismo pareciera condescendencia.

Lamento mucho lo de la iluminación, dijo Matheson, apartándose de la frente un flequillo demasiado acicalado, *pero tendremos que aguantarnos, supongo.*

La suite 704 era una sala de conferencias impersonal, y una mesa de imitación madera demasiado lustrada llenaba casi todo el espacio. Me senté mientras Matheson anotaba algo en su tablilla con sujetapapeles, aspirando y espirando como un profesor de yoga en plena preparación. El corte asimétrico del escote de Melissa, bajo la extrema simetría de su cara, me creaba una profunda sensación de inferioridad. Se me quedó mirando como si fuera incapaz de ocultar su desprecio por cualquiera que no fuese tan arreglado y pulcro como ella. No sabría decir si era una joven disfrazada de persona mayor o al revés. Matheson iba vestido como un ejecutivo de alguna empresa de moda, pero conservaba el rostro de un modelo adolescente: una piel sospechosamente clara, pómulos altos, mandíbula cuadrada, atractivo de una manera surrealista y alarmante.

¿Tienes algún famoso favorito?, me preguntó Matheson.

No, dije.

Bueno, ¿estás al tanto de la vida privada de algún famoso?

¿Tienen vida privada?

Esto..., no. ¿Sigues la vida de algún famoso en concreto?

¿A través de las páginas web o las revistas?, intervino Melissa.

No. La verdad es que, mmm, no leo revistas.

Melissa parpadeó enérgicamente y miró sus notas. *¿Qué tipo de películas o programas de televisión ves? ¿Hay algún actor o director que te guste en particular?*

Comenzaba a tener la sensación de que me habían timado, de que el trabajo no existía, ni la experiencia generadora de ingresos, que se trataba de una investigación de alguna empresa de marketing que iba muy justa de fondos.

La verdad, ¿acaso en las fiestas no practicaba ese truco no demasiado gracioso llamado Adivina Qué Película No He Visto? ¿El mago de Oz? ¿La guerra de las galaxias? ¿El ·

padrino? La respuesta era siempre negativa. Un tal Christopher, de ojos redondos y brillantes, que no respondía cuando lo llamaban Chris (*No es mi nombre,* decía, sacando su carné de conducir), y cuya asignatura principal en Columbia era el cine y su historia, había intentado obligarme a ver mi primera película, *Ciudadano Kane,* cuando tenía veinte años. Quería supervisar toda mi experiencia cinematográfica atiborrándome primero de clásicos en blanco y negro y diciéndome lo que tenía que pensar de ellos, calcando en mí sus propios gustos. Aquello fracasó porque yo me quedaba dormida a los pocos minutos de cada película o porque no me podía concentrar en la pantalla, y tenía que levantarme y buscar algo que hacer o que leer. Nunca tuve la capacidad ni el deseo de ver cosas como esas, supongo, de la misma manera que la gente que crece sin religión casi nunca siente la necesidad de tener una de adulto. (*Aparición del TDA en la edad adulta,* me dijo Christopher. *Ya lo he visto antes. Sabes que hay medicación para eso, ¿no?*) Tras unas pocas semanas de fracaso, le dije a Christopher que no podía seguir con su proyecto, que no me salía de dentro, y él me dijo que me había cargado toda su tesis y le había hecho perder el tiempo. *No sabía que eras una de esas mujeres tan insulsas y complacientes,* dijo. Le pregunté qué quería decir y me contestó: *Ya sabes, una de esas mujeres que están tan ansiosas por conseguir la aprobación de los hombres que les siguen la corriente en todo lo que les proponen, pero al final acaban fracasando porque nunca se paran a pensar en lo que* ellas *desean realmente.* Era un hermoso día de otoño y estábamos delante de la vieja biblioteca, y los peldaños de cemento estaban llenos de estudiantes. Se me dilataron las venas. Dije: *No sabía que eras uno de esos capullos pretenciosos que creen que tienen derecho a poner en práctica la primera idea estúpida que se les ocurre, no sabía que eras un vulgar capullo.* Nunca me había sentido tan grande ni tan pequeña al mismo tiempo. No reconocí mi voz ni mis palabras. La vergüenza y el orgullo se amalgamaron de un modo que me pareció animal, así que me alejé de él como alma que lleva el diablo. Aún no conocía ese tipo de adrenalina, el liberar de inmediato la ira en lugar de roerla como un chicle pasado.

La verdad es que no lo sé, le dije a Melissa. *No veo nada.*

¿Quieres decir hace poco? ¿Como una limpieza tecnológica?

Nunca he tenido tele.

O sea, ¿que ves cosas online?

Solo utilizo el ordenador del trabajo.

¿Y el teléfono?

Solo tengo un fijo.

Me miró como si yo fuera una alucinación, acto seguido bajó la vista, perpleja, hacia su tablilla con sujetapapeles.

Espera, ¿y el cine? ¿Cuál es la última película que has visto?

No he visto ninguna. Una vez vi un trozo de Ciudadano Kane, *pero me quedé dormida. He visto el principio de unas cuantas más, pero no sé los títulos.*

Por su expresión no supe adivinar si aquello era una deficiencia o algo impresionante.

Bueno, supongo que... podemos pasar eso por alto, de momento, dijo Matheson. *¿Hay alguien en tu vida a quien se lo cuentes todo?*

Algo así como tu mejor amigo, añadió Melissa.

Sí, o un pariente. ¿Tus padres? ¿Un hermano?

No tengo hermanos, y ya no tengo padres.

¿Algún amigo? ¿Algún novio?, preguntó Melissa, sin levantar el pie del acelerador ni ante el reductor de velocidad que solía ser la mención de mis padres.

Tengo una buena amiga, pero supongo que me lo guardo casi todo.

Perdóname si soy indiscreto, dijo Matheson, *pero ¿tus padres viven aún?*

No estaban muertos, y si lo estaban, tampoco sabía cómo averiguarlo. Supuse que la tía Clara me llamaría si pasaba algo, pero casi nunca hablábamos desde que dejé de visitar Tennessee, y hacía meses o un año que no sabíamos nada la una de la otra. Me pregunté si simplemente estábamos dejando pasar el tiempo necesario para olvidar lo que había ocurrido.

Están ilocalizables, expliqué, aunque en realidad sin explicar nada.

Oh, Dios mío, ¿no serás amish o algo parecido?, preguntó Melissa.

Es solo que me educaron en casa, dije, pero el hecho de no haber ido nunca a la escuela no explicaba nada ni por asomo. Siempre evitaba hablar de cómo me habían criado. *¿Vais a preguntarme por mi currículum o por mis respuestas a vuestras preguntas?*

Hemos leído tu solicitud, dijo Melissa.

Y está bien, la interrumpió Matheson. *Admirable. Columbia. Un trabajo fijo. Nociones de reanimación cardiopulmonar. Un curso de submarinismo. Español. Francés...*

Sí, todo resulta muy impresionante, dijo Melissa, *¿verdad?*

Así pues, no tenéis ninguna pregunta acerca de...

Matheson levantó la mano para hacerme callar. *Mary, apreciamos tu cooperación mientras llevamos a cabo este rigurosísimo proceso de selección, y te podemos asegurar que si se te elige para este trabajo, quedarás satisfecha con la compensación y la interesantísima experiencia.*

Trabajamos para un hombre muy interesante e influyente, dijo Melissa.

Muy sabio para su edad.

Y con mucho talento.

Y rico, claro.

Claro.

Y nosotros tenemos la responsabilidad de evaluar a los candidatos para un proyecto muy innovador, una investigación puntera sobre algunas de las cuestiones que más retos plantean en nuestras vidas.

Eso es todo lo que te podemos decir.

Por ahora.

Muy bien.

A los candidatos que pasen las demás entrevistas se les dará más información.

Toda la necesaria.

Se oyó el ping de un teléfono y Matheson y Melissa se levantaron al unísono y me tendieron la mano para que se la estrechara.

Pero por desgracia, nuestro tiempo de hoy ha terminado, dijo Matheson. *Muchísimas gracias por tu tiempo. Eres una candidata muy interesante. Estaremos en contacto.*

En la puerta había una chica con un atuendo cuadrado de color beis. No sabría decir si iba bien o mal vestida, elegante o hecha un desastre.

Hola, soy Matheson, soy Melissa, sí, hola, Rhoda, encantados de conocerte, cómo estás, gracias por ser tan puntual.

Cinco

Ed me sujetaba por las muñecas, tiraba de la izquierda hacia arriba y ligeramente a la derecha, y de la derecha hacia arriba y ligeramente a la izquierda. Estaba en cuclillas sobre la mesa y yo de rodillas, y unas suaves correas de cuero me sujetaban los tobillos y las rodillas al suelo. Habíamos programado las siete sesiones siguientes, y aceptó que le pagara a final de mes, por lo que disponía de veinticinco días para reunir mil quinientos setenta y cinco dólares en efectivo. Mi única esperanza si me fallaba mi experiencia generadora de ingresos era hacer de anfitriona siete noches por semana en un restaurante panasiático, que parecía ser una tapadera de algo que ocurría en la trastienda. No sabría decir. Pero no bastaba para cubrir mis sesiones de CAPing, aunque pagaban cada noche, bajo mano, y el tipo que me entrevistó dijo que existía la posibilidad de ganar más dinero, aunque sin decir cómo. Me hizo un montón de preguntas sobre mis zapatos y si tenía los tobillos fuertes: *Hay que estar mucho rato de pie..., ya sabe, cuando se hace de anfitriona.* Me preguntó tres veces qué número de pie calzaba, y pareció dar a entender algo que no comprendí, como si hubiera un subtexto oculto. En el dorso de la tarjeta me escribió otro número, y me dijo que lo llamara siempre que quisiera. Me dije que ojalá nunca tuviera que hacerlo.

Puesto que ahora estás ovulando, hoy solo trabajaré de manera activa por encima del corazón y debajo de las rodillas, me dijo Ed. *No queremos... interferir.*

Ah, dije, *muy bien.*

Un médico me había dicho que mantuviera un estricto registro de mi ciclo, de la temperatura basal y la posi-

41

ción del cérvix, así que sabía que Ed acertaba de pleno, aunque en el impreso de inscripción yo no le había proporcionado ningún dato. ¿Era posible tener pinta de estar ovulando? Estaba acostumbrada a estar ciega a cosas que los demás encontraban evidentes, pero esto parecía algo extremo. Intenté olvidar el comentario de Ed sobre la ovulación y centrarme en mi respiración o algo semejante, pero todo aquello era demasiado raro, como si lo hubiera pillado rebuscando en mi bolso.

Esto..., yo no te he dado información alguna sobre mi ciclo, dije tras un largo silencio.

Arraiga las rodillas en la tierra, me dijo, y eso hice (o lo intenté, o algo así, ¿y qué quería decir con eso?). Se puso a salmodiar.

Sin contraer la zona lumbar, añadió, interrumpiendo el cántico y reiniciándolo de inmediato.

Quería preguntarle, de manera más concreta, cómo sabía que estaba ovulando, pero ahora me concentraba en no contraer la zona lumbar mientras él salmodiaba y movía la mano en círculos. Se me estremecieron los hombros, como si generaran un sonido grave.

El aura de una mujer se desplaza perceptiblemente durante su ciclo, me dijo más tarde. Colocó unos sensores entre mis cejas y en el envés de cada muñeca. Los cables estaban conectados a una pequeña máquina blanca del tamaño de una mininevera. La puso en marcha y el aparato comenzó a runrunear, al tiempo que una luz azul fría parpadeaba sin seguir ningún patrón.

Cuando cuente siete, por favor contén el aliento y concéntrate en el primer color que sientas.

Yo estaba boca abajo en la mesa de masaje, con la cara metida en el hueco de la almohadilla, mirando al suelo. Apretó el codo entre un músculo y un hueso ubicado justo debajo del cuello y contó en un susurro. Cuando llegó a siete vi una pálida luz amarilla y sentí que se me aflojaban los brazos. Cuando unos minutos más tarde desperté, Ed estaba sentado en el suelo junto a la mesa, con las piernas cruzadas y salmodiando de manera casi inaudible. Sentí como si en la columna vertebral se me hubiera endurecido una franja de cera fundida, pero cuando llevé la mano, no era más que mi piel. Me pareció que había estado llorando, que aún estaba llorando. Las lágrimas brotaban y caían al suelo.

Las lágrimas son un flujo de energía que se puede canalizar hacia caminos más avanzados, dijo Ed. *Las lágrimas son una elección que tú haces.*

De inmediato dejé de llorar.

Muy bien, dijo, *¿no es mejor así?*

Seis

¿Cómo ha ido el día?

Estaba mirando por una lente negra incrustada en la pared de una pequeña habitación blanca de un edificio del SoHo, leyendo una lista de frases. Matheson y Melissa estaban sentados uno a cada lado de la lente, y de vez en cuando anotaban algo o intercambiaban una mirada.

¿Cómo ha ido el día?, volví a preguntarle a la lente. *¿Cómo ha ido el día?*

Me habían indicado que leyera cada frase tres veces: *Eso debe de ser duro para ti* y *Lo que tú quieras está bien* y *Tienes razón* y *¿Qué estás pensando?*

Era mi tercera entrevista, quizá la cuarta. Como siempre, seguían sin explicarme nada. Lo único que me habían dicho era que variara ligeramente las inflexiones, que imaginara que hablaba con alguien que me importaba mucho.

Excelente, dijo Matheson, *pero, a partir de ahora, ¿podrías hacer una pausa un poco más larga entre repeticiones?*

¿Este trabajo tiene que ver con la interpretación? ¿Actuar forma parte del trabajo?

No, dijo Melissa, *te podemos asegurar que la interpretación no tiene nada que ver.*

Te he echado de menos era la siguiente frase en la lista que me habían dado.

Te he echado de menos, dije, preguntándome quién más había llegado tan lejos y quién o qué había al otro lado de la lente. *Te he echado de menos,* dije, preguntándome qué es en realidad echar de menos. *Te he echado de menos.*

Melissa descruzó las piernas y volvió a cruzarlas. La docena de sensores que llevaba conectados en diversas partes del cuerpo a veces siseaban o los notaba calientes, pero el que una tecnología u otra me midiera se había convertido en una parte tan normal de mi vida en las consultas de los médicos que esos sensores no me sorprendían nada.

Te quiero, le dije a la lente. *Te quiero*. Alargué la pausa. *Te quiero*.

Melissa se puso en pie y salió bruscamente, mientras afirmaba que tenía que comprobar los resultados en otra habitación.

Matheson puso una sonrisa de suficiencia. *Las demás chicas han sido una decepción tras otra. Tan falsas y raras. Pero tú careces casi completamente de pretensiones.*

A mi izquierda había un gran espejo, y al mirarlo comprendí que estaba empotrado en la pared, lo que hizo que me preguntara si había un espejo a un lado y un cristal al otro. Me deprimió pensar que a lo mejor había estado mirando a otra persona pero solo me había visto a mí.

¿Es uno de esos espejos que permiten que te vean desde el otro lado?, pregunté, pero Matheson no reaccionó, apretó el auricular, levantó la mirada y preguntó: *Mary, ¿por qué crees que la gente se empareja, por así decir? ¿Por qué los seres humanos se emparejan?*

Me acordé del año en que fui la mitad de una pareja, un poco antes de que comenzaran todas las enfermedades.

Paul. Nos conocimos en una azotea, en una fiesta organizada por uno de los amigos ricos de Chandra, y nos dijimos hola en el mismo momento, ambos con la vaga sensación de que ya nos habían presentado, de que nos conocíamos desde hacía mucho tiempo, que ese encuentro ya había ocurrido, que volvería a ocurrir, que siempre había ocurrido. Al mirarnos, fue como si encajara algo que no había encajado nunca. Hablamos no sé de qué, sonreímos tanto que nos acabó doliendo la cara, luego anocheció y nos perdimos en la oscuridad, olvidando despedirnos de los demás, sobrecogidos. Caminamos durante horas por el barrio, encontramos un parque y caminamos por el exterior, hablando y hablando, aunque no recuerdo de qué: pero había algo en su voz, algo más profundo que el mero sonido, las palabras o cómo las decía. (Dijo *juntos* pronunciando más la *u* que la *o*, y aquello produjo un tremendo efecto sobre mí, *juuntos*.) Sigo sin encontrarle un sentido, incluso después de todos estos años. Sigo sin saber qué hay o había en él, en los dos juntos (el modo en que pronunciaba la palabra) que nos unió de manera tan decidida, a dos personas tan indecisas que, por un tiempo, tuvieron aquello tan claro.

A cierta hora decidimos coger el metro y regresar cada uno a su casa, pero él se pasó su parada y se quedó a hacerme compañía, y luego a mí se me pasó la mía y nos quedamos sentados en el vagón, sin darnos cuenta al principio, y luego nos dimos cuenta pero no nos importó. Fuimos hasta Queens y tuvimos que esperar en el andén durante una hora en medio de una multitud cada vez más apiñada, algunos irritados, otros achispados, algunos rumbo al trabajo, tan temprano, y estoy bastante segura de que yo sabía, incluso entonces, que estaba haciendo lo que hace la gente en los libros cuando se enamora, idealizan cosas feas, la estación mugrienta, el aire denso del sudor de cientos de personas al evaporarse, ese inmenso hedor..., pero no me importaba estar idealizándolo. Me daba igual que fuera una estación de metro a medio reformar, con los martillos neumáticos gimiendo y el polvo verdoso en el aire y toda la gente cansada, enfadada y sudorosa aglomerándose a nuestro alrededor, quejándose en voz alta. Yo estaba en otro lugar. No estaba esperando nada. Sabía que esa clase de amor, técnicamente, no era más que un cóctel de neurotransmisores concebido para hacer que te sientas invencible e infinita —más allá del lenguaje, más allá de la lógica—, pero también sabía que el amor era tan emocionante como fugaz, un preludio al dolor, aunque solo lo sabía porque lo había leído, es decir, que todavía no lo había aprendido y quizá no lo aprendiera nunca. Ese tenue resplandor en el pecho. Qué simple parece. Pero solo lo parece.

Me invadió esa paradoja de sentimientos y recuerdos en cuanto Matheson me formuló la pregunta, pero fui incapaz de hablar. Increíblemente, todo se quedó estancado justo debajo de mi boca.

¿Quieres decir... por qué dos seres permanecen juntos (juuntos) a largo plazo?

Sí, relaciones a largo plazo, matrimonio. ¿Qué sentido tiene?

¿Quizá porque creen que así todo será más fácil? ¿Una división del trabajo?

(No me lo creí. Me pareció que se daba cuenta.)

Tareas domésticas, generar ingresos, criar a los niños, preguntó, *¿esa clase de cosas?*

Puede.

¿Y puede que haya otras razones?

Puede..., la gente se enamora. Y eso les hace permanecer unidos.

¿Y qué es, exactamente, enamorarse?

Le da sentido a algo que no lo tiene.

Asintió y anotó algo. *¿Piensas mucho en ello?*

No especialmente.

Pero parece que tienes tus propias ideas sobre el tema.

Pienso mucho. No tengo mucho más que hacer.

Exacto, supongo que sin tele ni nada parecido dispones de mucho tiempo...

No era eso lo que quería decir, pero no le corregí.

Apuntó algo más, llevó un dedo al auricular. *Mary, vivimos una época muy extraña. Los datos son siempre más importantes que el conocimiento: grandes datos, datos que son una forma de guerra, y mientras a los adultos se les enseña a angustiarse porque no practican el sexo lo suficiente, los adolescentes se avergüenzan de desearlo día y noche. La alta costura utiliza a niñas descarnadas para vender el sexo como arte, mientras que las niñas pequeñas llevan tacones altos y hacen abdominales. La manera en que nuestra cultura expresa el valor y la sexualidad colectiva se ha vuelto, por decirlo suavemente, algo demencial.*

Todo aquello no tenía mucho sentido para mí, pero asentí como si lo comprendiera. Matheson apretó el auricular y siguió hablando como un mal actor que imita a un político aún peor.

En el contexto más general de la historia humana, la riqueza y el poder han sido indicios de que una persona ha obtenido un exceso de recursos para sobrevivir. Los ricos y poderosos del mundo, por tanto, deberían ser los nódulos de la filantropía y la evolución, los que nos hacen avanzar como especie de manera considerada y generosa. Sin embargo, el concepto estadounidense de famoso se ha desarrollado y deformado coincidiendo con el apogeo de la era de la información. Ahora los paparazzi *están en todas partes porque cualquiera que tenga un móvil puede serlo. Lo que antes tan solo solía aparecer en* Us Weekly *está ahora en todos los rincones de internet, deshumanizando sin cesar a muchos de los miembros de nuestra sociedad emocionalmente más inteligentes y con más talento.*

No interrumpí su perorata para preguntar qué era *Us Weekly*, pero al día siguiente lo busqué en el trabajo. ¿Alguna vez dejará de sorprenderme la manera en que la gente crea su propio infierno?

El valor que hemos concedido al conocimiento superficial de las vidas de nuestros famosos crea rápidamente una especie de vacío emocional para muchos individuos respetados, con talento, ricos y por lo demás evolucionados... Y esta paradoja liga con lo que decía acerca de que los ricos y poderosos deberían hacer progresar la raza humana. La obsesión con los famosos, desde el punto de vista emocional y logístico, a menudo constriñe a la gente más importante, próspera y célebre del país, y en última instancia eso impide que esas personas ricas, poderosas y célebres sean los nódulos de la evolución y el progreso que deberían para la cultura en general.

(Por un momento Matheson pareció darse cuenta de que yo no comprendía lo que estaba diciendo, pero no por eso se calló.)

Por ejemplo, pongamos que un actor-cineasta de enorme éxito que ha vivido la mayor parte de su vida bajo el escrutinio público posee unos recursos inmensos, pero su capacidad para conectar de manera íntima y profunda con otra persona se ha visto comprometida por el hecho de que cualquiera que le conoce tiene la impresión de saber cosas de él a partir de los personajes que ha interpretado y la cobertura de la prensa. Encima, nos encontramos con esa permanente e ineludible vigilancia de sus actividades públicas que se comparte continuamente online. Unos desconocidos tuitean su paradero y cada uno de sus movimientos. Le sacan fotos de manera discreta e indiscreta y las cuelgan, y le vemos en una acera, o conduciendo, o comiendo en un restaurante o paseando al perro o de vacaciones o haciendo cualquier cosa que se pueda hacer a la vista de los demás. Como puedes imaginar, esto crea una sobreconciencia del yo, incluso en la gente más resistente. Y también están todas esas apariciones y entrevistas oficiales que se ve obligado a conceder para promocionar sus películas: preguntas sobre su vida personal, su vida creativa, qué películas le gustan, qué hace en su tiempo libre, con quién sale, con quién salía, dónde viaja, qué ha hecho, qué va a hacer ahora. Toda esta intimidad ya se ha sacrificado, y la prensa persigue con más ahínco todo aquello que intenta mantener en la intimidad. ¿Te imaginas lo que todo esto puede hacerle a alguien?

Pero era una pregunta retórica. Matheson se llevó la mano otra vez al auricular, y se me ocurrió que a lo mejor todo eso formaba parte de un guion, y yo era incapaz de decidir qué pensar de lo que estaba diciendo, si todo aquello era absurdo o solo una prueba más de que yo nunca acabaría de comprender este mundo.

A causa de sus películas y su intimidad siempre comprometida, cualquiera que conozca a ese hipotético actor-cineasta tiene de él una opinión compleja, y la falsa sensación de cono-

cerlo *mucho antes de intercambiar una palabra. Así, ese hipotético actor-cineasta ha perdido toda la capacidad de crear una primera impresión o de conocer e interactuar de verdad con otra persona. Por el contrario, se ve sometido a lo que la otra persona sabe de él, a pesar de su integridad. Pero ¿qué puede hacer ese hipotético actor-cineasta? ¿Cómo va a conectar de una forma importante y humana en un mundo en el que la gente tiene la falsa impresión de que ya ha conectado con él? ¿Cómo va a hacer amigos que no quieran utilizarlo para labrarse su propia fama o vivir a la sombra de su celebridad? ¿Cómo va a poder confiar en alguien, y, por tanto, cómo va a poder enamorarse de manera segura?*

(La seguridad me pareció lo opuesto de estar enamorado, aunque mi experiencia se limitaba quizá a una experiencia tangible y a cierta comprensión de segunda mano.) No tenía claro si eso formaba aún parte de la entrevista o si ya me preparaban para mi experiencia generadora de ingresos. (Chandra decía que aceptar la incertidumbre era la clave de la felicidad, así que acepté esa incertidumbre, pero seguía teniendo la sensación de vigilar lo que ocurría a mi espalda, a la espera del silenci oso momento en que todo se desmoronaría: aquella habitación blanca, aquel hombre que hablaba de aquel modo extraño, como si leyera.)

Mira TMZ o cualquier revista de famosos online o en papel, y todo lo que verás es abuso de drogas, divorcios y colapsos emocionales. ¿Y por qué crees que ocurre? ¿Crees que se debe a la constante presión de que te observen y te examinen? ¿Podría ser la manera mediante la cual nuestra cultura pretende devorar a sus ciudadanos más interesantes, talentosos y poderosos? No es más que otra prueba de que este país siempre se está poniendo trabas a la hora de avanzar en cualquier aspecto, ya sea cultural, político o emocional...

Quise preguntarle si me habían contratado o no, o recordarle que era yo la que no sabía nada de famosos, pero él parecía hacer caso omiso cada vez que yo tomaba aire para hablar.

Y todos tenemos necesidades, ¿no? Que te oigan y te comprendan, sentirte menos solo. Esas necesidades no desaparecen, por famoso, rico o célebre que seas, por muchas películas o series de televisión en las que participes, por muchos premios que ganes...

Su atención se centró en sí mismo por un instante, la cara se le ablandó y adquirió un aspecto infantil hasta que se apartó el flequillo y comenzó de nuevo.

Y ahora, deja que te pregunte algo: ¿estás familiarizada con el procedimiento utilizado en la donación de óvulos?

Esto..., ¿donación de óvulos?

Exacto.

Bueno, un poco, supongo. (En una ocasión vi a una chica administrarse una inyección subcutánea de hormonas en el cuarto de baño de nuestra residencia universitaria mientras me explicaba que estaba mejorando su linaje sin el riesgo de quedar embarazada... *como han hecho siempre los hombres,* dijo amargamente. Recordé la gotita de sangre fresca rodándole por la pierna.)

Bueno, esto es lo curioso de la donación de óvulos. Supongamos que deseas crear a una persona. Antes para ello debías tener relaciones sexuales, quedarte embarazada, sobrevivir al parto y criar al niño, ¿no? No hace ni veinte años, esa era la única opción.

¿Seguro?

Pero ahora, por supuesto, la tecnología amplía las rutas que puedes seguir para crear a un nuevo individuo. Si una mujer no se queda embarazada fácilmente, puede tomar medicamentos. O si eres soltero o gay o tu pareja es infértil, puedes acudir a un banco de esperma. Si no puedes gestar un bebé, puedes contratar un vientre de alquiler. Y si tus óvulos no funcionan, puedes comprar óvulos procedentes de otra mujer. Así que, en teoría, puedes comprar óvulos, esperma, alquilar una madre, contratar una nodriza y un ejército de niñeras, y en teoría serías la madre legal de ese niño, pero la donante de óvulos sería la madre genética y el donante de esperma sería el padre genético, y la madre de alquiler sería la madre biológica, y la nodriza tendría el vínculo de la leche o lo que sea, y las niñeras se encargarían de criar a los niños...

Yo no puedo donar mis óvulos, solté.

Oh, querida..., de ninguna manera queremos tus óvulos. Y no pretendo ofenderte. Lo único que digo es que ahora la tecnología nos permite dividir las relaciones y los papeles que en otra época reunía una sola persona. La cuestión de quién es teóricamente la madre del niño tiene muchas respuestas correctas.

No entiendo qué tiene que ver todo esto con lo que estabas hablando...

Bueno, el hecho es que nuestro proyecto también está interesado en la evolución, la evolución emocional, *en concreto en el desarrollo de una visión más honesta y matizada de la selección del vínculo de pareja, su comportamiento y mantenimiento. Sabemos que el matrimonio comenzó como un modo de controlar la tierra y la riqueza, pero hoy en día idealmente no lo consideramos así: queremos que nuestros cónyuges y parejas lo sean todo para nosotros: nuestro amante, nuestro mejor amigo, nuestro confidente, que nos cuide, que esté a nuestra altura intelectual, que a veces sea como otro progenitor y que a veces incluso sea un sustituto indirecto de un padre o madre perdido o fracasado. Además, ahora se acepta más que nunca que el amor y el afecto no siempre se ajustan al patrón heterosexual. En cuanto que cultura, hemos llegado a un punto en el que la visión predominante de la pareja romántica ya no tiene que ver con la supervivencia, la riqueza, ni con crear una progenie. En un planteamiento ideal, un matrimonio o una relación a largo plazo deberían construirse sobre un profundo sentimiento de amor entre dos personas: sin embargo, la presencia o intensidad de este sentimiento es extremadamente difícil de medir o explicar con exactitud. Lo que intentamos investigar aquí es la fisiología de ese tipo de equilibrio emocional. ¿Qué ocurre dentro del cerebro de una pareja realmente feliz y cómo podemos saber si esa pareja es realmente feliz? ¿Existen hábitos y prácticas que puedan crear esa satisfacción desde dentro? Y cuando alguien dice que al conocer a su pareja «supo que era justo lo que buscaba», ¿qué es lo que supo? ¿Y qué significa que una persona continuamente intente alcanzar ese tipo de estabilidad emocional con otra persona y fracase? ¿Podría resultarles imposible a algunos contar con una sola persona que les aporte todo el apoyo emocional, social, sexual y cotidiano? ¿Podríamos encontrar una especie de solución tecnológica, terapéutica y/o médica a ese intento y fracaso continuado a la hora de encontrar satisfacción en un vínculo de pareja romántico?*

Me quedé mirándolo, del todo perpleja.

Básicamente, añadió, *nuestros cuerpos evolucionaron de lo animal a lo humano. Pasamos de ser tribus nómadas a civilizaciones estructuradas, y ahora continuamos evolucionando para que la experiencia humana sea algo más armonioso.*

Creo que todavía sigo preguntándome qué tiene que ver todo esto con este... trabajo.

Lo que te puedo decir en esta fase es que trabajo para un artista cinematográfico muy importante. Es actor y director, pero en verdad es mucho más que eso. Es un auténtico artista. Y basándome en las últimas entrevistas, parece que nunca has oído hablar de él, y eso es estupendo. Lo que sí te puedo decir es que estás en la fase final de una oportunidad muy excitante. Es un hombre de ideas, brillante pero muy humilde con su éxito. Y por eso tuvimos que ser tan poco claros en el anuncio: si mencionábamos el hecho de que participaba una personalidad, habríamos tenido un millón de solicitudes de fans, que es justo lo que no buscamos. Pero, Mary, de verdad agradecemos lo paciente que has sido con todas estas entrevistas —me introdujo en la mano un sobre que parecía contener efectivo—, *así que aquí tienes una muestra de agradecimiento.* Intenté aceptarlo como quien no quiere la cosa, reprimiendo la sensación de que acababan de zarandear una bolsa de serpientes que habían soltado sobre mí. Se me tensaron los tendones del cuello y de detrás de las orejas. Me acordé del dinero que ya le debía a Ed.

Volvió a entrar el mismo hombre silencioso y enfundado en una bata blanca de laboratorio que me había aplicado una docena de sensores. Me los quitó, los colocó en una caja especial y salió. No pude evitar preguntarme si conocía o si podía ser el actor del que Matheson había hablado, feliz de ver a alguien que no sabía quién era.

Te llamaremos pronto, dijo Matheson mientras me acompañaba a la puerta y luego a un ascensor. Apretó un botón y se despidió con la mano cuando las puertas se cerraron.

Siete

Me sentí lo bastante bien y lo bastante rica (el sobre contenía diez billetes nuevos de cincuenta) como para comprarme comida de verdad —pollo asado, puré de patatas y espinacas a la crema— en la tienda gourmet para ricos que había cerca de mi oficina. Incluso me compré una botella de vino, aunque luego me di cuenta de que había vendido el sacacorchos cuando me deshice de mis muebles. Sentada contra la pared de mi sala de estar comí directamente de la caja de cartón con la mirada fija en el vino sin abrir: un artículo de lujo, superfluo. Había sido una victoria comprar (con dinero *en efectivo*) incluso la botella de vino más barata de la tienda más aparente (estantes de madera hechos a medida en lugar de cristal a prueba de balas), y, que yo recordara, era la primera vez que me pedían una identificación (aunque había pasado mucho tiempo desde que compré algo o estuve en alguna parte que lo justificara).

Mientras la dependienta me devolvía mi carné de conducir, obtenido a duras penas en una sucursal de Tráfico del centro, me acordé del primer carné de conducir que me saqué en Tennessee, caducado hacía mucho, y que aún lo guardaba en una pequeña caja de recuerdos que siempre había conservado. En la foto tengo diecisiete años, la piel pálida después de tantos años de llevar vestidos de manga larga, sombreros de ala ancha y vivir a la sombra del bosque. Cuando miraba la foto solía pensar: *Junia,* como si Junia fuera otra persona, no yo, ni el primer nombre que me pusieron. Me parecía que mi identidad se había escindido forzosamente, que me había convertido en otra persona. Ahora podía mirarla y ver toda esa estoica ferocidad en sus ojos, hasta qué punto deseaba hacer algo que nunca pudiera deshacerse. Algo permanente. Algo que fuera un poco para siempre. Pero no me interesa lo que es para siempre. Ya no.

¿Qué clase de nombre es Junia, de todos modos?, me preguntó la tía Clara mientras nos alejábamos en coche de la cabaña por última vez. *Es como Merle para ti, un nombre de esos raros. ¿Qué tiene de malo Julia o Julie? Demasiado normales para él, supongo.*

Se echó a reír, en un intento de hacerme reír a mí también, pero fui incapaz. En el coche me rebautizó como Mary, y cuando después vi mi imagen en el espejo del cristal de la puerta del juzgado de Knoxville, ya no supe a quién estaba mirando, ya no supe dónde estaba yo en todo aquello.

Es un buen nombre de pila, dijo Clara. *Con un nombre como Mary puedes ser quien quieras.*

La casa de la tía Clara figuraba como mi domicilio, aun cuando nunca fue del todo mi hogar, solo una casa en la que dormí algunos meses. Adopté su apellido, Parsons, en lugar del de mis padres, Stone (aunque sigo sin saber qué nombre es más mío). Parsons había sido el apellido de su esposo, que llevaba muerto más tiempo del que había vivido. Todo lo que llegó a contarme de él fue: *Solo puedes amar tanto a una persona una vez en la vida,* y yo no sabía lo bastante como para estar de acuerdo con ella o no. Qué terrible y hermoso engaño, y qué triste si es cierto. No sabría decir, y quizá nunca lo sepa.

Esa tarde fui al Departamento de Tráfico, conduje alrededor de una manzana con un hombre de carabina en el asiento del copiloto, y media hora más tarde tenía en la mano la primera foto que veía de mí misma, todavía caliente de la máquina. Siempre tenía mi identificación encima del escritorio, a la vista, y a medida que iban llegando los demás documentos —mi tarjeta de la Seguridad Social, mi certificado de nacimiento y la nota de mi examen de educación general y de acceso a la universidad— los fui añadiendo a ese despliegue. Ahí estaba esa persona. Mary Parsons. Ahí estaba la prueba de que existía.

Pero Merle me había enseñado a tener miedo de todo. Yo había estado en el centro de la obra de su vida, aunque no de su vida, al igual que él siempre había sentido y sentiría un amor por el Señor más grande que el que había sentido por mi madre o por mí. Eso no era ningún secreto, y me había dicho que hiciera lo mismo, amar al Señor sobre todas las cosas, me había enseñado que el amor pertenecía tan solo a lo divino, no a este mundo echado a perder. Me ha resultado difícil, por no decir imposible, cambiar esa manera de pensar. Quizá siempre tendré que amar la idea del amor o un concepto de Dios más de lo que puedo amar a una persona. Pero estas cosas son tan difíciles de medir: ¿cómo puedes llegar a cuantificar o comparar un amor con otro? ¿Por peso? ¿Por volumen? ¿Y quién puede decir que amar a una persona no sea tan solo amar la idea de esa persona y no a la persona real, todos esos incomprensibles grumos de carne con todos sus años transcurridos y desaparecidos, toda su historia almacenada en sótanos que ni siquiera ellos pueden alcanzar?

Así pues, tiene sentido que tanta gente decida amar tanto a Dios, pues ese es el único amor que tiene opciones de no cambiar nunca, de no desaparecer nunca (aunque ni siquiera el amor de una persona por Dios tiene garantías de perdurar). Cuando pienso así en Merle, casi puedo perdonar, casi puedo comprender cuán intensamente su devoción por amar a Dios lo dirigía todo en su vida, estimulaba sus manos para que teclearan, quemaran y volvieran a teclear aquellas páginas, un propósito que Dios le había dado, y a ese respecto no le cabía la menor duda. Esa era una certeza.

Estaba escribiendo un manifiesto, más o menos, un credo sobre la imposibilidad de llevar una vida auténticamente cristiana y obedecer a ningún gobierno al mismo tiempo. Creía que todas las formas de gobierno estaban desacreditadas desde un punto de vista espiritual, y que la única manera auténtica de seguir a Jesús era ser radicalmente autónomo: no estar conectado a nada exterior. La red energética era un despilfarro y corrupta, la red alimenticia devaluaba y destruía el planeta, la cultura en general estaba llena de dolor y engaño, y el dinero en sí mismo era algo realmente malvado, e incluso la Iglesia (o, como él decía, la corporación que se hace llamar Iglesia) era lo más corrupto: contaminada por el dinero y la codicia política y la extendida propiedad de la tierra. Y lo peor de todo era que se denominaban santos.

Su plan consistía en criarme en un estado de completa pureza, en protegerme de ese mundo terrible, y en que mi vida le diera la razón. Supongo que esperaba que yo fuera una profeta, pero yo no tenía nada que decir. Con el tiempo, y con la ayuda de Clara, me marché y me uní a ese país echado a perder, comencé a seguir sus reglas, a respirar su aire, comenzaron mis deudas, me conecté a todas esas terribles redes.

Mi certificado de nacimiento llegó diecisiete años más tarde, de manera que la palabra oficial que define mis comienzos es turbia: mi fecha de nacimiento, mi madre y mi padre, y mi localización son todos datos *desconocidos*. Pero al final acabé naciendo.

Cuando se decidió que Merle y Florence vendrían a visitarnos a Clara y a mí por Acción de Gracias, unos meses después de mi partida, todos mis días se fueron sumiendo hacia ese día como el agua que cae por un desagüe. Y entonces llegó el día, y ellos llegaron y entraron por la misma puerta por la que habían entrado todos mis documentos de *Mary Parsons*. Florence me abrazó como si yo fuera demasiado delicada para poder tocarme, los ojos de Merle se negaron a cruzarse con los míos, como imanes del mismo polo. Merle se quedó sentado en la sala de estar leyendo la Biblia y yo me pasé un buen rato en el cuarto de baño, sufriendo arcadas aunque sin poder echar nada, remojándome la cara con agua, practicando una serena sonrisa en el espejo.

Durante la cena, Florence se puso a hablar de la cosecha de remolacha y de que las judías verdes estaban tan altas que tendría que construir un nuevo caballete.

Nunca habíamos tenido verduras como las de este año, dijo, y Merle no dijo casi nada en toda la tarde, no hasta poco antes de irse, después de que todos rechazásemos la tarta a pesar de la insistencia de Clara, y en el momento en que Merle podría haberse despedido de mí, lo único que dijo fue: *Eres una tonta,* y se marchó.

Más tarde, mientras la tía Clara y yo repartíamos el pavo dentro de unos recipientes de plástico, no pude evitar preguntarme si de manera deliberada no había sido una referencia a la escena de *El rey Lear* en que Lear llama tonta a Cordelia. Merle se había mostrado muy orgulloso del trabajo que yo había escrito acerca de que el materialismo de Lear era inseparable de su locura, que la obra desmonta la mentira de la codicia, y que el espíritu es justo lo opuesto a la acumulación de riqueza y poder. A veces sacaba a colación ese trabajo sin venir a cuento, interrumpiendo cualquier conversación para volver a elogiarlo. Mientras me daba clases particulares de alguna asignatura que me daba problemas, citaba el trabajo como prueba de que yo era una persona con talento, capaz de un pensamiento creativo, y por tanto capaz de comprender cualquier cosa de álgebra o de química que en aquel momento me estaba costando. Habíamos escenificado varias veces *El rey Lear,* y los tres interpretábamos todos los papeles, lo que significaba que a veces teníamos que dar la réplica y la contrarréplica en el mismo diálogo. Florence leía una parte con voz aguda y la otra con voz grave, pero Merle simplemente desplazaba el peso de una pierna a otra, y jamás cambiaba el ritmo ni alteraba la dicción, y cada verso caía sobre el siguiente como una cascada, veloz como el fuego en un campo seco. Su voz, no sé por qué, nunca dejaba traslucir que se había criado a la sombra del monte Lookout, mientras que a Florence y a la tía Clara sí las delataba el modo en que ambas alargaban las vocales. Clara mencionó en una ocasión que creía que Merle había pasado unos años en California antes de conocer a Florence, pero desde luego nunca averigüé lo que había ocurrido allí, por qué había ido ni por qué había vuelto.

Las cenas de Acción de Gracias no mejoraron, aunque durante unos años fueron más silenciosas. En cuanto me fui a la universidad, regresaba cada otoño y parecía que habíamos alcanzado un equilibrio casi cómodo, que podíamos seguir así de manera indefinida. Pero un día Merle dijo algo relacionado con que yo vivía muy lejos, con que yo había olvidado mis raíces, y estallé.

Nueva York no parecería estar tan lejos si todos tuvierais teléfono. Y la verdad es que no demostráis nada con el hecho de no tener teléfono. No es que os vaya a devorar el alma ni cualquier cosa en la que creáis.

Me pareció que tenía el derecho a exponer mis razones. Creía saber más que ellos. Nadie me contestó durante unos segundos, y aquella frase quedó colgando entre nosotros —*No es que os vaya a devorar el alma ni cualquier cosa en la que creáis*—, y tuve que enfrentarme a la cáustica estupidez de lo que había dicho. Aplasté el relleno dentro del guiso de espárragos con el dorso del tenedor, y cuando levanté la mirada Florence estaba pálida e inmóvil, y Clara había agachado la cabeza. Lo único que se movía en torno a la mesa era la mandíbula de mi padre, cuya cara ahora tenía un aspecto desnutrido y chupado, con el tenedor flotando sobre el plato. A veces lo recuerdo con los ojos cerrados. Otras, atravesándome con la mirada.

Yo tenía veintidós años, un título universitario, un trabajo, había recorrido el mundo con Chandra, había leído todo tipo de libros que ellos nunca habían leído, sabía montones de cosas que ellos se negaban a saber. Creía que les haría comprender, con la retórica, con todo lo que había aprendido. No me daba cuenta de que estaba poniendo fin a todo, de que me resultaría realmente fácil desaparecer de la familia.

Me asombra lo ignorante y arrogante que te has vuelto, dijo Merle tras un largo silencio.

Vamos, dijo Florence, *no discutamos por esto. Todos sabemos que esta discusión no nos llevará a ninguna parte.*

Maldita sea, me importa un pito que no nos lleve a ninguna parte.

Maldita sea era la única maldición que le había oído utilizar, un total de cuatro veces: cuando se desplomó el cobertizo de las herramientas; cuando se cortó la punta de un dedo; cuando un roble cayó sobre nuestra cabra durante una tormenta de hielo; cuando se encontró con que una pitón, que se le había escapado a alguien que la tenía de mascota, se había tragado dos gallinas de nuestro corral. Cosas fáciles de reparar, todas ellas: reconstruyó el cobertizo, cauterizó la herida, cocinó la cabra y le pegó un tiro a la pitón. Pero yo, como problema, no era tan fácil de solucionar.

La tía Clara dejó caer con energía el tenedor en su plato y habló sin levantar la voz: *Merle, querido, lo siento mucho, pero no voy a soportar esta clase de lenguaje en mi mesa, y mucho menos el Día de Acción de Gracias.*

Merle observó a Clara como si no fuera más que el gato de la casa que acababa de entrar tranquilamente en el comedor, y siguió comiendo.

Lo siento, dijo sin dirigirse a nadie en concreto.

Yo estaba lista para la retirada, para regresar al papel de hija permanentemente pródiga que desempeñaba una vez al año, al acuerdo tácito de que yo aparecía, comía, dormía allí una noche, y al día siguiente cogía el autobús Greyhound y me marchaba. Eso era todo lo que nos mantenía unidos como familia.

No debería haber sacado el tema, dije. *Es culpa mía.*

Aunque durante una época Florence había intentado escribirme —me hablaba de los tomates, las calabazas, la cosecha de judías verdes, la cantidad de animales que Merle había matado, los kilos de cecina en los que se había convertido un ciervo—, sus cartas se interrumpieron al cabo de un año, más o menos. Siempre las firmaba *Con amor, mamá y papá,* siempre de su puño y letra. Nunca había nada personal, ni me preguntaba cómo me iba, y aunque medio detestaba esas cartas, también me encantaban.

Puede hacer lo que quiera, dijo Merle mientras se levantaba y caminaba tranquilamente hacia la puerta de atrás, que al salir cerró de golpe.

Necesita un poco de aire fresco, dijo Florence, *ya sabes cómo se pone cuando le falta una buena bocanada de aire fresco.*

Ya fue entrada la noche cuando Merle salió del bosquecillo suburbano que había detrás de casa de Clara. En una mano llevaba la escopeta que guardaba en la camioneta y en la otra dos ardillas despellejadas colgando de una rama.

Escuchad, dijo al entrar. No se molestó en quitarse las botas embarradas, y me dije que iba a embarcarse en una de sus peroratas acerca de que mi modo de vida creaba una renta que se convertía en impuestos que apoyaban la guerra, y que la guerra en sí misma era todo lo contrario de la vida de quien sigue a Cristo, que la única manera de vivir era rechazar todas las formas de capitalismo y subsistir con lo que Dios nos ofrece, ocupándonos de la tierra y los animales, pero lo que hizo fue ponerse a dar vueltas —casi hablando, luego ya no— dejando un rastro de barro sobre la alfombra beis.

Clara comenzó a fregar los platos haciendo bastante ruido.

La hija no llevará el pecado del padre, dijo Merle por fin, una cita adaptada de Ezequiel, *ni el padre llevará el pecado de la hija: al justo se le pagará con justicia, y a la malvada se le pagará con maldad.*

Intenté pensar en algún versículo propio, pero lo único que me venía a la cabeza era Nietzsche, como si la filosofía hubiera desplazado por completo todos los versículos de la Biblia que había memorizado de niña. Me pregunto qué habría hecho Merle si yo hubiera citado algo del Nuevo Testamento que hablara de la amabilidad y la tolerancia.

No provoquéis la ira de vuestros hijos, dije vacilante, desempolvando mi recuerdo de los Efesios.

¿Cómo te atreves a citar la Palabra que has rechazado? Me miró entrecerrando los ojos, como si estuviera lejos de él y apenas pudiera reconocer aquella cara que se hacía eco de la suya. *No hay sitio en ti para la santidad de la Biblia cuando te crees cualquier cosa que lees.*

Intenté recordar otra cita —alguna que me hubiera servido de apoyo en mis primeros años lejos de casa, cuando todavía trataba de dejarle sitio al cristianismo entre las demás filosofías y las largas discusiones con los defensores del ateísmo—, pero no se me ocurrió nada. Miré a Merle por un momento, y ahora ese momento se dilata enormemente en mi recuerdo: la piel de la cara se le había adelgazado, y tenía la barba más larga y más gris de lo que le había visto nunca. Recuerdo haber observado, quizá por primera vez, las gruesas arrugas que tenía bajo los pómulos.

Volvió a cerrar de un portazo, avanzó con un cuchillo hacia los animales muertos, y desde la ventana pudimos ver cómo les sacaba las entrañas mientras la sangre se derramaba por el suelo del porche.

Florence bebía una taza de café solo.

No me miró. Es posible que nunca volviera a mirarme. Dijo: *Oh, ha cogido unas ardillas.*

Ocho

Me costaba tomarme aquello en serio. Ed estaba boca arriba en el suelo, con las piernas estiradas hacia el techo, y yo estaba colocada encima de ellas, con la espalda arqueada sobre sus dos pies con calcetines, los brazos hacia arriba y el cuerpo formando una C. Esa era la segunda vez que hacíamos esa postura en concreto, y yo sujetaba dos gruesas bolas metálicas, una en cada mano, a las que Ed me había dicho que tenía que enviar mi aliento, pero no podía saber si lo estaba haciendo bien. Flexionó los dedos de los pies contra mi espalda siguiendo un ritmo lento y deliberado.

Yo llevaba un rato allí colgada cuando rompió el silencio.

Así que, ¿tienes novio, novia, pareja, algo?

Era difícil hablar con toda la sangre en la cabeza, pero conseguí decir *No.*

Bueno, quizá sea lo mejor. Mucha gente se divorcia o se separa durante el tratamiento de CAPing.

La gravedad contradecía mi cabeza: apenas podía hablar.

Porque estás reorganizando el modo en que tu cuerpo energético procesa el mundo exterior. La gente con la que pareces mantener un vínculo estrecho de repente se vuelve muy ajena, aunque siempre es para bien. Una reducción de las energías que no pueden existir de manera armoniosa con tu pneuma.

Su silencio era expectante, pero yo no tenía nada que decir, y era imposible que dijera nada. Una sensación en espiral iba creciendo en mis piernas, como si un óvalo nítido y cálido se formara entre mis omoplatos.

¿De verdad que no sales con nadie? No dije nada. *Porque parece que alguien te está mandando sus cables psíquicos... ¿Estás familiarizada con los cables psíquicos? No. Ah, bueno. Son fijaciones, conexiones, energía psíquica que una persona dirige a otra, a menudo sin su consentimiento.* Lentamente apretó los dedos de los pies en mi espalda y los relajó. Aquello me provocó un mareo increíble. *Digamos que la causa podría ser un padre sobreprotector o una pareja que te necesita. Este tipo de cables psíquicos puede interferir enormemente con mi práctica, de manera que necesito saber si estás en alguna situación que implique la presencia de cables psíquicos. Representa un importante peligro para mi trabajo y mi seguridad. ¿Últimamente has terminado alguna relación? ¿Has perdido a algún miembro de la familia?*

Ninguno, contesté, deseando que dejara de hablar. Había imaginado que el CAPing sería algo sereno y silencioso. Una música balsámica de un indefinible origen espiritual. Salvia, sándalo, cosas así. No esa cháchara durante aquellas incomodísimas maniobras. En nuestra segunda sesión, mientras Ed me amarraba a ese aparato de madera de aspecto medieval, me preguntó si recientemente había tenido algún sueño. *Casi nunca los recuerdo,* le dije, así que me preguntó si alguna vez había oído al grupo Yo La Tengo, a lo cual no supe qué contestar (naturalmente no lo había oído), de modo que me limité a fingir que me concentraba en la respiración. Ed comenzó a explicarme cosas de ese grupo. Me dijo que estaba escuchando un disco suyo, *en vinilo,* recalcó, y que había estado pensando en un género musical llamado *shoegaze**, algo relacionado con el

---

* El *shoegazing* es un estilo de música alternativa surgido a finales de los ochenta en el Reino Unido, que toma ese nombre (de *shoe*, «zapato», y *gaze*, «mirar fijamente») porque los músicos tenían la costumbre de tocar mirando al suelo. El grupo más representativo fue My Bloody Valentine en los Estados Unidos. Yo La Tengo se considera una combinación de folk, punk y *shoegazing*. (*N. del T.*)

lenguaje corporal del *shoegazer,* del permanente arrugarse o inclinarse hacia abajo del cuello de quien lo practica, y entonces cambió de tema de golpe y pasó a hablar de la raíz de ortiga: ¿alguna vez había tomado raíz de ortiga? Yo me encontraba en un estado de relajación, semimeditativo, pero él volvió a repetir más fuerte: *Mary, ¿alguna vez has tomado raíz de ortiga?,* y yo dije: *Esto, no,* tras lo cual Ed se puso a salmodiar de inmediato.

¿Y dónde debía mirar yo mientras él canturreaba? ¿Quería público o se suponía que aquello era la banda sonora de mi introspección? Y además, ¿qué era la raíz de ortiga?

Una y otra vez tenía que combatir la sensación de que el CAPing era simplemente absurdo: dos adultos en una habitación contorsionándose, uno de los cuales de tanto en tanto salmodiaba en lo que no parecía ningún idioma y de tanto en tanto se ponía a charlar de cualquier cosa, todo ello una extraña mezcla de ejercicio, terapia, primera cita y ceremonia. Toda aquella charla parecía una especie de distracción de nuestro trabajo supuestamente *serio,* pero era Ed —el experto, el CAPero, el posible vidente— quien siempre iniciaba la cháchara. Así que a lo mejor charlar era algo necesario para mi posible curación, y quizá mi renuencia a la hora de responderle era una prueba más de que mi aura no cooperaba, de que no estaba dispuesta a que la curaran. Yo no comprendía nada, me sentía tonta como una niña, y rara.

Probablemente haya alguien en tu futuro, dijo. Yo estaba tumbada boca abajo sobre la mesa de masajes, conectada a una máquina con unos pequeños clips metálicos adosados a los lóbulos de mis orejas y las puntas de los dedos. Tenía la cara fría, como cubierta de aloe, y no recordaba cómo había pasado de la posición anterior a la que me encontraba ahora.

Probablemente eso es lo que estoy percibiendo, añadió. *Algunas premoniciones. Alguien te está esperando en alguna parte. ¿No te ha pasado conocer a alguien y tener la sensación*

*de que ya lo conocías? Vuestros espíritus probablemente se
mandan cables psíquicos preventivos sin que os deis cuenta.
Nuestros espíritus saben mucho más de lo que nosotros podemos saber.*

Me acordé de Paul, de la emocionante y aterradora
sensación de que ya me conocía, pero cuando abrí los ojos
solo estaba Ed, con su pelo rubio apelmazado y su mirada
mustia. Cerré los ojos otra vez y mis párpados palpitaron
con una luz azul brillante. ¿Qué estaba haciendo allí, gastando todo el dinero que no tenía para que ese hombre
hablara, canturreara y me tocara? No podía negar que me
estaba proporcionando el único alivio que había sentido
en un año, o que tenía algo que ver con él, pero ¿debía
confiar en Ed o simplemente soportarlo para que el CA-
Ping funcionara?

A lo mejor debería marcharme y no volver. No me había formado ninguna sólida opinión acerca de si era posible que una persona tuviese habilidades psíquicas o fuera
capaz de leer auras con fluidez, y tampoco quería formar-
me una opinión al respecto, ser de esos que poseen convicciones acerca de cosas que no pueden probar ni refutar.

Y sin embargo, no encuentro la manera de explicar lo
que empezó a ocurrir en esa sesión. Me colocó un cristal
rosa en la mano derecha y me apretó una aceitosa esfera de
madera en el bíceps y comenzó a farfullar algo. Al principio no pude oír lo que era o imaginé que hablaba en otro
idioma, uno de sus cánticos, pero dijo en voz alta:

E... Seis... Cuatro...

Me acordé de Efesios 6:4 —*no provoquéis la ira de
vuestros hijos*—, y sentí que mi corazón se hinchaba y ale-
teaba. Pensar en la Epístola a los Efesios me hizo acordar-
me de Merle, cosa que de inmediato me agotó, o a lo mejor fue algo que estaba haciendo Ed, o a lo mejor fue solo mi
vida, mi vida extraña y cada vez más extraña, que me iba
dejando sin vida. Cerré los ojos, intenté alejarme de mí lo
más que pude.

E... Seis... Cuatro, volvió a decir. *La E representa algo.*

¿Estaba esperando que le dijera qué representaba? ¿Ya lo sabía? Yo no quería decirlo, no quería darle ninguna pista. Creo que me quedé dormida o que el tiempo se compactó y pasó rápidamente por alguna otra razón, pero luego Ed me preguntó si conocía a un hombre que llevaba un sombrero rojo.

Un poco mayor, quizá, un abuelo o algo parecido. Contesté que no conocía a nadie con esas características, y él asintió y sonrió. Dijo que pronto lo conocería, seguro. El resto de la sesión transcurrió sin incidentes, y en cuanto me hube vestido, me puso una mano en el hombro y me dijo que sabía que yo estaba sufriendo una gran pérdida.

Comprendo que no eres capaz de hablar de ello, pero, solo para que lo sepas, tendrás que encontrar una manera de abrirte para que podamos proseguir eficazmente nuestra tarea, y cuanto antes te permitas hacerlo, mejor nos irá, ¿entendido?

No sé de qué estás hablando.

Y no lo sabía. A veces me acuerdo de ese momento, vuelvo la mirada hacia la persona que era, meses antes de no poder ignorar lo que había ocurrido. Él tenía las manos a pocos centímetros de mi cintura.

Una gran nube oscura se cierne sobre la parte inferior derecha de tu caja torácica. Una mujer, una especie de figura materna, ha pasado al otro lado.

De forma refleja bajé la mirada, pero no había nada. Nada que yo pudiera ver.

Ah..., bueno. Supongo que te lo haré saber.

Cuando estés preparada, dijo Ed, asintiendo, mirándome a los ojos sin vergüenza alguna. *Ah, y otra cosa más. ¿Conoces a alguien llamado June?*

No dije nada.

No dejo de oírlo a tu alrededor..., June, June..., casi como si un espíritu llamara a alguien. No siempre recibo mensajes como este, pero contigo hoy ha sido muy claro. ¿Conoces a alguien llamado June? ¿Quizá un pariente, una mascota?

No. Yo sabía quién era yo y quién no era.

¿Te ha ocurrido algo importante alguna vez en el mes de junio?

Nada que yo recuerde.

¿Un cumpleaños o el aniversario de algo? ¿De lo que sea?

No.

Nada de pistas. No le daría ni una.

Nos miramos el uno al otro, y aunque yo quería apartar la vista descubrí que era incapaz. ¿Qué éramos el uno para el otro, Ed y yo? ¿Se trataba de una especie de amor, de una relación? Una manipulación deliberada..., casi una especie de Iglesia, dos personas solas, haciéndose cosas el uno al otro. ¿Qué más podría desear cualquiera que intentar cambiar y que alguien te cambie?

Dije: *Te veré la semana que viene* y me marché.

Nueve

Mis sesiones de CAPing habían alargado mi pausa para el almuerzo hasta tres horas, pero al parecer nadie se había dado cuenta. Cuando, unas semanas atrás, se me quedó la lengua entumecida, envié un memorándum explicando que había perdido la voz, de manera que nadie se molestaba en hablarme y me lo decían todo por e-mail. Aunque ahora podía volver a hablar, no se lo había revelado a nadie, pues prefería el silencio, aunque aquella tarde, en cuanto regresé a mi escritorio, sonó el teléfono.

¿Mary?, dijo Matheson, pero no esperó a que confirmara mi identidad. *Lamento llamarte al trabajo, pero nos preguntábamos si podrías pasarte esta tarde para comentar cuál será tu puesto.*

Me escabullí por la parte de atrás, cogí el ascensor de servicio hasta la calle y me fui a toda prisa hasta el metro como si me persiguieran. La dirección que me había dado estaba en un barrio lleno de pastelerías francesas, chocolaterías y esas tiendas de moda caras a las que parecía molestar ser lo que eran. El portero ya sabía mi nombre, me condujo hasta un ascensor concreto, apretó AT, hizo girar una llave, y me dijo adiós con la mano cuando las puertas se cerraron.

Cuando se abrió el ascensor en el piso superior, Matheson me estaba esperando. Sonrió y me guio por un pasillo gris de techo alto, a continuación cruzamos tres puertas hasta una oficina completamente blanca: escritorio blanco, paredes blancas, sillas blancas, alfombra blanca sobre un suelo blanco. Detrás de él, una amplia vista del río y los puentes.

Tendré que pedirte que firmes este acuerdo de confidencialidad antes de darte más información. ¿Te parece bien?

Mientras leía el contrato, sin acabar de entenderlo o quizá ni siquiera leyéndolo realmente, los tres dedos más pequeños de mi pie derecho comenzaron a palpitar y un calambre me arraigó en el cuello. No recordaba si Ed me había dicho que el cuello tenía algo que ver con la expresión, el abandono o la intuición, pero firmé el contrato y lo empujé sobre la mesa en dirección a Matheson.

Todo lo que te diga a partir de ahora es confidencial.

Asentí.

Y no reproducirás la información ni las preguntas que yo o cualquiera del equipo te formulemos, ya sea en público o en privado, sean cuales sean las circunstancias, y también te darás cuenta de que revelar, aunque sea de manera accidental, cualquier información confidencial podría poner en peligro tu presencia entre nosotros, por no hablar de que podría ser motivo de una demanda legal contra ti.

Lo entiendo.

Muy bien, estupendo. Bueno. Voy a enseñarte rápidamente unas cuantas fotografías y quiero que me digas si alguna de estas personas te resulta familiar, ¿de acuerdo?

Levantó la foto de un hombre vestido con camisa blanca. El hombre —no lo reconocí— parecía muy satisfecho consigo mismo. Negué con la cabeza.

¿Ni siquiera un poco?

Me concentré más en el hombre, pero parecía existir tan solo como una fotografía, como si conocerlo hubiera exigido estar también en esa fotografía.

No.

¿Y este?

Levantó otra foto, un hombre distinto, la misma respuesta, luego una mujer, otra mujer, otro hombre, una mujer y un hombre juntos, otro hombre, después de eso dos hombres más, pero ninguno de ellos me sonaba de nada.

Muy bien. Mary, ¿alguna vez has oído mencionar el nombre de Kurt Sky?

Creo que no.

Y solo para verificarlo, ¿has oído hablar de la película Vidas de diamante?

No.

Muy bien, ¿y qué me dices de La isla del palacio? *La protagonizó con Allie Benson. ¿Has oído hablar de ella?*

No, tampoco.

Pero probablemente conoces la serie de televisión Ciudad de hombres, *¿no?*

No.

¿No has oído hablar de ella? Fue muy respetada. Incluso los de la radio pública se engancharon a ella. ¿No has visto las vallas publicitarias? ¿Los anuncios del metro, nada?

Todas esas cosas se me confunden.

Vaya. Muy bien, en realidad eso es estupendo. Es lo que sospechábamos. Kurt Sky, mi jefe, es un actor muy respetado y reconocible, y debería añadir que es una... persona extraordinaria —a Matheson enseguida le asomaron las lágrimas, como si lo hubiera ensayado— *que ha cambiado mi vida... de... una manera... tremenda. Perdona, es que..., bueno.*

Tragó saliva y parpadeó.

Con ayuda de un equipo de investigadores biotecnológicos, así como del psicoanalista y consejero de meditación de Kurt, hemos ideado un plan, basado en pruebas empíricas, que en esencia asigna los papeles que suele desempeñar una pareja a un equipo especializado cuyos miembros llevan a cabo Experimentos Relacionales que pretenden iluminar el funcionamiento interno del amor y la compañía. Esta empresa es tanto un experimento científico que llevamos a cabo por el bien de la sociedad en general como un ejercicio curativo para Kurt en particular, una especie de recalibración de su comprensión de sí mismo en relación con los demás. Lo denominamos «El Experimento Novia» —XN para abreviar— y estamos pensando en asignarte el papel de Novia Emocional de Kurt.

Por un instante aquello me dejó estupefacta, no el hecho de que a alguien se le hubiera ocurrido esa idea, sino la posibilidad de que *yo* pudiera ser la novia de alguien. En cierto modo, me había olvidado de que era una chica, de que la gente tiene novio, y de que las chicas como yo a veces son esas novias. Que me contrataran como novia me parecía anormal, desde luego, pero había tantas cosas que me parecían anormales que hacía mucho que había aprendido a no confiar en ese instinto.

Creemos que eres capaz de comprender la situación, añadió Matheson. *Kurt y su consejero de meditación han visto una reproducción de tus audiciones y Kurt siente una fuerte afinidad energética contigo. Naturalmente, este sentimiento tendrá que ser recíproco, pero basándonos en el test de personalidad de tu solicitud y en el análisis astrológico, creemos que eso es posible.*

Matheson se llevó un dedo al auricular, asintió y prosiguió: *Comprendemos que a lo mejor te resulta difícil asimilarlo todo en este momento, así que lo que voy a hacer ahora es resumir las responsabilidades de la Novia Emocional para que tengas un contexto en el que situarte, pero, por favor, guárdate las preguntas para el final.*

Giró otra página de su tablilla con sujetapapeles y se aclaró la garganta. *Las responsabilidades de la Novia Emocional incluirán, aunque podrían no limitarse a:*

Uno: Acudir al loft o a las localizaciones exteriores para un total de entre dos y cuatro Experimentos Relacionales por semana, que se programarán al menos con una semana de antelación.

Dos: Conocer completamente las diversas directrices, expectativas y protocolos resumidos en el manual de la Novia Emocional y llevar a cabo esas tareas con precisión durante las sesiones.

Tres: Escuchar hablar a Kurt y seguir la conversación formulando preguntas, manteniendo el contacto visual, ratificando sus opiniones y ofreciendo una cantidad limitada de consejos o guías que podrían ser o no considerados.

Cuatro: Tras la primera semana, comenzarás a enviarle mensajes de texto cada tarde que no tengas programada una sesión. Los textos deberían llegar al menos después de transcurridas cinco horas de haberle visto en persona, y ninguno debería exceder los ciento veinte caracteres. Te proporcionaremos un teléfono, y solo deberás utilizarlo para el XN. La frecuencia y el contenido de los textos cambiarán a medida que pasen las semanas, y la Novia Emocional tendrá que adoptar las modificaciones en esas tareas conforme vayan surgiendo.

Cinco: Cuando lleves tres semanas desempeñando el puesto con éxito deberás dejar no menos de tres objetos personales en casa de Kurt, a saber, un cepillo de dientes, un libro o un jersey.

Seis: Cuando lleves cinco semanas se te entregará un juego de llaves del ático y tendrás que entregarle a Kurt un juego de llaves de tu apartamento, aunque tampoco debes esperar que él vaya a visitarte.

Siete: En algún momento entre los dos y cuatro meses necesitaremos que seas capaz de llorar delante de Kurt, y que lo hagas durante uno de los Experimentos de Vulnerabilidad Relacional. También, dentro de ese marco temporal, tendrás que decirle Te quiero *después de un instante emocionalmente íntimo. También tendrás que explicar que por lo general nunca eres la primera en decir esa frase, que te has enamorado más rápidamente de Kurt que de ninguna otra persona en tu vida. Llorar o decirle a Kurt que lo amas antes de los dos meses no es aceptable, y podría tener como resultado o no el cese de tu contrato.*

También deberías observar que exigimos un compromiso de tres meses, momento en el cual se llevará a cabo una reevaluación basada principalmente en si los datos que la División de Investigación haya recogido acerca de los Experimentos Relacionales de la Novia Emocional son coherentes y valiosos. Llegados a ese punto, ambas partes tendrán que decidir si continúan la relación, y se redactará una nueva descripción del empleo, lo que podría aumentar o no las horas de trabajo de la Novia Emocional.

Matheson se quitó las gafas de leer, cruzó los brazos y se inclinó hacia delante como un intelectual que posa con la intención de transmitir su intelecto.

Es importante que comprendas que el XN es mucho más que una relación: forma parte de una investigación a gran escala, una investigación muy seria. A fin de mantener la seguridad del proyecto y de todos los participantes, debemos tomarnos muy en serio la discreción, e incluso la más mínima infracción del protocolo de seguridad podría tener como consecuencia una acción legal. Esta gran compensación conlleva una gran responsabilidad, y tenemos que estar absolutamente seguros de que podemos confiar en ti.

Muy bien, dije, aunque él no pareció oírlo.

Sé exactamente lo que estás pensando, dijo. *¿Y el sexo?*

No pensaba en eso. Ya casi nunca pensaba en ello. Con tantas enfermedades y dolor llenando mi cuerpo hasta los dientes no quedaba sitio para el deseo, e incluso antes de ponerme enferma, el sexo parecía una cosa que podía ocurrirme solo al azar, fuera de mi control, como el tiempo.

Hemos decidido que, por ahora, la intimidad sexual queda fuera del ámbito de la Novia Emocional. Cualquier contacto físico entre la Novia Emocional y Kurt debería restringirse a la lista de Señales de Afecto preaprobadas que encontrarás en el Apéndice F de tu manual de la Novia Emocional. En el caso de que en Kurt surja un deseo sexual hacia la Novia Emocional, la División de Investigación tendrá que dar primero su aprobación escrita para alterar la naturaleza de los Experimentos Relacionales entre Kurt y la Novia Emocional; sin embargo, a la Novia Emocional no se le exigirá ninguna intimidad sexual, ni se espera que la consienta. De hecho, el criterio de selección utilizado para la Novia Emocional exigía que Kurt puntuara su interés sexual hacia ella por debajo de un cierto umbral; lo que significa que Kurt no te encuentra sexualmente atractiva. Sin embargo, en el caso de que este sentimiento cambie en Kurt durante un Experimento Relacional con la Novia Emocional, y se dé un acto sexual consentido entre Kurt y la Novia Emocional sin un anterior acuerdo contractual y la aprobación de la Dirección de Investigación, tal cosa ocurrirá bajo la responsabilidad de la Novia Emocional, y no se efectuará ningún pago ni promoción adicional. La División de Investigación lo desaconseja enérgicamente, y por el momento la Novia Emocional debería comprender y aceptar que toda la responsabilidad sexual sea asignada a otro equipo de mujeres especialmente entrenadas: el Equipo de Intimidad.

La Novia Emocional debería procurar asegurarse de no sentir celos del EI, y nunca, bajo ninguna circunstancia, debería mencionar la existencia del EI ni tampoco de ninguna de las otras novias en presencia de Kurt. La Novia Emocional también debería evitar actividades maternales como comprar alimentos, preparar la comida, limpiar la casa, dar sugerencias para la decoración de interiores, o incluso regar las plantas, aun cuando alguna de ellas parezca necesitar que la rieguen. Estas y otras tareas han sido asignadas a la Novia Maternal a fin de mantener la relación entre Kurt y la Novia Emocional lo más pura posible. También acabamos de contratar a la Novia Colérica, que será responsable de las riñas, de dar la lata y manipular, a fin de que todas las interacciones de Kurt con la Novia Emocional sean completamente placenteras, pues él ya experimentará emociones más inestables con la NC. La Novia Emocional, por tanto, nunca debe estar en desacuerdo con Kurt, ni desafiarlo ni quejarse. La Novia Emocional procurará no criticarlo nunca por ningún motivo, por muy honesto o afectuoso que pueda ser su tono.

En este momento el puesto conlleva un salario de mil cuatrocientos cincuenta dólares semanales, en efectivo, con lo cual, debo decirte, eres el miembro del equipo mejor pagado del proyecto, aunque también ocuparás el puesto más exigente. Si se añadiera alguna responsabilidad adicional a la Novia Emocional, se renegociaría tu salario. ¿Alguna pregunta?

Todo aquello parecía terrible y lógico al mismo tiempo, y mi única opción. No podía permitirme volver a la casilla de salida: vaciar mi cuenta bancaria cada mes gastando el dinero en pastillas, tratamientos, facturas de laboratorio, copagos y recargos. Podría redimirme, llevar una vida que valiera la pena, quizá incluso tener una silla, calcetines sin agujeros, puede que hasta una muela postiza para colocar en el agujero donde había estado aquella muela que solo había podido permitirme arrancar. Y si podía soportarlo el tiempo suficiente, a lo mejor podría cancelar todas mis deudas, acabar con las llamadas de los acreedores, volver a tener la libertad de hacer cosas otra vez, de vivir sin restricciones. La esperanza de alcanzar esa libertad me tranquilizó, con lo cual negué con la cabeza: no había ninguna pregunta.

Según cómo vayan las cosas y las necesidades de Kurt, es posible que incluyamos los papeles de otras novias dentro de los deberes de la Novia Emocional, o ampliemos su puesto para que incluya nuevos Experimentos Relacionales, pero si cualquier ampliación de tu horario superara las treinta horas por semana, se te considerará una trabajadora a tiempo completo y se te ofrecerá la misma cobertura sanitaria y dental que yo tengo, que es excelente. Por el momento, deberías tener suficientes horas libres para poder mantener tu empleo actual, y tus sesiones solo tendrán lugar por las noches y los fines de semana.

A veces me acuerdo de ese instante, el instante en que acepté ese empleo, y no me queda más remedio que preguntarme qué clase de decisión fue esa: si una decisión acertada que resulta errónea, o una decisión errónea que resulta acertada. Algún día espero aclararlo, descubrir el final correcto, la moraleja correcta de esta historia. ¿Soy la clase de persona que se complica la vida más de lo que debe? ¿Fui la responsable activa de todos esos problemas que entraron en mi vida, o simplemente hacía lo que podía? Pero hay algo tan horrible como cierto: todos tenemos en nosotros algo que no podemos ver.

Diez

Sin darme cuenta de que eran más de las siete, regresé a la oficina. Casi todas las luces estaban apagadas, pero en alguna parte se oía el rumor y los clics de un ordenador. Meg me había dejado un post-it en la pantalla: *¿Dónde estás?*

Como aquel día había estado pocas horas en la oficina, se habían acumulado los e-mails. Nunca había una tonelada, y pocos eran urgentes, pero sin embargo ahí estaban, centenares de diminutas respuestas que enviar, facturas que recibir, comprobar, volver a comprobar y enviar. Cuando me puse a ello me acordé de lo que Ed me había dicho, que había experimentado una pérdida. Estaba casi segura de que se refería a Clara: no sabíamos nada la una de la otra.

Primero dejé de llamarla porque todas las noticias que tenía que darle eran malas, y no quería oír cómo se las contaba ni mentir yéndole con circunloquios. Luego no la había llamado porque estaba avergonzada de no haberla llamado en tanto tiempo. Y luego no la llamé porque ella no me había llamado. Y luego no la llamé porque me daba miedo haber creado algo a lo que tendría que enfrentarme, tener que explicarle lo que había estado haciendo todos esos meses, y luego un año, y luego más tiempo. En algún momento debí de comenzar a evitarla porque me daba miedo que pudiera estar enferma o que hubiese muerto. Pero antes de ser miedo, fue simplemente egoísmo. Y no quería afrontar mi egoísmo, tener que expiarlo o explicarlo.

Sabía que le debía toda mi vida a Clara, que haberme apartado de ella era inexcusable. Ella me lo había enseñado todo: a conducir, a hablar con un desconocido, a utilizar palillos para comer, a ponerme pantis, a introducir una moneda de veinticinco centavos en la máquina de chicles. Me había explicado la etiqueta básica, y contestado a todas las preguntas que le formulaba cuando pasábamos por delante de alguna valla publicitaria. (*¿Qué es Rock City? ¿Qué son los fuegos artificiales? ¿Qué es una frontera estatal? ¿Hampton Inn? ¿Qué es un Menú de un Dólar? ¿Lotería? ¿Qué es 1-800-Marines? ¿Hits del 96?*) Me había guiado a través de la locura de plástico de una tienda de comestibles, aunque durante los primeros meses no soportaba entrar: todos aquellos olores, la extraña música que sonaba, aquellas montañas de productos tan grandes y brillantes; era algo grotesco e inquietante, un sueño demasiado extraño.

Clara fue siempre amable conmigo, siempre llamaba con suavidad a la puerta de mi dormitorio, cuando caminábamos me colocaba sutilmente la mano en la espalda, siempre me hablaba en voz baja, como si yo fuera alguien enfermo que acababa de despertar. Una vez vino a mi dormitorio con una bolsa de clementinas y me preguntó si quería una. Yo no sabía qué era una clementina, pero dije que sí. Yo siempre decía que sí. Nos sentamos en la sala y me enseñó a pinchar la piel, a mondar, a abrir los gajos como si fueran una extraña flor. Me los comí uno tras otro solo para poder mondar otra y otra. (¿Alguien más se había fijado en que la piel de los cítricos liberaba un húmedo chorro aceitoso cada vez que tirabas de ella?)

Mientras me hartaba de clementinas, Clara me dijo que tenía que saber algo sobre Florence, que si quería culpar a alguien por cómo me habían criado, no debía culparla a ella. *¿Sabes?, ella no pudo hacer mucho, aunque lo intentó, de verdad que intentó que las cosas fueran mejores para ti. Tú todavía eras pequeña, y ella ya le estaba preguntando a Merle cuándo podrían mudarse a la ciudad, puesto que Dios al parecer no iba a mandarles más hijos, y tú necesitabas estar con otros niños. Y él no dejaba de decir que tenía que acabar de escribir su manifiesto, ese libro o lo que fuera, pero al cabo* *de unos años dijo que de ninguna manera ibais a mudaros, que tu madre debería escuchar al Señor. Imagínate decirle eso a una mujer adulta, darle un no como ese. Y no pretendo juzgar a nadie. Sé que existen ciertos compromisos que hay que mantener en el matrimonio. Algún día te darás cuenta, lo verás por ti misma. Pero eso no era justo. Todos aquellos años en medio de ninguna parte y tú sin nadie que supiera que...*

La verdad es que no sabría decir cómo me sentí al oír todo eso. Mi madre nunca había dicho nada de querer otra vida para nosotros, nunca había contradicho ni una de las palabras de Merle, aparte de aquella ocasión en que los oí discutir ya bien entrada la noche. Cada vez que pienso en Florence, incluso ahora, lo único que veo es a ella mirando por la ventana, lavando los platos, asintiendo para sí, asintiendo como si todo fuese justo como debía. Y aquella tarde, mientras Clara me contaba todo aquello entre clementina y clementina, eso fue todo lo que pude hacer: asentir y quedarme con la mirada perdida.

Tu padre es un hombre violento.

Yo tenía la boca llena de cítrico, me froté el aceite de las mondas en las muñecas y las palmas de las manos, y aún hoy, siempre que veo una naranja me acuerdo de ese momento, me acuerdo de Clara. Ya no puedo comer naranjas, aunque me acuerdo de cómo pelarlas.

En algún punto de la oficina se cerró una puerta y me descubrí mirando aquella nada gris y esponjosa de la pared del cubículo, donde le correspondería estar a la ventana si tuviera una. De repente sentí la imperiosa necesidad de hablar con Clara. Cogí el teléfono y marqué su número de memoria. Nadie contestó.

Volví a llamarla. Tampoco contestó nadie.

Pensé lo peor, que llevaba meses, años incluso, muerta en casa, descomponiéndose. ¿Quién lo sabría? ¿A quién tenía? ¿Por qué nunca me había dado cuenta? ¿Quién organizaría el funeral? ¿Y si ya lo habían celebrado? ¿Y si tenía que irme de inmediato, aquel día, aquella noche, al funeral? Tendría que posponer mi adiestramiento para el XN. ¿Contratarían a otra? ¿Cómo iba a pagar el CAPing, entonces? ¿Y dónde me alojaría si tenía que ir hasta Tennessee para el funeral? ¿En la casa en la que ella había muerto? ¿En el asiento de atrás de un coche de alquiler? ¿En un motel? ¿En uno de esos moteles de carretera? ¿Mis padres vendrían a recogerme a un motel? ¿Merle conduciría aún la misma camioneta? ¿Qué me dirían? ¿Quién era esa gente? ¿Qué me hicieron? ¿Hasta qué punto seguía siendo su hija? ¿Todavía los podía considerar mis padres, ahora que ya no me criaban? ¿O la paternidad y la maternidad eran algo inextricable, una cuestión de biología, de células? ¿Un para siempre con el que nadie está de acuerdo?

Volví a llamar a Clara y el teléfono sonó nueve veces antes de rendirme y colgar. Me acordé de que iba religiosamente a la misma peluquería de Main Street, y si algo había ocurrido, seguro que ellos lo sabrían, así que busqué el número. Mona's en Main Street. En internet le daban cuatro de cinco estrellas, y aún le quedaba media hora para el cierre.

Vamos a ver, aclaremos esto: ¿me está pidiendo que le diga si cierta clienta ha visitado últimamente nuestra peluquería?

Clara Parsons. Sí. He llamado a su casa pero no ha cogido el teléfono, y estoy preocupada. ¿Ha faltado a alguna cita últimamente?

Bueno, encanto, no puedo darte esa información, ¿sabes? Los ciudadanos particulares tienen derecho a su intimidad. Por seguridad y todo eso, ¿sabes?

Pero soy su sobrina.?

Y pareces una muchacha encantadora, pero no te conozco, y ahora está todo eso del terrorismo, y yo simplemente cumplo con mi papel, ¿vale, nena? No puedo darte esa información confidencial.

Pero eso es una peluquería.

Sí, señora, y estamos orgullosos de ello. Somos americanos y estamos orgullosos de serlo.

84

Por un momento no supe qué decir. La mujer tosió —sonoramente— en el auricular.

Si va por allí, ¿podría decirle que Mary quiere ponerse en contacto con ella?

Creo que eso debería dejártelo a ti, encanto. No somos un contestador automático.

Tenía parte de razón. No diría nada. ¿Quién era yo? ¿Qué derecho tenía?

Apareció Meg, así que colgué de golpe.

¿Has recuperado la voz?

Sí, dije, sobresaltada, olvidándome de dónde estaba, *ya me encuentro mejor.*

¿Qué tenías, laringitis o algo parecido?

Otra cosa.

Me preguntaba si hoy has estado en la oficina.

He tenido que ir a un par de sitios, pero entre medias he estado aquí.

¿Y has visto mi nota?

La reunión de personal, sí, no se me ocurrió que fuera el segundo jueves...

Es raro, porque nunca te pierdes una.

Yo ya estaba al tanto de que Meg tenía fama de chivata. Sheryl decía que llevaba un diario, un diario detallado en el que figuraba la hora a la que llegabas y la hora a la que te marchabas, y lo largas que eran tus pausas para comer. Otro decía que Meg le hacía algún tipo de chantaje al propietario de la empresa, pues era la que más cobraba de la oficina simplemente por pedir suministros, firmar cheques y leer revistas en su escritorio. Cada vez que hablaba con ella, tenía la sensación de que le estaba estropeando el día.

Lo sé, dije, *pero ha sido algo que ha surgido en el último momento y he tenido que salir. No he podido...*

No, está bien, no pasa nada, solo estaba haciendo unas comprobaciones, aunque probablemente tendrías que haberte tomado un día libre por asuntos personales. Quizá deberías tomártelo mañana, aclararte las ideas. ¿Qué te parece?

Vale, estupendo.

Muy bien, dijo, como si se encogiera de hombros, y se marchó.

Justo antes de marcharme a casa, sonó el teléfono, pero cuando lo cogí solo escuché un susurro de papeles, un chasquido, y el ruido de la línea.

Cuando llegué a casa, un anciano tocado con una gorra de color rojo brillante estaba sentado en las escaleras de mi entrada. Me miró y dijo: *Es una hermosa noche para convertirse en una nueva persona,* y habló de manera lenta y seria, con un relajado contacto visual, como si hubiera estado practicando esas palabras todo el día. Le dije: *Claro,* como un reflejo, mientras me preguntaba si Ed en realidad había predicho o contratado a ese tipo, aunque estaba segura de que en ningún momento le había dado mi dirección a Ed.

Cuando me volví para cerrar la puerta con llave, el hombre de la gorra roja estaba al borde de la acera, mirando al cielo, como saludándolo con un brazo levantado. Decidí que simplemente estaba loco, y que daba la casualidad de que llevaba una gorra roja. No había razón alguna para ver más de lo que había.

Una vez en casa volví a llamar a Clara. El teléfono sonó dos veces, a continuación oí un clic, alguien que colgaba y de nuevo el tono de marcar. Me dije que ojalá el corazón no me latiera tan deprisa. Hice mis ejercicios respiratorios, me senté en el suelo y me acordé de lo que Ed me había dicho de la conciencia, la lentitud, de que existían mejores maneras de vivir.

Volví a llamar. El teléfono sonó. Permanecí tranquila. Y luego otra vez. Y otra vez.

Hola, dijo Clara, con una voz irritada y baja, como si alguien durmiera a su lado y no quisiera despertarlo.

Clara, dije, y el alivio tiñó mi voz.

¿Quién es?

Tu sobrina, Mary, te llamo de...

¡Ah, Mary! Bueno. Me acabas de dar un susto de muerte. Estos..., estos malditos teleoperadores no dejan de llamarme. Acabo de tener una bronca con uno de ellos. Soy demasiado mayor para esta mierda. Y tú, ¿cómo estás?

Hace bastante que no te llamo. Solo quería saber cómo estabas, asegurarme de que todo te iba bien.

Oh, estoy bien, estoy bien. Lo de siempre por aquí...

¿Has visto a mis padres últimamente?

¿A quién has dicho?

A tu hermana, Florence. Y a Merle.

Ah, claro. Sí, sí. El otro día tuvimos una comida muy agradable.

Se me relajó el cuello: Ed se había equivocado. Todo iba bien.

¿Ah, sí? ¿Cenaste con ellos?

Bueno, sí. Merle y Florence estaban allí. Y Tom, naturalmente, y tú. El Día de Acción de Gracias es mi preferido.

Se me volvió a acelerar el pulso. Hablaba rápidamente, sin vacilar.

Clara, han pasado... unos meses desde Acción de Gracias.

Bueno, es que me estoy haciendo mayor, supongo. Todo se me confunde. Ya me dijiste lo mismo el otro día, ¿verdad, Tom?

Ahora hablaba lejos del auricular.

Va, pare, pare ya, señor Parsons..., es usted un diablillo. Es un diablillo, Mary. ¿Has oído lo que me ha dicho?

... no.

Bueno, pues mejor para ti. Menudo diablillo... En su voz había una sonrisa. *Bueno, cariño, ahora es mejor que me vaya. Tom quiere cenar y se está impacientando.*

Y antes de que yo pudiera decidir qué hacer me dijo *adiós* con su acento sureño y colgó. Clara, sola en la cocina, hablando con su difunto marido.

Once

El día que me iba a tomar libre para mis asuntos personales me desperté sintiéndome totalmente impersonal. Había dormido mucho y hasta tarde, tanto que en mi dormitorio apenas adivinaba qué hora era, aunque entraba tanta luz que se veía el polvo sin ningún esfuerzo. No tenía que acudir a ningún trabajo, cita o entrevista. No necesitaba nada ni me necesitaban en ninguna parte. Casi dudé que estuviera viva. Me clavé las uñas en las palmas de las manos para asegurarme de que seguía allí. Me puse las manos encima de los ojos y observé cómo la piel se enrojecía y formaba hoyuelos.

Fui andando a ese restaurante de mi barrio en el que una tostada sin nada costaba siete dólares y venía acompañada de una pastilla de mantequilla hecha a mano y sal procedente de un mar remoto. Habían pasado años desde la última vez que había estado allí. Era un lugar al que iba con Paul, en la época en que gastaba el dinero como si tuviéramos todo lo que iba a necesitar en la vida, como si careciera de deudas y fuera inmortal. Las paredes estaban pintadas de ese verde pálido y frío, y los cubiertos y la porcelana eran como tener arte en la boca. Servían tortillas en las que racaneaban con el relleno, y frutas magníficamente complicadas: moras maceradas, limón caramelizado, papaya a rodajas, cubitos de melón cantalupo, una uva negra cortada en flor. Un platito de fruta costaba dieciséis dólares para cubrir la compensación de carbono y el salario mínimo, cosa que lo hacía más que orgánico, decían: esa macedonia era ética. La gente juraba que era el único lugar de Nueva York donde el producto sabía tan bien como en California.

Los turistas se acercaban a las ventanas, observaban aquel diorama de gente con ropa cara, y pasaban de largo.

Antes de vivir aquí, el único lugar de Nueva York del que había oído hablar era el Metropolitan Museum, porque salía en muchos pies de foto de mis libros de historia. En mi primer año de universidad iba al museo todos los días o tardes libres de que disponía, hasta que hube visitado cada sala, mirado cada pieza. Yo era metódica, me leía todos los textos y tomaba notas.

En una ocasión un guardia de seguridad me preguntó si era estudiante, y cuando le dije que sí me dijo que estudiara mucho, y después de contestarle que lo haría doblé una esquina, me senté y estuve llorando en silencio durante cinco minutos. No supe muy bien por qué. Me había acostumbrado a esos momentos inexplicables, emotivos. Formaban parte de vivir en el mundo, me decía, de no tener un dios evidente.

Quizá el hecho de pasar tanto tiempo en el Met tenía algo que ver con que la ciudad también me parecía una exposición, o quizá era solo Manhattan: un montón de santuarios y recreaciones. Había oído conversaciones acerca de lo que solía ser este o aquel edificio, o de quién había vivido en ese lugar antes de convertirse en lo que era ahora. (Siempre solía ser algo mejor.) Los restaurantes enumeraban el origen y la historia de todos los ingredientes que servían, la arqueología de una ensalada, de un estofado. Y la gente, los personajes de las calles, siempre estaban muy bien ordenados y dispuestos en capas acompañados de pistas acerca de quiénes eran y dónde se situaban en la historia. Los bolsos de piel exhibían mensajes jeroglíficos sobre los gustos y la situación socioeconómica de quien los llevaba. Los jóvenes mostraban abiertamente a qué tribu pertenecían, con mensajes en las camisetas, marcas o nombres de grupos musicales. Los ricos se asomaban por las ventanillas de sus taxis igual que unos ojos pintados asoman de un marco.

Pedí un desayuno de cuarenta y siete dólares con una tetera entera, pues pensaba pasar aquí todas las horas dedicadas a mis asuntos personales que pudiera, intentando reconstruir mi historia, fingiendo que Paul estaba conmigo, fingiendo que yo era más joven y tenía menos deudas y menos problemas. A lo mejor es que de algún modo sabía que ese sería uno de los últimos días tranquilos antes de que comenzara el XN, y necesitaba pasar un tiempo mirando hacia atrás antes de poder seguir avanzando.

Me acordé de Ed cuando escuchó la palabra *June* y Efesios 6:4 y vi al hombre de la gorra roja formando parte de mi futuro de una manera muy extraña. Di un buen sorbo de té, con la intención de escaldar esos pensamientos y sacármelos de la cabeza. Contemplé a la gente que comía o apenas comía, escuché las conversaciones tal como solíamos hacer Paul y yo —que *su colección de primavera fue horrenda, vergonzosa,* y otro que *simplemente iba a externalizarlo todo* o que *ni de coña me creo que ese tío no mire nunca el teléfono*—, pero mi atención volvía una y otra vez a las predicciones y premoniciones de Ed. ¿Cómo oía esas cosas? ¿De dónde venían? Antaño había tenido la certeza de que casi no existía ninguna diferencia entre oír una voz y oír tu propio deseo de oír una voz, que creamos lo que queremos, pero eso no explicaba lo de Ed, esa ventana desde la que parecía observar mi interior.

«June, June, no dejo de oír June como si alguien pronunciara ese nombre».

Ed siempre me miraba con esa expresión de curiosidad mezclada con preocupación, una expresión similar a la manera en que me miraba Paul, como si yo fuera un enigma que esperara comprender algún día. Y qué triste que la última cara que alguien te pone sea la que más recuerdas. Algunos días me obsesionaba la última cara que me puso Paul. La había visto después de que nos diéramos *un tiempo* —así lo dijo—, un par de semanas, lo que significaba que durante esos ratos en los que habríamos estado juntos cada uno se quedaba en su respectivo apartamento sin nada que hacer en particular, porque estar solo de algún modo se había vuelto más interesante que estar el uno con el otro. Qué tristes habían parecido nuestras respectivas nadas al principio, la fría ausencia en la cama, las cenas con un libro. Y luego lo más triste fue que esas nadas acabaron siendo preferibles. La simplicidad de estar solo pudo más que la complejidad de estar juntos.

Y aquel último día —una tarde de julio, un calor petrificado—, nos sentamos en el banco de un parque y observamos cómo un grupo de chavales se disparaban con pistolas de agua, combatían con fresco alivio. Se gritaban, mareados con aquella placentera agresión, pero yo no sentía ni agresión ni placer alguno. Paul me preguntó por qué no me abría a él, por qué era siempre tan reservada, me dijo que no podía ayudarme si yo no se lo permitía, y yo le contesté: *¿Por qué necesito ayuda?* Y él dijo que no había pretendido decir eso, y yo le contesté: *Es lo que has dicho, que necesito ayuda, y quién eres tú para decirme lo que necesito, para considerarte tan necesario.* Le estaba escupiendo aquellas palabras, pero no reconocía mi propia ferocidad, así que las apagué como si fueran ascuas. No sé por qué nos enfadamos más con aquellos a quienes más queremos: menuda maldición, menuda jugarreta. Permanecimos sentados un rato en silencio hasta que él dijo, en voz baja: *Eso no es lo que quería decir.*

Parecía que siempre estábamos diciendo cosas que no queríamos.

Dije: *Antes, cuando te ibas de la ciudad, te echaba de menos, pero ahora tengo esa misma sensación cuando te miro, cuando estás justo delante de mí.*

Eso era cierto. Lo decía en serio. Él dijo algo como que era muy duro oír eso, o que le había dolido, o quizá no dijo nada y yo vi en sus ojos que le había dolido, fue algo que se notó sin que lo dijera.

Lo que provocó que *nos diéramos un tiempo* fue la mañana en que me desperté en su apartamento, me vestí, me eché agua fría por la cara, me cepillé los dientes, y vacilé antes de volver a colocar el cepillo en el vaso, junto al suyo. Me quedé inmóvil durante un momento, a continuación volví a meterme el cepillo en el bolsillo, y luego la barata crema hidratante que había dejado en el armarito, las horquillas que se oxidaban en una estantería metálica, las gomas para el pelo negras que no recogían nada. Me fui a la sala de estar, encontré unos cuantos libros que había acabado y abandonado hacía meses, los metí en una bolsa de papel, y también introduje las cosas del baño. Cogí la bufanda que había rondado por allí desde las nieves de primavera y con ella envolví el cuchillo bueno que había traído para preparar la comida, porque todo lo que él tenía era romo y barato. Regresé al dormitorio y observé que Paul se había dado la vuelta, pero que aún tenía los ojos cerrados. Saqué las cuatro prendas que tenía en el armario, las bragas, el sujetador de repuesto, el vestido, el otro vestido. Estaba temblando. Me daba miedo ponerme a gritar o a vomitar, porque eso lo despertaría. ¿Por qué de repente aquello parecía tan desmesurado? Todo lo que hacía era coger lo que era mío y apartarme de él, pero me sentía como si estuviera matando a alguien, a mí, a él o a los dos. No lo sabía.

Miré su cara a la pálida luz del amanecer, dormida o simplemente quieta, y me permití experimentar completamente el dolor de echar de menos a una persona que ya no existe. No echar de menos a una persona que ha muerto, no llorarla (todavía no había experimentado dolor de verdad), sino la tensión de intentar ver a la persona de la que me había enamorado dentro de la persona en que se había convertido. Ahora sé que eso siempre acompaña al amor, que no hay manera de evitar ver cómo el tiempo borra o deforma a alguien, pero la primera vez que lo comprendí con Paul... me pareció algo apócrifo.

Pero ¿qué había ocurrido en realidad? Todavía no estaba claro. ¿Existía la posibilidad de que nada importante hubiera sucedido nunca entre nosotros, y que el fin de nuestra relación no fuera más que el triste proceso de comprenderlo? Era demasiado triste creer que no habíamos sido más que dos personas que se habían unido para evitar la soledad. A lo mejor yo lo había echado a perder al ponerme a leer a Barthes en el momento equivocado. (Fragmentos de un discurso amoroso, dijo Chandra, *era veneno para cualquier relación.*) Pero no, tenía que confiar en mi recuerdo de aquellos primeros despreocupados días, cuando las palabras circulaban entre nosotros como agua, cuando siempre estábamos a punto de reír, cuando íbamos de la mano como si formáramos parte del mismo cuerpo, construido para ser así. En noches como esa parecía que pudiera existir toda una vida de tales sentimientos al alcance de la mano. ¿Acaso no me había despertado algunas mañanas completamente segura de que toda mi vida me había llevado hasta allí por alguna razón? ¿Y qué había ocurrido con esos días, y qué había ocurrido con nuestras risas, y qué nos había ocurrido a nosotros? De repente parecía que nos habían sustituido por copias de esas personas, y luego copias de esas copias, borrosas y aún más borrosas.

Perder a Paul a manos del tiempo no fue ni mucho menos lo peor que me ocurrió, pero la sensación no siempre se ajusta a la magnitud de la pérdida. A veces las más grandes son más fáciles de sobrellevar, como las olas del océano. Las pérdidas humanas, más pequeñas, las que conllevan una sensación de haberte equivocado, de haber elegido mal, de haber elegido un mal camino, estas te persiguen, se fusionan contigo, son imposibles de eliminar.

La noche antes de irme del apartamento de Paul con todas mis cosas habíamos asistido a una fiesta en casa de su amigo, y cuando Paul hablaba con los demás me parecía que su cara retrocedía en el tiempo, que sus ojos se iluminaban al hablar con un desconocido, y que le sonreía de una manera en la que a mí ya no me sonreía. Y qué triste y estúpido era creer que siempre sería así, que nuestro amor no se disolvería en lo vulgar. Creer que quedaríamos exentos, creer que todo el mundo tenía que cometer ese error una vez.

Me dije que ojalá ver a Paul hablar con desconocidos en aquella fiesta no me hubiera dolido tanto. Yo apenas conseguía balbucear cuatro tonterías: el *a-qué-te-dedicas,* el *de-dónde-eres,* el *de-qué-barrio,* el *a-qué-universidad,* la desesperación de intentar explicarse. Desvié todas las preguntas acerca de dónde me había criado. Contesté a la terrible, terrible pregunta de cómo nos habíamos conocido Paul y yo —*en una fiesta, en una fiesta como esta*—, pero por dentro me sentía terca, infantil y furiosa, muy furiosa por no poder regresar a la época en que conocí a Paul, el Paul original, cuando toda mi vida estaba rodeada de una sensación de felicidad, como si me hubiera drogado. Yo no tenía nada que ver con esos desconocidos, con quién o qué eran.

Ya os imagináis lo estúpido que era todo eso. Por supuesto que la gente se acostumbra a los demás. Por supuesto que no pones tu cara de primera impresión cuando se produce la impresión número novecientos. Yo no era más que una cría.

Te miro a la cara y te echo de menos, le dije a Paul en voz muy baja mientras regresábamos caminando al apartamento después de la fiesta, sin mirarnos, tan solo caminando de la mano.

¿Que echas de menos qué?

Y yo dije: *Nada.*

Y él dijo: *¿Qué?*

Y yo dije: *Nada, no importa.*

En los meses y años que siguieron a Paul, comencé a ver sus rasgos en otras personas. A veces caminaba junto a una espalda como la suya, unos ojos, una mandíbula.

Esa es la mandíbula de Paul, me decía.

Ahí viene.

Aquí está.

Por allá va.

Esa era la mandíbula de Paul.

Varios meses después de haberlo visto por última vez, me parecía que de cada tres hombres de la ciudad uno llevaba el corte de pelo o las gafas de Paul, y una mañana, en un vagón de metro abarrotado, el recuerdo me rodeó de repente y me sentí indignada: *Este es mío,* me dije sin el menor sentido, sin poder evitarlo. *Este es el corte de pelo y las gafas de mi hombre, y lo llevan todos estos extraños, toda esta gente que va a lugares que desconozco.*

Cuando llegó mi parada, fingí que llegaba tarde y eché a correr.

De manera que pasé una hora de mi día dedicado a asuntos personales en aquel café, con toda esa nostalgia, supuestamente era lo que quería, era la razón por la que había ido allí, a tomar en préstamo el pasado. Los posos de las hojas de té se habían enfriado en la tetera. Pagué la cuenta, dejé una propina exagerada, no porque me sintiera generosa ni rica, sino porque quería fingirlo. Gastar dinero era un lujo en sí mismo. Tenerlo. Regalarlo.

Cuando me marchaba, vi a una mujer que de perfil se parecía tanto a mi madre que todo mi cuerpo me dijo que echara a correr, todos mis órganos se sobresaltaron. La mujer tenía las extremidades largas y estaba desnutrida, tendría unos sesenta años, y en la mano llevaba una cuchara con la que se disponía a partir la cáscara de un huevo cocido dentro de una copa roja. Cuando abrí la puerta de cristal, nuestras miradas se cruzaron a través del vidrio, aunque probablemente ella no sintió nada, ignorante de que nosotras, dos mujeres que no nos conocíamos, éramos el reflejo de dos mujeres que se habían distanciado. La mujer golpeó su huevo de once dólares, separó la clara con la cuchara y mojó unas puntas de tostada en la yema líquida, sin darle mayor importancia, mientras yo me perdía entre los cuerpos siempre en movimiento de la ciudad. Pero la imagen de su rostro me revolvió el estómago, o quizá fue tanta cafeína y tanta crema, o quizá era que todavía no estaba bastante bien de salud como para tolerar comida de verdad. Doblé una esquina y expulsé mi carísimo desayuno mezclado con ácido entre el muro de un edificio y la acera.

Me apoyé en el muro, me eché el pelo para atrás y me quedé mirando las errantes gotitas de vómito sobre mis zapatos. Intenté contenerme, ignorar a los que pasaban y que estos me ignoraran. Era lo que hacíamos allí, uno de los acuerdos urbanos que yo había observado, aprendido y mantenido. Una mano me ofreció un pañuelo de papel y desapareció antes de que yo pudiera ver de dónde venía. Qué aislados estábamos, y sin embargo nunca solos. De niña me había sentido sola, pero sabía que *Él* estaba allá arriba, o por ahí fuera. Luego, ya como mujer y viviendo en esta ciudad, pasaba todo mi tiempo en público dentro de una sagrada intimidad, aunque a veces, cuando mis ojos se cruzaban fugazmente con los de un desconocido, sentía un silencioso fogonazo, una visita del dios de los demás.

Escupí la última bocanada de vómito acre y sentí un sudor frío en la frente. Tres décadas me habían convertido en una mujer, pero los recuerdos de cuando era niña seguían dentro de mí, al timón: casi podía oír la olla vibrando sobre los fogones, muchos años atrás, con el vapor iluminado en diagonal por el sol de la tarde.

Mi madre preguntaba: *¿Cuánto lo dejas hervir?*

Yo debía de tener diez años, si llegaba, ocho, nueve o diez. No sabía de qué me estaba hablando, solo que era algo que ella no podía permitirse no saber, algo sobre cocina que no debería ni preguntarme.

¿Lo dejas ahí... cuánto rato?

Me quedé un momento callada, la nada más incómoda que he conocido nunca, aunque es posible que solo durara dos segundos. La manera en que los niños dilatan el tiempo y la manera en que los adultos olvidan esa dilatación puede que sea una de las diferencias más tristes del mundo.

¿Para hervir un huevo?, le pregunté.

Últimamente se me olvida todo. Los ojos se le pusieron rojos y vidriosos. *Me ayudas tanto en la casa. Dios me ha bendecido con una hija como tú.*

Me atrajo hacia ella, así que no pude verle la cara.

Gracias a Dios. Alabado sea Dios, dijo en voz baja y grave.

Me apretó y me hizo daño, pero yo no dije nada. En nuestra cabaña, el afecto no solía llegar con tal intensidad, de modo que le concedí la intimidad de ese sentimiento. Unos días antes, me había despertado en plena madrugada el sonido de la mesa de la cocina mientras alguien la arrastraba por el suelo. Luego el silencio me mantuvo despierta —tanta calma—, y ni siquiera se oían los grillos, ni el viento de la noche, ni el reloj de pie que había delante de mi dormitorio. ¿Dónde se habían ido los grillos, el viento, el reloj? Oí la voz de mis padres y llorar a mi madre.

Por la mañana estaba claro que había ocurrido algo que no debería haber ocurrido. Había demasiadas cosas que no encajaban. La estufa estaba fría. Ni rastro de mi madre. Posos de achicoria mojados se desperdigaban por el fregadero. Incluso la luz parecía extraña, como si parte del cielo hubiera desaparecido.

Merle estaba sentado a la mesa de la cocina, pero se le veía ausente, rezando o absorto en cualquier cosa. Cuando entré no abrió los ojos. Fruncía el ceño sin darse cuenta. El pelo a un lado, los puños de la camisa desabrochados, como un animal desollado, y cuando abrió los ojos pude ver en ellos el miedo oscuro. Ninguna niña comprende lo bien que conoce las caras de sus padres, lo mucho que le dicen sin hablar; ese lenguaje está tan arraigado que la niña nunca puede apartarse de sí misma lo suficiente para verlo, pero siempre lo siente. Le queda grabado.

No pregunté dónde estaba mi madre, y no reaccioné cuando ella regresó como si tan solo hubiera salido al jardín. No recuerdo si había estado fuera todo el día o solo la noche: todo lo que recuerdo con claridad es que aquella tarde no recordaba cómo hervir un huevo, y lo fuerte que me abrazó, como si yo estuviera a punto de salir volando. (Supongo que lo estaba. Supongo que ella ya lo sabía.) Cuando vi aquellos oscuros cardenales en sus brazos, todo quedó explicado, aunque las magulladuras no eran lo peor. Era como si ella hubiese actuado obedeciendo a un instinto más profundo que la deferencia que convertía su huida y su regreso en algo terrible. Se había ido impulsada por algo embarazosamente más profundo que la santidad del matrimonio o que la autoridad de su marido o su temor de Dios.

Ahora han pasado los años y la vieja idea de Dios ha desaparecido, y yo también me he marchado, he dejado a mi familia, mi nombre, esa manera sencilla en la que podría haber dejado pasar mi vida.

Sigo preguntándome qué hay en mí que pueda ser duradero. Me descubro buscando ese resto, volviendo sobre mis pasos como si buscara las llaves. Siempre me pregunto si existe algo sagrado entre la gente, algo que no tiene forma, algo que no se puede magullar.

A tu madre se le olvida todo, dijo, viendo cómo el agua se agitaba y se ondulaba con energía. *Parece que no sé dónde tengo la cabeza.*

Mi madre estaba temblando. No hacía frío. Me apretaba la mejilla contra su pecho, yo veía flotar el polvo entre la luz del sol, igual que los renacuajos se mueven en un arroyo, y años después, en clase de biología, un profesor nos habló de un reciente estudio sobre las células fetales, de cómo las células de un niño en el útero se infiltran en el cuerpo de la madre y permanecen allí décadas después del nacimiento, aun cuando se trate de un aborto, un mortinato, un niño que crece y desaparece. Pero el estudio no fue concluyente. Los investigadores no estaban seguros de si las células de esos niños ayudaban a la madre o la perjudicaban, o si surtían un efecto que ni perjudicaba ni ayudaba. Algunos científicos descubrieron que esas células infantiles recogían enfermedades y tumores, pero no estaban del todo seguros de qué hacían allí, si tenían alguna función real. No estaba nada claro.

Sin embargo, yo me preguntaba si alguna de mis células estaba en esas magulladuras de mi madre, y qué podría haber hecho allí. ¿Quedaba algo de mí en mi madre? ¿Qué orden, qué reglas imperaban en el mundo, en un cuerpo? ¿Y por qué yo aún esperaba encontrar respuestas que sabía que no llegarían? A lo mejor anhelaba la misma certeza en la que había nacido: el deseo de disponer de un manual de usuario para la vida y de un amor divino, inamovible. O quizá percibía algo vago y sagrado en los ojos de los demás, algo sagrado en los bosques, en un autobús lleno de gente que mira por la ventanilla, que observa la vida. Debería existir un término medio entre creer en un cierto Dios y creer que entre la gente existe una misteriosa tercera sustancia. Igual que existen las iglesias, me dije, debería haber un lugar para la gente que no está segura de nada. Debería haber un lugar para la gente que ve algo, pero no se atreve a decir lo que es. Quizá hay algo, algo entre la gente que es más que aire y espacio vacío, algo sagrado en esa nada entre una cara y otra.

A veces me da la impresión de que todo lo que tengo son preguntas, que formularé las mismas toda la vida. No estoy segura de querer alguna respuesta, no creo que me sirviera para nada, pero sé que daría cualquier cosa por ser otra persona, cualquiera, solo por un día, una hora. Hay algo en esa distancia que daría cualquier cosa por cruzar.

Segunda parte

1.

Una cámara observaba a cada mujer cuando llegaba, cuando salía del ascensor, cuando se colocaba encima de la X marcada con cinta y miraba una lente de manera neutra y directa, decía su nombre, se volvía a derecha e izquierda y repetía su nombre. Mary vaciló y reprimió *Junia* en la boca, y las demás recordaban fotos policiales o de pasaporte anteriores, o audiciones a las que habían asistido, rostros anteriores que habían tenido, las personas que habían intentado ser. Llenaron impresos y esperaron, llenaron impresos y esperaron, esperaron y siguieron esperando.

Aplicaron al cuerpo de cada mujer una docena de sensores del tamaño de una moneda de diez centavos, en el pecho y el vientre, las muñecas, las clavículas, las axilas, el cuello y la cara, y cuando los activaron, las pantallas de la oficina de la División de Investigación cobraron vida, y en los gráficos serpentearon y repuntaron líneas rojas y azules. Los monitores mostraban cómo el corazón de cada mujer impulsaba la sangre, cómo bombeaban los pulmones, cómo los nervios brillaban con electricidad, las voces y las inflexiones, cómo los poros impulsaban pequeñas manchas de sudor, un espasmo en la cara, el nervio vago palpitando entre el cerebro y el pecho: todo aquello quedaba rastreado, registrado y archivado. Un expediente para cada sujeto, las analíticas ya en marcha, buscando patrones, intentando encontrar la lógica de cada una.

Cuando Mary se sentó en el elegante sofá blanco de la sala de estar, notó cómo exhalaba en lugar de crujir al estilo consulta de médico, e incluso sintió el aire exótico en los pulmones, como si lo hubieran importado. Estar en aquella sala era como hallarse dentro de un catálogo de muebles, todo tan bien colocado, todo rastro humano borrado, lo real/irreal de una fotografía. Las paredes blancas y desnudas parecían centellear, como si estuvieran cubiertas de algo más que pintura, y en un rincón, sobre un pedestal blanco, se veía una estatua dorada abstracta, que tenía encima un Warhol que lo vigilaba todo.

Había más cámaras (algunas evidentes, otras ocultas) que apuntaban a la cara de cada mujer mientras esta esperaba que comenzara el proceso de integración, y el software de detección facial ya analizaba las expresiones rápidas y fugaces que dejaban escapar un sentimiento honesto, como el calor que emana de un horno que se ha abierto durante un instante. A través de los diversos flujos de datos, la División de Investigación podía rastrear el arco de cada mujer de un estado de ánimo a otro, el constante proceso de deshidratación que sufrían todas a lo largo de una hora, la manera en que su atención se concentraba o se dispersaba, la pequeña oscilación de pensamientos y sentimientos. Una mujer mostraba signos de doblez mientras hablaba con otra. Otra estaba bastante deprimida y otra extrañamente eufórica. Algunas tenían ensoñaciones; otras se divertían; una estaba excitada. Ashley estaba enfadada o bien indiferente; a una mujer se la sometía a privación de sueño y desnutrición; una mentía mientras estaba de cháchara con otra, que a su vez se aburría enormemente. Y Mary, desgarbada y sin gracia, era la que mostraba unos patrones de actividad más erráticos: respiración superficial, ritmo cardíaco desigual, falta constante de atención. Parecía que en cualquier momento podría sentir la necesidad de huir, aunque su verificación de antecedentes explicaba todo aquello, al menos de manera parcial, cómo había llegado a ser así.

Aquella mañana Mary se había despertado con la garganta inflamada, y cuando intentaba tragar le escocía. El oído derecho y la mandíbula le palpitaban. El dolor la protegía de aquella sala, la separaba de las demás mujeres mientras los tacones de estas cruzaban en *stacatto* la madera noble, mientras hablaban entre ellas, mientras algunas incluso se estrechaban la mano como si aquello fuera realmente el comienzo de algo. Reían, se inclinaban una hacia otra. Algunas llevaban los sensores con la despreocupada frialdad de una modelo de alta costura, aunque otras no parecían tan tranquilas, pues no dejaban de tocarse la cinta. ¿Alguien sabía para qué servían todas esas cosas? Nadie.

Pero la *integración* —tal como Matheson llamaba al proceso, como si fuera uno de esos trabajos que incluyen una tarjeta, una grapadora, una extensión telefónica— no era algo más extraño que todas las entrevistas por las que habían tenido que pasar. Ya se habían aclimatado a lo raro, y la curiosidad, los nervios y la necesidad las habían ayudado a seguir adelante. Pensaban en sus alquileres, sus deudas, sus padres enfermos, sus familias y sus constantes facturas, clases particulares, pagos a plazos, comestibles, todos esos interminables apetitos. Algunas tenían costumbres caras: motos, niños, drogas, confusos tratamientos corporales, ropa interior, electrodomésticos de gama alta, y unas pocas todavía conservaban ese hábito juvenil de desafiar a la vida, de correr hacia el riesgo, de querer hacer algo salvaje antes de que (o porque) les hicieran algo salvaje a ellas. Algunas estaban entusiasmadas, esperanzadas, optimistas, aunque la mayoría mantenía cierto escepticismo debajo de su optimismo, y algunas tenían auténtico miedo debajo del escepticismo, y algunas sentían una gran furia debajo del miedo. Algunas llevaban un espray de defensa como si fuera una barra de carmín o un táser de color rosa intenso, y Ashley contaba con sus puños, y Mary toqueteaba con los pulgares un cuarzo ahumado que le había dado Chandra. Al menos una de ellas creía que la rabia era su guardaespaldas más fiable, lo que a menudo es cierto, y Ashley era capaz de dislocar el brazo de una persona de tres maneras diferentes, y Vicky podía retorcerle la nuez a un hombre hasta arrancársela si era necesario, e incluso Mary, que prácticamente ya ni se fijaba en los hombres, recordaba los movimientos que había aprendido años atrás en las clases de defensa personal a las que había asistido con Chandra. Ninguna de ellas sabía que, en aquel lugar, todas esas defensas serían inútiles.

2.

¿De verdad iba Ashley a aceptar un trabajo que consistía en ser la *Novia Colérica* de alguien? ¿Y qué cojones era eso? En las entrevistas no se habían mostrado muy concretos con ella, excepto en lo referente al dinero y para asegurarle que aquello no tenía nada que ver con el sexo, pero también sabía que no debía tomárselo al pie de la letra. Sin embargo, no tenía miedo.

Durante una época había trabajado en el mostrador (y así era como la llamaba su jefe, *la del mostrador*) en un salón de masajes donde había conocido a Vicky, que había llevado en dos ocasiones a Ashley a tomar dim sum antes de darse cuenta de que era heterosexual, cosa que avergonzó lo bastante a Vicky como para disculparse cuatro veces antes de que acabara la noche, aunque Ashley no se había ofendido en tanto que sí se había preguntado a menudo, como casi todas las mujeres que vivían en ese patriarcado tardío, si le sería posible llevar esa vida. No ser gay parecía un fracaso, algo un tanto menos evolucionado. Pero todavía compartían un consuelo innegable, una complicidad, una intimidad innata y sencilla. Sus madres eran inmigrantes y sus padres neoyorquinos de nacimiento, y ambas los habían perdido a la misma edad. Las dos tenían ambiciones: Ashley quería ser luchadora profesional y Vicky quería hacer películas u obras de teatro, no estaba segura. Conspiraron para abandonar el salón de masajes la misma semana, Vicky para dedicarse a hacer de dominatrix a tiempo completo y Ashley porque debía hacer más turnos en un carísimo restaurante del SoHo en el que se escondía detrás de unas gruesas gafas de pasta que los hombres que afirmaban ser *agentes* (aunque nunca decían de qué) siempre le pedían que se quitara para poder verle los ojos. *(No, estoy bien así.)* Algunas noches, cuando salía de trabajar, iba paseando hasta la mazmorra de Vicky y se pasaba el rato en el vestuario quejándose del trabajo, y una noche Vicky le contó lo del extraño empleo que había aceptado, algo llamado XN, que en realidad no era un trabajo sexual, aunque tampoco dejaba de serlo. *Lo único que quieren es que me siente en el apartamento de este tipo durante unas horas, y no veas lo que pagan.*

Dos semanas más tarde la propia Ashley había llegado a las entrevistas finales, aunque para un papel diferente.

No soy estúpida, le dijo a Matheson cuando este le explicó las responsabilidades de la Novia Colérica.

¿Perdón?

He dicho que no soy estúpida. ¿Novia Colérica? Sé lo que es una dominatrix, así que no tiene que llamarlo de otra manera.

Muy bien, dijo Matheson, *la verdad es que no es eso, pero me gusta ese tono. Creemos de verdad que esto se te dará muy bien,* y le entregó un sobre de dinero en efectivo y comenzó a explicarle el sistema de planificación y los acuerdos de confidencialidad, y aunque Ashley seguía teniendo más preguntas que respuestas, aceptó. Valía la pena correr el riesgo de dejar de trabajar de camarera y comenzar a entrenar a tiempo completo, que era lo que siempre había querido.

Había comenzado a boxear de adolescente, idea de su padre. *Defensa personal,* le había razonado este a la madre de Ashley, que simplemente había replicado: *Ten cuidado con la cara,* a lo que Ashley no había respondido nada, ya agotada de la mentira de que a lo más que podía aspirar una mujer era a convertirse en página de una revista, inmóvil, silenciosa, fácil de despedazar.

Incluso años después de esa mañana de invierno en que su padre no se despertó, todavía podía oír sus furiosos gritos de ánimo en el gimnasio, podía verlo sujetándole el saco, contando las repeticiones. Todas las horas del día estaban encaminadas al entrenamiento, los músculos le temblaban y los nudillos se despellejaban bajo las vendas. Cuando su padre murió tenía veinte años, pero al pelear se sentía todo y nada, viva y ausente al mismo tiempo.

Al final abandonó el boxeo y se pasó a las artes marciales mixtas con el objetivo de convertirse en profesional al año siguiente, pero el año siguiente era siempre el año siguiente, pues el tiempo, el dinero y las lesiones frustraban una y otra vez sus planes. Cada trabajo que aceptaba —camarera de restaurante o de bar, la chica del mostrador, mujer de la limpieza, recepcionista— era solo con el fin de ganar dinero para dedicarse a lo que quería de verdad, pero cuando no se aburría y dimitía, se enfadaba y la despedían. Muchas eran las veces en las que se lesionaba por entrenar demasiado, y en ocasiones lo dejaba durante meses seguidos, preguntándose si acabaría desperdiciando su vida como camarera, pero siempre regresaba a su sueño: el entrenamiento, los batidos de proteínas y las bolsas de hielo. Así transcurrió casi una década, y lo único que le impidió abandonar fue la creencia de que solo la gente increíblemente aburrida llevaba la vida que esperaba.

Fue la primera en llegar a la integración, diez minutos antes de la hora, tras entrenar toda la mañana en el viejo gimnasio de boxeo que había resistido la gentrificación de su barrio, desde la época en que en aquellas calles era más fácil conseguir un tiro en la tripa que un expreso de origen único. Había entrado una nueva chica con un sujetador deportivo color rosa intenso y pantalones de voleibol, y había insistido en entrenar con ella.

Me parece que no te gustará, le había contestado Ashley, observando los brazos tonificados por el yoga y alimentados de yogur de Rosa Intenso, pero la chica preguntó si no sería que Ashley estaba *asustada*, y bueno..., ¿quién se creía que era aquella tía? ¿Era estúpida o es que seguía hasta las cejas de coca de la noche anterior? Estaba acostumbrada a que los hombres no se la tomaran en serio, pero cuando otra mujer no se daba cuenta de que Ashley era una luchadora que estaba muy por encima de ella, el insulto era más grave. Los tíos del gimnasio a veces miraban a Ashley como si fuera una chica indefensa, una princesita, e incluso cuando veían lo brutal que podía llegar a ser, cuando todavía gruñían ante sus ganchos (entre atónitos y excitados), algunos aún tenían los santos cojones de seguir llamándola *chica* después de la pelea. Normalmente ella no les hacía caso, pero una vez que un tío le dio una palmada en el culo, se volvió y le arrancó un diente de un puñetazo. Se corrió la voz de que no se andaba con gilipolleces. Esos tíos, esas zorras de brazos blandurrios..., ¿es que no sabían que ser una mujer significaba estar en guerra?

Rosa Intenso peleó como si se hubiera quedado impresionada de sí misma después de una clase de kick boxing y creyera que eso significaba algo, así que el entrenamiento duró menos de un minuto. Ashley regresó a sus ejercicios con una fuerza natural, aporreando de manera rítmica un saco de arena. *Se lo tiene merecido. Todo el mundo debería saber cuál es su sitio.*

Pero era eso —el saber cuál es tu sitio— lo que la llevaba a recelar de ser la Novia Colérica de alguien. Desde la época de Jason desdeñaba abiertamente a los actores, pues le parecía que cuanto más deseaba la fama un hombre, más débil se volvía, y que esa ansia de aprobación externa atrofiaba tu fuerza interior. (Sabía que nada era más estúpido que la gente en manada. Nuestros peores impulsos habitan ahí.) De modo que cuando se marchó del gimnasio y se dirigió al loft donde tenía lugar la integración —pues ese trabajo o le serviría para comprar el tiempo que necesitaba o le costaría tiempo, como siempre—, se armó de valor para lo que pudiera encontrar.

3.

Antes de que las mujeres comenzaran a aparecer, Matheson había estado disfrutando del casi silencio del loft, contemplando su vaso de agua de Seltz, escuchando el repiqueteo de las burbujas contra el cristal. Entonces llegó el primer ascensor. Diez minutos antes de la hora. Qué cuajo tenían algunos. Se fue a su despacho y cerró la puerta.

No estaba acostumbrado a tener a tanta gente a su alrededor, y aunque siempre le habían dicho que trabajaba bien con los demás, que era un *líder* nato, y bla-bla-bla, lo cierto es que en realidad no le gustaba tener a gente que le contestara. Cierto que una o dos veces al año Kurt daba una fiesta que obligaba a Matheson a tratar con floristas, camareros, bármanes, equipos de seguridad y de catering, y naturalmente estaban las mujeres de la limpieza que venían unas cuantas veces por semana, pero ahora ya todos conocían la rutina, y los chefs residentes nunca hablaban con nadie y se comunicaban mediante notas que iban pegando en el frigorífico. Dios los bendijera. Por lo demás, en el ático solo estaban Matheson y Kurt (y ambos a veces lo consideraban un poco *su* hogar).

Años atrás aquel loft había sido la sede de la posproducción de *El camino,* la película de la que Kurt era guionista, director, productor, director artístico y protagonista. Acababan de terminar un rodaje intermitente de muchos años y comenzaban a editar, pero Kurt no había tardado en despedir a todos los montadores, al equipo de sonido y a todos los demás por no compartir su punto de vista, al igual que al director, al operador, al director artístico, al diseñador de vestuario y al protagonista originales, y a otros que habían ido desapareciendo con los años. Aunque Matheson sabía que todos esos despidos simplemente le daban más trabajo a Kurt y demoraban la finalización de la película, se sentía feliz de poder compartir el espacio y la atención de Kurt con menos gente.

Pero ahora ahí andaban otra vez: la sala de estar llena de todas esas mujeres a las que tendría que dirigir, pagar, programar su horario, llamar, enviar e-mails, hacer un seguimiento, etcétera, etcétera. La División de Investigación ya llevaba allí unas semanas, preparando el loft para que comenzara el XN. A Matheson esa gente le daba igual, pues todos iban a lo suyo, no hacían muchas preguntas, se centraban en su tarea de manera obsesiva, se paseaban con sus batas blancas de laboratorio, y siempre desviaban la mirada, pero todo el equipo que habían traído ocupaba el despacho de Matheson, que se había visto obligado a reubicarse en una habitación más pequeña de una planta inferior. Y por si eso fuera poco, habían convertido el lugar en un completo caos tres semanas antes del proceso de integración, con cables sueltos y cámaras y micrófonos por todas partes con los que los electricistas tropezaban continuamente, mientras iban colocando escaleras que luego dejaban en una habitación durante *horas*. Resultaba agotador.

Matheson creía en la visión de Kurt, y estaba seguro de que el XN aceleraría una nueva era de *evolución emocional* —tal como la llamaba Kurt—, pero toda esa gente en el loft era una molestia, y complicaban el espacio con diversos olores y atuendos que estropeaban la estética y con voces que resonaban en un eco, chillonas e irritantes, contra los altos techos.

La armonía espacial había sido antaño la máxima prioridad de Kurt, e incluso años atrás había encargado una instalación de sonido minimalista para el loft. Un dron casi imperceptible estaba calibrado para fluctuar con el clima y la hora del día de forma que siempre vibrara con el tono exacto que le permitía a Kurt sentirse más relajado y creativo. La instalación pretendía acelerar el montaje de *El camino* estimulando las ondas gamma, pero había costado meses de ensayo y error sincronizar las pistas correctas con patrones de nubosidad y presión atmosférica, un proceso que había *desbaratado creativamente* a Kurt hasta el punto de que su consejero de meditación, Yuri, le había sugerido que dedicara un poco de tiempo a alguna actividad repetitiva y terapéutica para poder acostumbrarse al impacto psicológico de la instalación, con lo que Kurt se pasó meses haciendo punto sin parar, tejiendo bufandas de metros y metros de longitud y gorros que cada vez eran más anchos, hasta que ya no tenían ningún uso reconocible. Con el tiempo regaló todas esas prendas de punto a una galería de Chelsea, lo que provocó un cierto revuelo en el mundo del arte —*¡un brillante testimonio de los paralizantes resultados de un exceso de riqueza material!*— cuando fueron exhibidos, consultar precios. La exposición vendió todas las obras antes de la inauguración, lo que escandalizó a la mitad del mundo del arte y deslumbró al resto.

A Matheson le encantaba la instalación de sonido, al igual que le encantaba cualquier cosa que encantara a Kurt, y estaba seguro de que había que achacar a sus efectos sobre las ondas cerebrales de Kurt —al menos un poco— la disminución del insomnio y de la frecuencia de sus migrañas. Le conmovía pensar hasta qué punto su vida se imbricaba con la de Kurt, lo dependientes que eran el uno del otro.

Durante la última década Matheson había sido el ayudante ejecutivo en todos los asuntos de Kurt: se encargaba de su agenda, sus correos electrónicos, sus citas, sus decisiones económicas, le hacía de estilista para sus apariciones en público, contestaba a las invitaciones a eventos y a casi todo lo demás. A veces Kurt lo llamaba en plena noche para, medio dormido, contarle un sueño que Matheson tecleaba en un documento dirigido al psicoanalista de

Kurt, y cada mañana del fin de semana Matheson transcribía las divagaciones de Kurt sobre lo primero que le venía a la cabeza: ideas para un guion; temas que quería investigar; estudios que encargar; teorías aleatorias y sin fundamento; libros que debería haber leído; pesares que le habían acompañado toda la vida; recuerdos infantiles; quejas; invenciones; estrategias profesionales; y posibles estructuras, estilos o ideas para montar *El camino*.

Los pocos novios que habían pasado por la vida de Matheson lo habían acusado de amar a Kurt más de lo que los amaba a ellos, y cada vez que le habían lanzado esa acusación, Matheson había comprendido que algo había de verdad en ella. En los últimos años, prácticamente había renunciado a tener pareja, y sus obligaciones con Kurt no tardaron en llenar cualquier espacio ocioso de su vida, e incluso su pequeño apartamento cerca del Canal Gowanus comenzó a parecer más un espacio de almacenaje de algo que pertenecía a Kurt. Aunque ese sentimiento de posesión era un tanto inconsciente, algunas veces, en el purgatorio de un vagón de metro detenido o durante esos primeros y agradables minutos en los que estaba despierto pero todavía tumbado en la cama, Matheson había comprendido que estaba entregado a Kurt de una manera tan absoluta que no había ninguna parte de su vida que no fuera capaz de cambiar por él. Y lo mismo ocurría con todos los novios que había tenido. Y con cualquier miembro de su familia.

Pero desde que había empezado a organizar el XN, cierta inseguridad había ido ganando terreno. ¿Y si todo ese ejército de novias comenzaba a asumir tareas que pertenecían a Matheson? ¿Y si Kurt acababa prefiriendo la compañía de esas novias a la suya? (Hacía mucho tiempo que se consideraba irreemplazable, que creía que él y Kurt habían pasado tantas cosas juntos que no existía la posibilidad de que se separaran, pero la primera vez que leyó las responsabilidades de la Novia Emocional tuvo la sensación de que algo en su cuerpo caía y se derramaba.) ¿Y si la Novia Intelectual reemplazaba a Matheson como asesora de *El camino*? ¿Y si la Novia Maternal asumía todas sus tareas domésticas? ¿Y si contrataba a una novia que llevara su vida social?

El proceso de selección para contratar a todas las mujeres había consumido más tiempo y había sido más estresante de lo que Matheson había previsto, y aunque había contratado a una ayudante temporal, Melissa, al cabo de unos días incluso su presencia había comenzado a irritarle. Melissa —estudiante de un máster en bellas artes de veintidós años, nueva en la ciudad— se presentaba a trabajar cada día luciendo un exagerado trampantojo con maquillaje y vestidos comprados a crédito, que llevaba con las etiquetas ocultas. Y aunque al principio pensó que Melissa sería tan inofensiva como cualquier joven que intenta parecer mayor, no tardó en sentirse un poco intimidado por su juventud. Para su horror, ella le recordaba el joven que había sido, el joven que probablemente era cuando Kurt lo contrató, con ese entusiasmo veinteañero que irradiaba, poderoso y efímero. Nunca volvería a ser así. Nunca volvería a tener el poder de esa manera concreta de no-saber. Matheson intentó (y consiguió) asegurarse de que Melissa nunca se cruzara con Kurt, pero la angustia de que eso pudiera llegar a ocurrir permeaba todas sus interacciones con ella.

Justo antes de que comenzara la integración, Matheson se pasó por la oficina de la División de Investigación para ver el vídeo en directo de la mujer que entraba: Melissa tenía que llevar a cabo el protocolo de recepción con cada una, imitando una autoridad que no poseía. En la División de Investigación nadie se fijó en él. Matheson echó un vistazo por encima del hombro de los que tecleaban, le daban al ratón del ordenador y de vez en cuando murmuraban algo mientras señalaban una de las pantallas de números o líneas en movimiento que aparecían superpuestos en un gráfico.

La División de Investigación —seis hombres y cuatro mujeres, un grupo un tanto andrógino que recorría todo el espectro de tonos de piel, todos con gafas, algunos de estatura media y otros un poco más bajos que la media, al parecer todos ellos sin ninguna característica especialmente definitoria— permanecía casi siempre en silencio. A menudo hablaban entre susurros mientras se pasaban notas manuscritas o tablillas con sujetapapeles con un buen fajo de documentos, pero a Matheson solo le decían lo absolutamente necesario, e incluso entonces les costaba iniciar una frase, como si siempre esperaran a que fuera otro el que diera con la respuesta. No tenía ningún líder claro, sino que se turnaban para hablar en nombre del grupo.

¿De dónde habían salido? Un día, habían aparecido sin más.

Kurt le había dicho a Matheson que se presentarían con solo una semana de antelación, y nunca le reveló cómo habían sido seleccionados. De repente estaban ahí, montando una oficina llena de pantallas y extrañas máquinas. Llegaban a las nueve o antes, almorzaban a escondidas en su escritorio, y trabajaban todo el día. Algunos permanecían delante de su ordenador, tecleando una interminable serie de números y abreviaturas, mientras que otros leían y releían documentos, tomaban notas, dibujaban diagramas, los borraban y los volvían a dibujar en sus enormes pizarras. Matheson observó que, cuando hablaban entre ellos, lo hacían desde muy cerca, como en busca de calor.

Tomados de uno en uno, no había nada imponente en los miembros de la División de Investigación, pero en conjunto su autoridad había llenado la sala muchísimas veces. La primera semana que estuvieron allí, Matheson se detenía en la oficina con cierta regularidad, aduciendo que solo quería comprobar cómo les iba, si tenían todo lo que necesitaban, pero pronto comprendió que ellos no querían tener nada que ver con él. Querían que los dejaran en paz. Estaban allí para completar una meta que al parecer no afectaría en nada a Matheson. El papel de este en el XN era administrativo, y tenía la impresión de que eso significaba que no se lo tomaban en serio. La División de Investigación sabía que eran ellos los que hacían el trabajo de verdad en el XN: diseñaban el estudio, asignaban tareas, proporcionaban los sensores concebidos por encargo que medían todo lo que ocurría dentro de Kurt y de las mujeres durante los Experimentos Relacionales, analizaban los datos y redactaban los informes. Matheson no era más que un enlace entre ellos, Kurt y las novias. Cualquiera podría haber hecho ese trabajo. Matheson ni siquiera comprendía qué medían los sensores, y mientras permanecía en el centro de aquella oficina, contemplando cómo las máquinas y monitores de la División de Investigación transmitían toda aquella información, se sentía mucho menos importante que antes.

Una de las pantallas mostraba un primer plano de la cara de Ashley mientras una serie de líneas de puntos formaban unos triángulos encima de ella, una geometría cambiante que medía la distancia entre el pómulo y la barbilla, entre la pupila y la ceja, los bordes exteriores de la boca, y rastreaba cada expresión infinitesimal. Debajo iba pasando una cinta de teleimpresora con información, y Matheson estuvo observando un rato los números y las palabras antes de tirar la toalla y marcharse. A partir de los datos, los investigadores sabían que Ashley estaba físicamente fatigada y digería un montón de proteínas. También podían ver que la parte de su cerebro asociada a la memoria profunda estaba en extremo activa, y que su nivel de cortisol era más alto que la media. Tenía un poco de sudor en la frente, justo debajo de la línea del pelo.

Pero cualquiera que le prestara la suficiente atención podía darse cuenta de que Ashley estaba absorta en sus pensamientos. Le palpitaban las piernas por culpa de sus ejercicios matinales, y los dolores le habían hecho recordar una historia que había oído una vez acerca de un hombre que, de manera irracional, quería que le amputaran las piernas. El hombre había ido a numerosos médicos, y todos mostraban primero sorpresa y luego repugnancia ante esa petición. Los médicos decían que debería ser feliz, que tenía un cuerpo que todavía funcionaba y que debería apreciar los años que le quedaban, pero el hombre pensaba que esos médicos no le escuchaban, así que volvía a preguntar: *Pero, dígame, en teoría, ¿qué tendría que ocurrirle a un hombre para que le amputaran las dos piernas?* Los médicos seguían rechazando sus preguntas, le sugerían que fuera a un psicólogo, que buscara respuestas en la religión, un sentido a su vida, un hobby, lo que fuera. Incluso los cirujanos plásticos, acostumbrados al engaño, lo habían expulsado de sus clínicas. Ashley creía que era una historia auténtica. No recordaba dónde la había oído, pero se imaginaba muy claramente a ese hombre, mirándose las piernas, unas piernas buenas, fuertes, pero de alguna forma seguro de que una vida sin piernas sería mejor, postrado en una silla de ruedas, sin la mitad del cuerpo. En cierto modo, Ashley creía comprenderlo, aunque fuera un desconocido, o quizá una ficción. No era más que una versión distinta del odio que sentía por su propia cara, esa cara que había heredado de su madre, la razón, le dijeron, de que le metieran mano tres veces en el metro y una en el autobús antes siquiera de cumplir los quince. *Nadie sabe,* le había dicho su madre en un inglés entrecortado, *lo mucho que cuesta ser guapa,* aunque Luisa nunca había dicho qué precio había pagado ella, al igual que Ashley no le decía a nadie que ya había oído todo eso antes: *Menudas tetas, menuda cara,* le había susurrado el hombre antes de dejar el vagón, desapareciendo dentro de la temible multitud. Ashley deseaba ser invisible, poder moverse por el mundo sola, sin que nadie se fijara en ella, y aquella última noche en casa de Jason había deseado que este le pegara lo bastante fuerte como para romperle la mandíbula o la nariz —quizá eso habría logrado desequilibrarla lo suficiente para hacerla invisible—, pero todo lo que consiguió fueron unos moratones y un chichón en la cabeza, inapreciable. Durante años estuvo esperando que le dieran un puñetazo en algún entrenamiento, que le desportillaran un diente o le torcieran la nariz, pero nunca ocurrió. Era demasiado rápida, demasiado grácil, y con el tiempo su cara se convirtió en motivo de orgullo —*deberías tenerle más miedo a una luchadora sin cicatrices que a quienes habían necesitado bastantes para cambiar*—, pero seguía molestándole su aspecto cuando iba por la calle. Los hombres a veces se quedaban mirándola, y también las mujeres, quizá pensando que ella no se daría cuenta, pero se daba, pues tenía una visión periférica amplia y entrenada. De tanto en tanto percibía una mirada taladrándola desde atrás, y cuando se volvía siempre se topaba con algún hombre. De todos modos, aquel hombre que odiaba sus piernas al final las había envuelto en hielo seco hasta destrozar la carne, hasta que esta había quedado congelada y quemada al mismo tiempo, y uno de los médicos que le había dicho: *No, de ninguna manera, nunca,* había tenido que encargarse de amputárselas, y mientras serraba el fémur del hombre, no podía evitar observar el olor que acompañaba ese desenlace, a tiza, pero ardiendo.

Mientras Ashley miraba por la ventana, Mary se fijó en ella, y le consoló que al menos hubiera otra persona que evitara estar de cháchara con las demás. Entablar conversación con los desconocidos casi siempre le había parecido imposible a Mary, una limitación que a menudo le ocasionaba problemas, sobre todo en el extranjero, cuando se perdía y era incapaz de preguntar una dirección, y en alguna ocasión había preferido pasar hambre a entrar en un restaurante y pedir algo. Pero Vicky no tardó en llegar y vio a Ashley, y las dos se abrazaron, con lo que Mary volvió a ser la única solitaria.

Se dio cuenta de que habían pasado quince días desde la última vez que había visto o hablado con Chandra, y no recordaba que nunca hubiera pasado tanto tiempo. Mientras Matheson iniciaba su presentación hablando de sensores, manuales, Experimentos Relacionales y la División de Investigación, Mary se sentía cada vez más insignificante, y de vez en cuando dejaba de prestar atención. Quizá no debería ser la Novia Emocional de nadie. Quizá no debería permitir que analizaran sus *pautas de actividad neurológica y psicológica*. Quizá no debería firmar ese *último documento de renuncia*. Intentó reunir el valor para levantarse y marcharse, y procuró imaginar qué consejo le daría Chandra en ese momento, pero ese era el problema: no podía darse a sí misma lo que le habría dado Chandra. No podía ser Chandra para sí misma. Al parecer solo Chandra podía ser Chandra para Mary.

El XN asume plenamente el compromiso de descubrir los misterios de la limerencia, y vuestra participación es el primer paso hacia un futuro más emocionalmente evolucionado, dijo Matheson, al parecer convencido de que ese experimento generaría una información real, utilizable y práctica acerca del amor, haciéndolo perdurable, codificando los misterios de la limerencia, que era, afirmó, el estado psicológico y fisiológico del cuerpo cuando se enamora. (Paul había pronunciado esa palabra —*limerencia*— ante ella en unas cuantas ocasiones: nombraba el sentimiento que compartían aquellos primeros días, y al principio ella había creído que Paul se había inventado la palabra, puesto que lo que ella sentía hacia él era algo tan increíblemente nuevo que parecía imposible que ya existiera un término para definirlo —ese calor en lo alto del pecho, en el fondo de los huesos y encima de la cabeza al mismo tiempo—, pero luego, cuando Paul volvió a mencionar la idea de la limerencia, ella se asustó, porque si ese sentimiento ya se había definido, entonces existía la posibilidad de que alguien fuera capaz de demostrar o rebatir si ella lo amaba de verdad o no. Era posible que, después de todo, el sentimiento de ella no fuera el correcto, que no estuviera enamorada, que no estuviera en limerencia, sino en algún lugar sin nombre, sola.)

Y por conclusiones, añadió Matheson, *no me refiero a la falsa pseudociencia o tópicos de la autoayuda, nada más lejos. El objetivo final del XN consiste en concebir un sistema científicamente probado para conseguir que el emparejamiento humano manifieste un comportamiento más perfecto y satisfactorio, para que los beneficios de la limerencia persistan a largo plazo. Este sistema implicará terapias tecnológicas que no podemos explicaros, pero el XN es un primer paso crucial, realmente más una exploración que un experimento, hacia esa meta. Estáis en la vanguardia de la creación de soluciones tecnológicas en verdad innovadoras a los problemas emocionales y psicológicos que antaño se consideraba que simplemente formaban parte de la condición humana.*

Se distribuyeron unos manuales y Matheson los explicó página por página: las necesidades de guardarropa y maquillaje, los temas que nunca había que sacar delante de Kurt, las palabras prohibidas, que en el XN nunca había que mencionar la existencia de las otras mujeres, que nunca debían decirle nada a Kurt sobre su carrera a no ser que él sacara el tema primero, que no debían referirse a ninguna parte de la historia de la vida de Kurt que él no les hubiera contado directamente.

Comprendo que algunas de vosotras sabéis más de Kurt que otras, pero para el propósito de vuestro trabajo con él en el XN, necesitaremos que finjáis de manera convincente que nunca habéis oído hablar de él ni le habéis visto con anterioridad.

Habría un Protocolo Presesión, la aplicación del sensor con la División de Investigación, guardarropa y maquillaje, la meditación guiada con el consejero de meditación de Kurt, Yuri. Acto seguido tendría lugar el Protocolo Postsesión: las entrevistas de salida con la División de Investigación, la retirada de los sensores, y los ejercicios de compartimentación de Yuri que, tal como explicó Matheson, *impedirán cualquier derrame emocional en vuestras vidas reales.*

Luego todo acabó y las novias se marcharon. Algunas compartieron un taxi para ir a donde fueran, y Mary se preguntó si esas mujeres realizaban una elección consciente para ser así, si de manera intencional habían entablado conversación con alguien que no conocían, o si simplemente lo habían hecho sin pensar, porque eran así. Mary se dirigió sola al metro, despacio, frotándose un músculo extrañamente dolorido de la espalda, esperando con impaciencia su próxima cita con Ed: aún faltaban dos días y medio.

La luz del atardecer era densa y naranja, y pasó delante de cuatro parejas distintas que se sacaban fotos en el mismo bloque de adoquines, y así su amor quedaba grabado para siempre, para poder repasarlo una y otra vez, un pequeño archivo de los dos. En el metro la invadió una oleada de ansiedad, y de nuevo sintió dolor y un espasmo en la espalda, y mientras intentaba contorsionarse para aliviar el malestar, la gente que estaba sentada a su lado se alejaba centímetro a centímetro. Sintió una urgencia y la certeza de que algo le estaba ocurriendo a Chandra, una especie de intuición que nunca había sentido antes, y cuando llegó a su parada, salió en tromba, apartando rápidamente a todo el mundo a su paso a pesar de que el dolor aún le atenazaba la espalda, y cuando por fin llegó a la puerta de su apartamento, encontró una nota que parecía confirmar su premonición.

Me voy por un tiempo, no estoy segura de cuándo volveré, no te preocupes.
Procura seguir yendo a ver a Ed.
Amor y luz, xC

No sabía decir qué le dolía más: si el no saber dónde había ido Chandra o no haber podido despedirse de ella.

¿Era posible que ella y Chandra estuvieran tan conectadas que hubieran pensado la una en la otra en el mismo momento? Se sentó en el suelo sucio y frío de la sala de estar e intentó justificar la separación: Mary y Chandra eran dos personas distintas, y como eran dos personas *distintas* necesitaban cosas distintas, y como necesitaban cosas distintas tenían que ir a sitios la una sin la otra, seguir con sus vidas, y *a veces,* le recordaba a menudo Chandra a Mary, *algunas personas necesitan pasar desapercibidas,* estar solas, que nadie pudiera comunicarse con ellas durante una temporada. Y no había nada malo en ello. Todo el mundo tiene derecho a su intimidad. Claro que sí. Desde luego.

4.

Durante sus primeros años en la ciudad, Mary seguía despertándose antes del amanecer mientras Chandra aún dormía en la litera inferior. Salía a caminar sin rumbo, entrando en tiendas de comestibles, farmacias y bodegas abiertas toda la noche, intentando aprender el idioma desconocido de las bebidas energéticas, las pruebas de embarazo y las cremas con las que combatir la edad. Aprendió que las cuatro de la mañana pueden provocar en la gente ira o una amodorrada dulzura, y fue a las cuatro de la mañana cuando la dependienta de una farmacia que acababa el turno de noche colocó un paquete con tapones para los oídos en las manos de Mary: *No puedes dormir, ¿verdad? Yo utilizo esto. Ahora dormirás bien.* Mary vaciló, intentó devolverlos, pero la mujer transformó su fatiga en una violenta compasión e insistió: *¡Cógelos! ¡Es un regalo! Trabajo un montón de horas, un montón de horas. Esta mierda acabará jodiéndote. A los jóvenes como tú nada debería impedirles dormir.*

Así que Mary le dio las gracias, cogió el regalo y volvió a darle las gracias.

Mucho ruido, gritó la dependienta mientras se echaba a reír.

En la calle Mary se introdujo los dos tapones azules en los oídos, y todo ese ruido —el chirrido de los vagones del metro debajo de las rejillas, los camiones de basura masticando los desperdicios y el rugido de un autobús vacío que bajaba por Broadway y borraba todo lo demás— palideció y quedó amortiguado, y Mary pudo oír cómo sus pulmones se llenaban y se vaciaban, los latidos del corazón, las venas palpitando bajo la piel. Salió el sol y las calles se llenaron de la polvorienta luz de otro amanecer, y Mary se sintió protegida, más segura.

Comenzó a llevar tapones casi todo el tiempo, hasta esa hora antes del alba, en una calle estrecha y en penumbra, en que un brazo salió de la nada, la atrapó por el pecho (sintió el calor de un desconocido en la espalda) y otro brazo le rodeó la cintura, y ese cuerpo apartó su cuerpo de la acera y lo llevó a un callejón, junto a unos cubos de basura (mondas de plátano, cerveza rancia, algo pútrido), y ese cuerpo la acorraló y una mano le abrió la mandíbula (sentía la cabeza hueca) y una voz de hombre emitió unos ruidos apagados junto a los auriculares y ese cuerpo sacó algo de sí mismo y se lo puso en la boca (¿y qué es una boca y qué es un cuerpo?), y el cuerpo le sujetó la boca, y la voz le dijo lo que tenía que hacer y su cabeza rebotó contra la pared (¿y qué son las paredes y qué hacen?), y los auriculares mantenían el sonido de todo aquello en lo más profundo de su cabeza (la garganta llena, gorgoteando, la cabeza tamborileando contra los ladrillos), y todo aquello parecía imposible y demasiado real y ella mantenía los ojos cerrados (apretándolos fuerte) y les dijo a sus pensamientos que se fueran a otra parte, y todo ocurrió deprisa y lentamente al mismo tiempo, y tuvo la impresión de que el cráneo se le iba a partir dentro de la cabeza (y qué es la cabeza sino una historia, una casa para toda tu historia) y ella ya estaba borrando el recuerdo mientras ocurría, ya antes de que acabara (lo que el hombre le estuviera haciendo, las consecuencias de lo que le había hecho), y la mano de él le mantuvo la boca cerrada hasta que ella se lo tragó todo, y después arrojó su cabeza contra el cubo de basura metálico (un gong, casi sagrado), y desapareció.

Ella se quedó inmóvil un momento, a continuación sintió una arcada y escupió bilis y algo más.

Permaneció inmóvil intentando salir de sí misma.

El sabor que tenía en la boca era odioso y enorme.

Nadie la encontró.

Las calles estaban tranquilas, en medio de ese no lugar entre la noche y la mañana.

Volvió a casa caminando, con el cuerpo flojo, casi no tenía energía ni para temblar.

Chandra había ido a pasar el fin de semana fuera. La diminuta habitación de su residencia, iluminada por unas lámparas amarillas de luz tenue, estaba en silencio. Se sacó los tapones de los oídos y los arrojó lejos. Se quitó la ropa y la arrojó lejos. Se cepilló los dientes hasta que le sangraron las encías y se frotó la lengua y escupió en la papelera y después arrojó el cepillo. Se duchó hasta escaldarse la piel y también tiró el jabón. Se metió en la cama desnuda, aunque ya salía el sol, un terrible amanecer naranja, y durmió, y le vino el periodo porque los cuerpos no saben nada de horarios ni de otros cuerpos, cuerpos terribles. Y el cuerpo te forma una mancha de Rorschach entre los muslos y ensucia las sábanas para recordarte que lo único que haces es sangrar y morir si no estás creando más vida.

Aquella tarde fue al parque y se tumbó en la hierba, miró las nubes, se acordó de Tennessee, se acordó del bosque donde nunca vio a un hombre a quien no conociese, nunca vio a un hombre que no fuera su padre, y lloró. Lloró pero su cara no se alteró. Lloró pero no emitió ningún sonido. No se lo contó a nadie hasta que se lo contó a Chandra un año después, un secreto que las unió, que las convirtió en familia, y Chandra le dijo lo que le dices a una persona que te cuenta algo así: *Esto no te define. Tú no eres esto.*

Cuatro minutos de una vida. Casi nada, pero ahí están, volvían a ella cuando había algún olor que se los recordaba, o una luz en concreto, o la textura de una pared de ladrillos. Podría haber sido mucho peor, pensaba a veces. Pero no fue peor. Nada es nunca peor.

Chandra la llevó a una clase de defensa personal: algo físico, un movimiento que pudieron hacer juntas —y a un círculo de mujeres en Park Slope, aunque ambas se sintieron demasiado tímidas para decir nada—, y Chandra la llevó a una concentración de supervivientes de la violencia sexual, pero Mary se sintió agobiada por la multitud y tuvo que meterse en unos grandes almacenes y coger las escaleras mecánicas hasta llegar a una planta desde la que se dominaba Union Square, observar el gentío de mujeres supervivientes desde arriba, avergonzada de no soportar el mero hecho de estar con ellas.

5.

Aunque Matheson le había enseñado lo que tenía que decir y cómo decirlo, y aunque la habían provisto de las ropas adecuadas y le habían indicado cómo aplicarse el maquillaje que le habían proporcionado, y aunque había hecho la meditación guiada a través de la app instalada en su móvil del XN, y aunque Matheson le había dado cuatro directrices acerca de su Experimento Relacional proporcionadas por la División de Investigación, Mary todavía no sabía cómo comportarse con él.

Eran las ocho de la tarde de un martes y estaba en la trastienda secreta de una coctelería del West Village —Savant House—, sin ningún cartel exterior. Un lugar lleno de caoba, terciopelo, cabezas de animales muertos. La ilusión de exclusividad conseguía que los clientes se sintieran privilegiados al gastarse cuarenta y tres dólares en una sola copa de líquido. La trastienda era casi imposible de encontrar, la última de tres puertas, las otras dos eran falsas, después de seguir un callejón junto a la puerta principal sin cartel. A Mary le habían indicado que apretara un timbre tres veces antes de escuchar el chasquido, empujara la puerta, subiera una estrecha escalera en espiral que había a la derecha, siguiera el pasillo y bajara otra estrecha escalera en espiral, pasara entre las cortinas de terciopelo azul y enseñara su identificación a dos guardias de seguridad y a un *maître*.

Naturalmente Kurt aún no había llegado, y no llegaría hasta que ella no llevara al menos veinte minutos esperando (*Es una de sus manías*, dijo Matheson), así que mientras Mary esperaba sola en la única mesa de la cavernosa sala

(El señor Sky estará con usted enseguida), intentó leer un libro, pero había muy poca luz, y aunque no pidió nada, un hombre delgadísimo enfundado en un traje negro le colocó delante un vaso de un líquido rosa pálido en el que flotaba una rodaja de pepino. El tipo tenía los ojos tan engastados en las órbitas, tan rodeados de sombra, que apenas pudo verlos.

De parte del Savant. Un tónico para la salud y la vitalidad, dijo.

El hombre se quedó allí de pie, mirándola con la aburrida intensidad de un niño que tiene los ojos clavados en la tele. La bebida era sabrosa y un tanto efervescente, y el primer sorbo alivió de inmediato los nervios de su estómago, y de repente fue tan fácil ser ella misma que le pareció que en realidad era otra persona. Mary levantó la mirada hacia el camarero, que continuaba a su lado, y sin saber qué decir tan solo asintió, y él también asintió y se marchó. Varios minutos después se dio cuenta de que el camarero la miraba con media cara y medio cuerpo ocultos tras una cortina color burdeos, pero antes de que pudiera llegar a sentir nada, apareció Kurt, dijo *Qué tal* y la abrazó como lo haría con un amigo al que no ha visto hace mucho tiempo, y no con ese aire vacilante y reservado con que suelen tocarse dos desconocidos por primera vez.

¿Te ha costado encontrar el sitio?

Kurt olía a fogata, aunque un tanto dulce, y su cara era tan simétrica que casi ponía en entredicho su humanidad. En sus ojos había una tensión constante, como si miraran una luz intensa y se obligaran a no parpadear. Una de las directrices que le habían dado a Mary consistía en reflejar las expresiones de Kurt, así que intentó sonreír con ese aire despierto con el que él sonreía, concentrándose tanto que no se dio cuenta de que el camarero se llevaba su primera copa y la reemplazaba con dos vasos de algo transparente y un tanto azulado, y ella levantó su vaso y él olió el suyo y bebieron —un sabor dulce y floral—, y aunque él cerró los ojos mientras se llenaba la boca de líquido y tragaba, ella mantuvo los suyos abiertos, fijos en él.

Kurt le explicó que aquel lugar no tenía carta, que un artista de los cócteles hechos a medida —el Savant— creaba cada uno en un laboratorio oculto, elaborando la bebida exacta que en su opinión necesitaba cada cliente en concreto mediante unos métodos que nadie conocía. Algunos creían que había cámaras ocultas; otros, que los camareros estaban en el ajo; y unos cuantos afirmaban que era vidente. Las bebidas a veces contenían alcohol, aunque no siempre, pero sí contenían siempre tinturas medicinales, y algunos mantenían la hipótesis de que el Savant añadía a algunas peyote o psilocibina, aunque eso nunca había sido probado ni desmentido.

Es el único lugar que ha ganado una estrella Michelin sin haber servido jamás comida sólida, dijo Kurt. Chandra le había explicado a Mary lo que era una estrella Michelin, aunque ahora no lo recordaba, pero tampoco importaba si ella comprendía a Kurt o no. No se esperaba que hablara de nada importante —para eso ya había una Novia Intelectual—, ni que lo consolara, pues eso correspondía a la Novia Maternal. Solo tenía que escuchar y responder a Kurt tal como le habían enseñado, colocando una mano sobre la mano o la rodilla de él cuando evocara algún recuerdo de su madre, o poniéndole una mano en el hombro cuando comentara que estaba estresado por el trabajo. Ella hablaba lo menos posible, siempre por debajo del nivel de decibelios que le habían enseñado a no superar, y jamás utilizaba ninguna de las palabras de la lista negra: *vibración, fiscal, subrayado, minino, literalmente, lactosa, hashtag, hoopla, o sea, vómito* y algunas más. Si él le hacía alguna pregunta personal, ella tenía que contestar de la manera más honesta y concisa posible, pero durante la primera sesión él no le formuló ninguna.

Durante la velada fueron trayendo una flotilla de líquidos, algunos en recipientes tan pequeños como un dedal, y otros tristes y solitarios en un vaso de boca ancha. Todas aquellas bebidas hicieron que Mary se sintiera serena y despierta, una sensación misteriosamente clara que casi parecía originarse fuera de su cuerpo, golpeándola como un sonido, como si fuera música.

Mi madre me dijo en una ocasión que cuando era un bebé yo mismo me quitaba el chupete de la boca y lloraba aun cuando tenía el chupete en la mano, y podía volver a ponérmelo cuando quisiera. Pero simplemente me quedaba mirándolo mientras lloraba, hasta que tenía la sensación de que había terminado de llorar, entonces me lo volvía a meter en la boca y me sentía bien, del todo satisfecho. Kurt hizo una pausa efectista, pasó el dedo por el borde de su vaso y a continuación dirigió la mirada un poco por encima de la cabeza de Mary. *Creo que por eso siempre he querido sentir todo lo que se puede sentir.*

Siguió contando anécdotas como esa, cada una de ellas imbuida de algún tipo de lección acerca de él, de cosas que Mary debería saber de su persona, alguna información, alguna pista. Ella asentía una y otra vez, mirándolo a los ojos, prestando atención, tal como indicaban sus directrices.

Mary comenzó a preguntarse —después de casi dos horas de escuchar, asentir y murmurar centenares de murmullos de reconocimiento— si Kurt se estaba comportando de la manera que le habían asignado, o si realmente era así. Kurt nunca, ni una vez, terminaba de contar una historia acerca de sí mismo haciendo algo que Mary había observado en otros: diciendo de repente *Bueno, en fin,* una expresión que al parecer todo el mundo decía exactamente de la misma forma precipitada, como si exponer tu personalidad de alguna manera pudiera provocar una necesidad de desviar la atención hacia otra parte. Mary ni siquiera se imaginaba a Kurt pronunciando esa expresión: *Bueno, en fin.* Ella sabía que la prioridad principal de ese Experimento Relacional era que Kurt hablara y ella escuchara, pero

¿no iba en contra de las reglas del Experimento Relacional que él la escuchara? ¿Mostraba él el menor interés en lo que ella pudiera decirle? O quizá él ya sabía todo lo que necesitaba saber de ella gracias a las entrevistas, la verificación de antecedentes y todo lo demás. A lo mejor Mary nunca tendría que decirle nada, cosa que le parecía bien.

Ella jamás lo habría dicho por la manera en que Kurt se comportaba, pero este manifestó que tenía muchas ganas de conocerla, a ella, una treintañera de Nueva York *que nunca había oído hablar de él*. Sin embargo, a Kurt le resultó imposible no mencionar las partes de su carrera que impresionaban a casi todo el mundo, anhelando, a su pesar, esa expresión automática de sobrecogimiento que por lo general provocaban en un desconocido. Le contó historias de su primera película, *El juego del padre,* que fue un enorme éxito de crítica y de taquilla, y que su interpretación de un adolescente que se escapa de casa para intentar encontrar a sus padres biológicos en Cleveland le había granjeado un Oscar, y que fue solo entonces cuando su padre en la vida real, del que lo único que conocía eran los cheques de manutención que le mandó durante su infancia, intentó ponerse en contacto con él a través de una ridícula carta en la que decía que se sentía *más o menos orgulloso,* aun cuando el papel de Kurt *resultaba un tanto farragoso y la mayoría de los personajes eran solo hasta cierto punto creíbles.* De hecho, la carta no era tan dura como Kurt la recordaba, pero tampoco tan afectuosa como podría haber sido, y puesto que Kurt había tenido que pasar el cáncer de su madre él solo, estaba seguro de que a esas alturas no necesitaba ningún padre. Kurt jamás le contestó, y su padre, que ahora también había muerto, se dio por satisfecho —de una manera moderada, si no completa— con tener noticias de su hijo tan solo a través de revistas y películas. Cuando alguien le preguntaba a ese hombre acerca de su primer y breve matrimonio y del hijo que había tenido, lo único que decía era: *La gente comete errores.*

Kurt hizo una pausa en mitad de la historia. Se mordió el labio, tamborileó con los dedos sobre la mesa, y esbozó una lenta sonrisa. (Esa secuencia de gestos se había convertido en algo profundamente arraigado en él, un acto reflejo que hacía sin darse cuenta, un tic que aparecía en casi todos sus personajes, al menos en sus últimas películas, y cuando alguien lo imitaba, formaba siempre parte del numerito. Incluso había una página web en la que lo único que aparecían eran GIF en bucle de ese gesto —morderse el labio, tamborilear con los dedos, la lenta sonrisa—, y una vez Kurt encontró esa página en alguna ansiosa búsqueda de sí mismo en internet, y durante un tiempo no pudo apartar la mirada de esas diminutas reproducciones de sí mismo, que mordían, tamborileaban y sonreían sin cesar.)

Cuando un desconocido te reconoce y sabe algo de ti, las cosas resultan de lo más desconcertantes, dijo, *y soy incapaz de adivinar cuándo una persona conecta de verdad conmigo o cuándo simplemente conecta con la idea que tiene de mí o con algo que quiere.*

Mary asintió.

Puede que te parezca una locura, pero estoy cansado de que me presten atención. En serio. Quiero que me comprendan, no que me deseen. Kurt se quedó callado un instante, pensando en las chicas de los primeros años: multitud de chicas saltarinas, chicas temblorosas, chicas que gritaban, chicas enfundadas en camisetas que decían SEÑORA DE KURT SKY, chicas a las que de alguna manera no les importaba permanecer apiñadas con todas esas otras Señoras de Kurt Sky mientras asediaban vestíbulos de hotel o sorteaban barricadas en la acera, chicas que tendían palos de selfi, chicas con una reluciente sombra de ojos azul con la esperanza de que ese resplandor consiguiera que él se fijara en ellas, chicas que hiperventilaban, chicas que irrumpían en enjambres, chicas que se apuñalaban unas a otras con autoinyectores de epinefrina, chicas que levantaban a chicas desmayadas, chicas que dejaban caer a esas chicas para perseguir en estampida a Kurt, chicas decididas y en cierto modo enamoradas. (Ese extraño momento antes de la edad adulta: biológicamente mayores para conocer el deseo, pero lo bastante jóvenes como para creer en la magia. Las hormonas y la esperanza crean una fantasía mientras te zarandean con un amor feroz, o con la idea del amor, o con la fantasía de un amor futuro, o con el amor por la idea de la fantasía del amor.) Unas cuantas jóvenes (mujeres que habían seguido siendo chicas) incluso encontraron su dirección y de vez en cuando se quedaban en la verja de su casa, chillando su nombre, vigilando sus ventanas con una mira telescópica de francotirador cuando estas se iluminaban o se oscurecían. Cada vez que Kurt oía a una de ellas delante de su casa sentía una leve irritación seguida de una oleada de placer, placer cuando tenía que llamar a Matheson para decirle que había otra en la verja, el placer de sentirse tan deseado, de sentir que había conseguido enloquecer moderadamente a alguien. Era un poder peligroso, y solo años más tarde se preguntó si eso le había echado a perder, si había elevado su tolerancia a los deseos de los demás hasta tal punto que nunca le podría satisfacer un amor normal. Kurt a veces se quedaba sentado en su salón a oscuras antes de que la policía se llevara a una de esas chicas, escuchando cómo se diluía su voz mientras pronunciaba su nombre. *¡Sé que me estás escuchando!,* le gritó una de ellas, *¡sé que puedes oírme!,* y casi sintió como si lo hubieran descubierto.

La sesión casi había terminado cuando Kurt dijo: *Deberíamos hablar de verdad sobre lo que está ocurriendo,* frase que indicaba que Mary tenía que bajar la cabeza, aspirar de manera lenta y sutil, cogerle la mano que tuviera más cercana a las suyas, esperar a que él colocara su otra mano encima de las de ella antes de levantar la vista y poner una expresión mezcla de nostalgia, sobrecogimiento y euforia, una expresión que había practicado con Matheson durante toda una hora el día anterior.

Sí, dijo Mary.

Estaba pensando en que le habían dicho que no considerara sus sesiones de Novia Emocional como un trabajo o una actuación, sino que viviera cada momento como si fuera una meditación, y aunque ya sabía que pensar en esa indicación le impediría seguirla, quizá era el modo en que más se podía acercar a esa híper-no-conciencia, hacia esa no-intención-intencionada. Le habían dicho que la parte más importante de su trabajo era seguir las instrucciones, pues estas habían sido científicamente concebidas para provocar en ella la sensación adecuada, que a su vez había de provocar en él otra sensación adecuada. Aunque Mary había estudiado con atención su manual y había intentado grabar todas las reglas en su memoria muscular, a menudo no estaba segura de si actuaba de manera correcta, una incertidumbre que la acompañaba todo el rato.

Es muy importante, dijo él. *Lo que estás haciendo. Me cuesta poder explicarte en detalle lo importante que es.*

Mary miró a Kurt con una absoluta expectación, y había pasado tanto tiempo desde que alguien lo había mirado de esa manera que se sintió de inmediato consolado, regresó a una época en que poseía menos filtros, se sentía más libre, menos observado. Recordó aquella inocente intimidad de la que había disfrutado, algo en lo que no se fijó hasta que ya no lo tuvo, hasta que todos aquellos desconocidos se abalanzaban sobre él por la calle, antes de que aquellas caras ávidas se cernieran sobre la suya en las mesas de los restaurantes diciendo: *Por favor,* diciendo: *Lo siento, solo quería decirle hola.* Lo miraban con una sonrisa radiante —*Lo siento*—, entre avergonzados y descarados, medio intentando echarse atrás —*Lamento interrumpir, pero tenía que decir*—, con la intensa necesidad de decir esas palabras —*Lo siento, pero tenía que decirle algo porque usted, su obra, usted*—, décadas oyendo a esas personas y todavía no había decidido qué sentimiento debían provocarle: *Lo siento, pero tenía que decirle algo, y no estoy seguro de qué decir, solo que soy un gran fan, y sé que deben decirle lo mismo constantemente, pero tenía que decirle algo y lo siento.* Ese *lo siento/ por favor/lo siento/por favor,* esos desconocidos pidiendo abrazos o autógrafos o fotos, deseando una prueba de que en una ocasión habían existido con él, ahora ya un artefacto, un recuerdo. *Bueno, encantado de conocerle. Muchísimas gracias. No, de verdad. Que pase una buena noche. Cuídese. Adiós.*

Kurt llevó una mano a la cara de Mary, una mano abierta, blanda y relajada, y puesto que aquella sesión no tenía lugar en el edificio de Kurt, Mary no llevaba los sensores faciales, solo los corporales, que notaba cálidos en la piel, entre el vestido y la cintura, entre la pulsera y la muñeca, detrás de las orejas, grabando. Mary se acordó de que cuando él le pusiera la mano en la cara, ella tenía que permanecer en silencio pero mirándolo a los ojos y contar hasta tres despacio antes de cerrar los ojos y apretar la mejilla contra la palma de su mano, tal como hacen los gatos con una mano que los acaricia, entregándose a lo que se les da.

A Mary aún le resultaba extraño estar a solas con un hombre (excepto con Ed, con quien le resultaba extraño de otra manera). Sentía unos curiosos calambres y tensiones en todo el cuerpo. Intentó obligarse a estar relajada, y aunque nunca lo conseguiría del todo, llegó a disfrutar un tanto del espectáculo y de la dificultad de estar con él.

Kurt la miró, dijo: *Gracias,* le pasó una mano por el pelo, le besó la mejilla y se marchó.

Mary se quedó un rato allí sentada, mirando la mesa, sintiéndose observada de nuevo por aquel camarero mientras él se alejaba entre las cortinas de terciopelo al fondo de la sala. Tenía instrucciones de esperar varios minutos después de que Kurt abandonara la sesión antes de irse. Kurt odiaba las despedidas, y Mary nunca tenía que hacer ningún gesto de despedida y ni siquiera dar la impresión de que pensaba marcharse. Pensó en todo ello mientras volvía a casa, en que siempre estaría en lugares de los que él entraría o saldría. Sin embargo, aquella noche durmió mejor de lo que había dormido en años o posiblemente nunca.

6.

El atasco se extendía una manzana tras otra, y él estaba inmovilizado en su coche en el barrio en el que había vivido antes, en su antigua calle. El coche pasó despacio junto a la puerta que había sido la suya y se encontró con que no podía apartar los ojos de ella, como si esperara que su antiguo yo saliera caminando. Se fijó en que todavía estaba pintada del mismo azul, y sintió náuseas e irritación al pensar en cuánto tiempo había transcurrido. ¿Ya eran quince años? No quería hacer los cálculos.

El tráfico, dijo el chófer, echándole una ojeada por el retrovisor.

Ya. Kurt bajó la ventanilla, buscando su antiguo balcón. Casi podía verlo, y comenzó a sentir nostalgia, casi ganas de llorar. No. Aquello era ridículo. Subió la ventanilla, pero el recuerdo de su época con Alexi se le atragantó. Habían pasado unos cuantos meses buenos, ¿no? ¿Sí? Quizá incluso durante una época habían estado enamorados, o quizá solo lo parecía en la distancia. De repente se le presentaron unas vagas imágenes: Alexi cruzando una habitación en una fiesta a la que habían asistido, fingiendo que no estaban juntos. Alexi y él compartiendo un cigarrillo a medianoche en la azotea de su edificio..., ¿o era el de ella? Alexi en la segunda fila de algún cine, mirándolo de manera neutra mientras él estaba en el escenario y lo entrevistaban para un festival..., aunque ahora no recordaba cuál había sido. En fin. Había sido un buen verano, se dijo. Lo habían pasado bien.

Pero entonces estalló la bomba, o al menos sonó como una bomba, un avión que se estrella contra un edificio a más de un kilómetro de distancia. Alexi había estado en casa aquella mañana, un piso microscópico de dos habitaciones que compartía con otra actriz en un peligroso bloque de apartamentos sin ascensor, y cuando ella lo escuchó, de inmediato se acordó de Kurt, se puso cada vez más frenética porque él no cogía el teléfono, y luego la aterró que le hubiera pasado algo, y luego tuvo la certeza de que le había pasado algo porque de lo contrario él ya se habría puesto en contacto con ella, y su cuerpo enloqueció intentando escapar de sí misma —vomitando, dolorido, derrumbándose—, y pensó en lo trágico que era todo aquello, y la posibilidad de perderlo por lo que hubiera podido ocurrir (por la calle se oían muchos rumores) había revelado por fin que su amor tenía peso real, que había arraigado de verdad en ella. Con el ruido de fondo de los gritos y lágrimas de su compañera de piso, salió a las calles cubiertas de una neblina de ceniza, rodeadas por un coro de sirenas mientras corría hacia el piso de Kurt, a cuya puerta llegó recubierta de ceniza y sudor, temblando. Lo primero que él le dijo fue: *Deberías darte una ducha.*

Y se la dio, llorando pero en silencio, sin querer preocuparle.

¿Cómo es que él estaba tan sereno? ¿No se había preocupado por ella? ¿No había tenido miedo? Ella se dijo que quizá se estaba tragando su miedo para que ella no perdiera la calma, que su amor se manifestaba no en la locura sino en la sensatez, y que ese era el modo en que se equilibraban mutuamente. Se dijo que ese momento, ese terrible momento, les había hecho ver cuánto se necesitaban el uno al otro. Ella se quedó envuelta en una toalla, sintiéndose muy cambiada e importante.

Kurt le entregó una muda, unos tejanos cortos y una camiseta que ella había dejado en su casa y que él había guardado junto a la puerta durante las dos últimas semanas con la esperanza de que ella se los llevara. Kurt recogió sus ropas tóxicas y polvorientas con unos guantes de fregar, las selló dentro de unas bolsas de plástico y desinfectó todo lo que habían tocado.

Todo esto se escapa de nuestro control, dijo mientras Alexi se agarraba a él, con el pelo mojado y los ojos enrojecidos.

Las desmesuradas emociones de Alexi lo molestaban. Sabía que las pocas personas que ella conocía en la ciudad —su compañera de piso y otras dos amigas de verdad— estaban bien. No conocía a nadie que trabajara en el Distrito Financiero. No había tenido ninguna pérdida *personal.* Aquello no era su tragedia. Estaba reaccionando en exceso como haría cierta clase de actriz, aprovechando cualquier oportunidad para ponerse a actuar.

No hablaron mucho durante el resto de la tarde ni de la noche, simplemente escucharon un rato una radio que funcionaba, apagándola para practicar un poco de sexo atlético y sin palabras al que cada uno atribuyó un significado diferente.

Semanas más tarde, cuando ella le preguntó en qué había estado pensando aquel día, se sintió turbada (luego enfadada, luego asqueada) por lo que él contestó. No se trataba de la seguridad de Alexi, ni de la suya, ni de la de sus amigos (¿tuvo alguna vez amigos?), ni del asombroso montón de vidas humanas malogradas a solo unas manzanas de su lujoso loft del SoHo. No. Le confesó a Alexi que creía que la financiación de *El camino* ahora se iría al garete, y *sí,* dijo Kurt, comprendía que para ella ese podía ser un pensamiento *superficial* o *diferente,* y comprendía que no estaba experimentando el ataque de la misma manera *emocionalmente penetrable* que ella, *y no es que hubiera nada malo en ello* per se, *aunque en cierto modo sí, si te parabas a pensarlo, pero escucha,* le dijo a Alexi cuando ella comenzó a sollozar, *¿quieres escuchar de una puta vez lo que estoy diciendo en lugar de obsesionarte con tu propia realidad emocional? ¿Eh? ¿Por una vez? ¿Puedes hacerlo por mí?*

El modo en que la hermosa cara de Kurt se endureció —los ojos se fundieron con sus convicciones juveniles—

sería la imagen que Alexi conservaría mucho después de haberlo dejado. A lo mejor el corazón de Kurt se había atrofiado después de verse adorado de una manera tan pública, y a lo mejor por eso no parecieron afectarle los santuarios dedicados a los fallecidos, los retratos fotocopiados y descoloridos de los muertos en cada esquina —*¿Ha visto a esta persona?*—, una ciudad donde la gente se miraba a los ojos sin vergüenza, millones de personas observándose ahora con reverencia, viendo la santidad en el otro, y a ese hombre, ese pequeño monstruo, lo único que le preocupaba era su maldito calendario de producción.

Todo el mundo está ahí fuera ahora, dijo Kurt, *todos los voluntarios y los bomberos y todos los que te sueltan ahora su ven-a-Jesús, todo el mundo llora por este hecho que todos admiten que es horrible y aterrador..., escucha..., ¡no, escucha!*

Ella reprimió las lágrimas para oír con precisión lo mala persona que era Kurt.

Puedes pensar que lloras porque toda esa gente ha muerto y es trágico, pero sigues llorando por ti misma. Lloras porque sabes que podrías haber sido tú. Lloras porque la vida no es nada especial y todo el mundo muere y la complejidad de tu «yo» desaparecerá algún día y la justicia no existe.

Ella había dejado de llorar.

Nadie llora por otro.

Ella le examinó la cara como si fuera un objeto.

No soy propenso a extáticas muestras de sentimiento para llamar la atención, pero todavía siento cosas. Simplemente organizo las experiencias de otra forma. Las proceso de manera lógica.

Le entristeció que *ese* fuera el hombre con el que había escogido acostarse durante todo el verano hasta el otoño, un hombre tan mezquino consigo mismo que se negaba a presenciar el dolor de otro.

Cuando comprendí lo que había ocurrido, pensé que, uno, la vida humana es contingente; y dos, el único modo de afrontar ese hecho es crear algo que me sobreviva; y tres, la película que he estado concibiendo durante los últimos tres años probablemente volverá a demorarse si hay problemas con la financiación; y cuatro, sí, mañana yo también podría ser un montón de polvo, y eso es triste; y cinco, la única manera de aceptar este hecho es trabajando, que yo pueda crear algo más grande que yo, algo que influya en los demás.

Ella sintió náuseas al pensar en la cantidad de onzas de él que su cuerpo había absorbido. ¿De qué estaba hecho en realidad?

¿Entiendes lo que estoy diciendo? ¿O solo quieres creer que soy malo porque no lloro igual que tú?

(Recordó que la noche de los ataques había bebido una copa de vino tinto en su sala de estar, después de haber mantenido lo que ella consideraba sexo emocionalmente potente. Kurt disfrutaba de la botella más cara que tenía, solo, porque Alexi estaba a dieta por culpa del papel que tenía que interpretar, así que él estaba sentado en la sala leyendo una novela —¡una puta novela!—, mientras ella permanecía en la cama y el polvo de las ventanas filtraba la luz, como una gasa, y su cabeza estaba inmersa en la sincera enormidad del presente, preguntándose con frialdad por qué él había salido de la cama sin más explicaciones, por qué no le había contestado cuando ella le había preguntado adónde iba, por qué no estaba en la cama con ella, cariñoso a su lado.)

Soy una persona distinta de ti, joder. Veo el mundo de manera diferente. Proceso la emoción de otra forma. Y no hay nada malo en ello. Lo único que necesitas es madurar y aceptarlo.

(Aquella noche él había vuelto a la cama con un reborde rojizo en los labios y oliendo fuertemente a Cabernet, y aunque la cara de Alexi estaba hinchada y salada porque había llorado, se le habían secado las lágrimas y había vuelto a llorar, él no hizo ademán de consolarla, tan solo apagó la luz y a los pocos minutos estaba roncando.)

No necesito convertirme en alguien como tú. Diablos, probablemente lo que necesitas es ser menos *la clase de persona que eres.*

Eso fue lo último que él le dijo. Kurt tuvo problemas para dormir cuando ella se marchó en mitad de la discusión, y no porque su llamada hubiera ido directamente al buzón de voz de Alexi, tampoco porque ella hubiera intentado hacerle sentir como una persona insensible, y tampoco porque la echara de menos, que no la echaba, sino porque disfrutaba de estar solo, le encantaba de verdad, y aquella noche no permaneció dos horas sin poder dormir por culpa de lo del World Trade Center, y cuando más tarde se despertó llorando, supo que no era tristeza por las vidas perdidas, ni por las familias de las víctimas, ni por el valor de la gente que había arriesgado sus insignificantes vidas por las insignificantes vidas de los demás. No. Probablemente había estado llorando por sí mismo. Simple angustia. Cruzó los brazos, sintió sus bíceps, su pecho, su vientre, se pasó las manos por los muslos. Estaba allí. No le hacía falta llorar por sí mismo. No le hacía falta llorar, se dijo, y dejó de llorar, se durmió y no se despertó hasta mediodía.

El tráfico por fin se había puesto en marcha otra vez, pero Kurt no se había dado cuenta, estaba completamente absorto en ese recuerdo. El coche cruzaba el puente cuando abrió los ojos, debajo el río era negro como la noche, la gente caminaba en parejas por el paseo iluminado por las farolas, se miraban unos a otros o a la línea del horizonte, y todo ello era mucho más frágil de lo que parecía, y todo el mundo estaba al borde del olvido, como siempre. Observó pasar veloces las vigas del puente y recordó algo que había leído una vez acerca de unos diminutos músculos del rostro humano que mandaban señales a otros cerebros sorteando la conciencia del otro, eludiendo los ojos y dirigiéndose directamente a la esencia de esa persona. Un sonar desconocido, un lenguaje que actuaba sin que nadie se apercibiera, un susurro honesto. Se preguntó qué podría haberle dicho esa cara a Alexi.

7.

El manual de la Novia Mundanidad explicaba todas las maneras en que debía permanecer en silencio, lo crucial que era su silencio, que no debía tomar su trabajo por lo que no era: *Al igual que el sueño para la vida, la compañía mundana es una parte esencial de cualquier vínculo de pareja para que esta prospere, incluso beneficiosa para la salud. Mejora la eficacia metabólica del cuerpo, disminuye el ritmo cardíaco, refuerza el sistema inmunológico y permite que las células dañadas se regeneren más rápidamente. Tu trabajo como Novia Mundanidad es un primer paso esencial para comprender por qué y cómo ciertas actividades neuronales ocurren cuando dos personas están juntas sin hacer nada.*

El manual le indicaba a la Novia Mundanidad qué partes del loft le estaban vedadas, las posturas que debía adoptar o no cuando estaba sentada en una *chaise longue,* una butaca o un sofá, cuántas veces por hora tenía que moverse. Se le permitía leer una revista o libro, pero ninguna pantalla. Se le permitía mirar embobada por la ventana hasta tres minutos seguidos, siempre y cuando mantuviera una expresión neutral, plácida, nunca desdeñosa ni aburrida. No debía dormitar, ni hacer crujir los nudillos ni morderse las uñas. Tenía que hacer todo lo posible para disimular un bostezo.

Si Kurt entra en la habitación, mirarás en dirección a él, pero no a los ojos. Sonreirás un poco, como si pensaras en otra cosa. Debes permanecer ocupada en la actividad que hayas escogido. No deberías pensar en Kurt ni permitir que tu atención se desvíe hacia el lugar en el que él se encuentra en la habitación.

Tumbada allí en su primera sesión, Poppy se había quedado absorta pensando en sus primeros meses con Sam: cuando él se había ido a Ohio para trabajar dos semanas y en lugar de charlar o enviarse mensajes de texto comentando las trivialidades del día, decidieron comunicarse exclusivamente a base de vídeos: dos o cuatro minutos de sí mismos sin hacer nada. En el suyo, ella hacía cosas cotidianas: tomarse un café por la mañana, secarse el pelo con el secador, hacer el pino en la sala; mientras que en los que él transmitía se le veía por lo general leyendo en el espacio color beis de su habitación en el Days Inn: un libro, un periódico, un informe encuadernado en espiral sobre la eficiencia del software de gestión de datos de la empresa. Ella veía cada vídeo una y otra vez, y luego los dejaba reproducirse en bucle mientras hacía otra cosa, con el sonido de fondo de los suspiros de Sam, o el de las páginas que pasaba, o el de sus estornudos, para hacerle compañía. Estaba segura de que nadie había estado más enamorado que ellos en aquellas semanas, consumidos por aquella añoranza, deseando tan solo estar vivos el uno al lado del otro.

Los años siguientes fueron a menudo tranquilos, agradables al principio, luego menos: silenciosos trayectos en tren para ver a la madre de Sam en Boston, hacer cola para una u otra cosa, noches negras y mañanas de luz tenue que pasaban intentando dormir o mantenerse despiertos, tardes nubladas en las que parecía plausible que todo el mundo se hubiera quedado sin cosas que decir. Hacia el final casi nunca cenaban ya tranquilamente, casi nunca hablaban en la oscuridad, y cada vez iban más al teatro y al cine, donde podían olvidarse en silencio del otro en medio de los demás. Sin embargo, cuando ella le escuchaba darse una ducha —el sonido del agua rompiendo contra su cuerpo mientras murmuraba o canturreaba—, sentía un tipo de soledad de lo más agradable, incluso hacia el final. Durante su primer Experimento Relacional, y mientras pensaba en sus cosas, Poppy comprendió que por encima de todo había amado a Sam cuando él estaba en silencio, como si la vida de él transcurriera y la arrastrara con ella, al igual que su propia vida también lo había arrastrado a él. No echaba de menos su voz, que al final tanto la había insultado, y tampoco echaba de menos su cuerpo, que él había utilizado algunas veces contra ella, y tampoco echaba de menos la historia de los rituales que habían creado, la mitología que todos los amantes escriben, pero sí echaba de menos la comodidad de la vida de Sam discurriendo tranquilamente junto a la de ella. Echaba de menos su nada, que siempre había parecido un algo.

Kurt había estado en la periferia de Poppy toda la mañana, mirando por uno de los grandes ventanales en dirección a los puentes y viéndose a sí mismo desde el exterior, viéndose tan despreocupadamente satisfecho mientras Poppy estaba allí, también tan despreocupadamente satisfecha. Kurt se preguntó si la conciencia de sí mismo complicaría los datos de los sensores, aunque tampoco acababa de comprender lo que estaban midiendo. Al parecer, en realidad le habían explicado muy poco durante las presentaciones que la División de Investigación les había ofrecido a Kurt y a Matheson semanas atrás en relación con su plan para el XN, o quizá no había prestado toda la atención que debía.

Dos de los investigadores habían conducido la presentación sobre cómo funcionaban los sensores. Kurt estaba seguro de que los dos hombres eran gemelos, aunque ellos lo negaron. Sin embargo, eran casi idénticos: la misma estatura, el mismo corte de pelo, incluso las mismas gafas. *No son más que las gafas,* dijo uno de ellos, y el otro se las quitó como si eso demostrara algo, aunque no fue así.

Durante la demostración de los sensores, uno de los no gemelos llevaba unos puestos, mientras el otro explicaba los diversos gráficos y tablas que comenzaban a producir los datos: información acerca del estado de ánimo del no gemelo, la concentración de diversas hormonas y neurotransmisores en la sangre, las pautas de actividad del sistema nervioso, el ritmo respiratorio y cardíaco, algo denominado tono vagal, que por alguna razón resultaba importante para el amor romántico, la conductividad de la piel (fuera lo que fuera), y otras cosas, aunque Kurt dejó de escuchar, simplemente asentía mientras entrecerraba los ojos ante los números y gráficos de la pantalla, como si pudiera ser capaz de sacar algo en claro de lo que veía.

O sea, ¿que así es como sabréis, dijo Kurt, *lo que está... ocurriendo... internamente... durante los Experimentos Relacionales?*

Los no gemelos dijeron *Sí* al unísono. Una máquina emitió un chasquido y otra un pitido, y a continuación se oyó una voz femenina en la parte de atrás de la sala.

Los sentimientos y las emociones no son ningún misterio. No son más que intentos de responder racionalmente a un mundo incierto, una serie de reacciones neuroquímicas que se pueden analizar y rastrear hasta su origen.

El no gemelo que no llevaba puestos los sensores también habló: *Aunque reconocemos que medir los sentimientos y los estados de ánimo de la gente es una ciencia inexacta.*

Sí. Lo reconocemos, dijo la mujer de la parte de atrás.

Pero nuestros métodos se vuelven cada vez más exactos, dijo el no gemelo que llevaba los sensores.

Sí, cada vez más, dijo el otro no gemelo.

Un sistema humano simplemente responde a los datos que le dan y crea otra serie de datos como respuesta a los primeros, dijo la mujer. *Y cuanto más profundamente podamos comprender esas matrices de información, mejor podremos diagnosticar y tratar los problemas médicos, psicológicos e incluso interpersonales.*

Se dijeron más cosas, pero Kurt ya no estaba escuchando, tan solo observaba a la División de Investigación con sus batas de laboratorio blancas y almidonadas, satisfecho de sí mismo por haber reunido a esa gente que iba a crear un mundo más amable. Los demás miembros de la División de Investigación no dijeron nada durante la hora larga de presentación; ni siquiera parecieron moverse en sus sillas, desperdigadas por los extremos de aquella oficina. La verdad es que algunos bien podrían haber estado dormidos con los ojos abiertos. Aquella División de Investigación era un grupo extraño, pero le habían asegurado que eran los mejores.

Kurt no era ningún científico, y sería el primero en admitirlo, pero ¿no se había dado a veces el caso de que aquellos que no eran técnicamente científicos —aquellos que, digámoslo así, eran más bien *visionarios*— predecían un hecho científico siglos antes de que este pudiera demostrarse científicamente? No recordaba bien quién, pero había habido alguien, no Da Vinci, sino alguien *como* Da Vinci, alguien de esa época, algún filósofo autodidacta que había llevado a cabo una predicción exacta de algo parecido al ADN o internet. Un tipo que había salido con un *Eh, ¿sabes qué?* Alguien con una *corazonada*. De todos modos, Kurt tampoco estaba diciendo —ni a sí mismo ni a nadie— que él fuera Da Vinci ni nada parecido, pero tenía la corazonada de que la gente había pasado por alto algún elemento clave del amor romántico. Estaba seguro de que existía un modo de decodificar nuestras reacciones desorganizadas ante la pareja, ante la manera en que dos personas pueden hacerse enormemente felices la una a la otra en cierto momento, y solo años, semanas o meses más tarde alcanzar cotas desconocidas de amargura o aburrimiento. Y sí, tenía sus propios motivos para querer ser el centro de ese estudio, y Yuri le había sugerido que lo hiciera, había dicho que todo aquello le resultaría a Kurt especialmente sanador, pero su verdadera intención era contribuir a realizar un descubrimiento que ayudara a los demás, que cambiara el mundo en profundidad.

Y después de años de pensar y teorizar, y después de meses de planificar, contratar y preparar, allí estaba: el primer Experimento Relacional que tenía lugar dentro de su casa. (Durante una época consideró montar un segundo apartamento en el que realizar el XN, pero Yuri le había convencido de que llevar a cabo el experimento en su casa resultaría importante para su sanación.) Y mientras se veía a sí mismo iniciar lo que acabaría siendo su legado, se sentía como al borde de un precipicio.

Pero emprender una tarea tan colosal también era una carga. Ese día se había despertado a las cuatro de la mañana, con los ojos como platos en la habitación totalmente a oscuras, preguntándose si todo aquello no sería imposible. En cierto modo, sabía que esclarecer el amor era imposible, pero desear cosas imposibles, la fe en que lo imposible pudiera ser posible, era lo que provocaba el cambio, de eso estaba seguro. Y ahí estaba el meollo de la cuestión.

Cerró los ojos, intentó volver a dormirse y no lo consiguió: el corazón le latía de una manera extraña. Tenía la sensación de que muchas cosas dependían de lo que ocurriera aquel día, de conseguir que esos primeros Experimentos Relacionales para el XN llevados a cabo en el interior de la casa salieran bien, y aunque sintió el impulso de levantarse y dictar una nota, se obligó a permanecer en la cama, a descansar para estar fresco para su obra.

En un estado liminal entre la vigilia y el sueño, se le fueron encadenando los recuerdos de amores pasados, que desfilaron como si contara ovejas. Se había enamorado unas cuantas veces, con diversas intensidades, y había presenciado de qué manera horrible y espantosa podían resolverse aquellos amores: finales lentos y finales abruptos, el doloroso y paulatino apagarse o el desastroso fogonazo. Pero ¿cómo saber de cierto que alguno de esos supuestos amores había sido real? ¿Cómo se podría medir algo así? Los viejos amores se tornaban borrosos en el recuerdo, y al volver la vista atrás, al intentar llevar a cabo un cómputo real de la intensidad con que podría haber amado, a quién, a cuántas..., no estaba seguro de poder incluir a nadie en esa lista.

Christy, su última relación, y él también habían pasado unos buenos meses juntos, tranquilos y agradables, pero siempre había echado algo de menos, y al final había dejado de llamarla, y aunque se sentía un poco culpable por haber desaparecido, ni siquiera era culpa, solo tristeza por el hecho de que ni siquiera *deseaba* llamarla. En teoría ella había sido perfecta. ¿Y por qué en la práctica había resultado otra cosa? Sin embargo Camille —la primera Camille, no la segunda—, bueno, eso tenía que haber sido amor, al menos al principio. En aquellas primeras semanas los dos creían haber descifrado algún código invisible, descubierto algo que desde mucho tiempo atrás había parecido un mito. Pero después de algún supuesto desaire, ella arremetió contra él, se puso a despotricar que ya no tenía tiempo para hombres inconsecuentes —y realmente no lo tenía—, pero que no estaba enfadada, dijo (aunque parecía furiosa), solo triste, triste por haber creído que Kurt era alguien que se comprendía a sí mismo lo bastante como para ser amable.

De todos modos, la manera en que le habló tenía algo de ensayado, como si hubiera acabado interpretando esa escena con cualquier amante, y Kurt llegó a preguntarse si Camille no habría estado siguiendo un guion mientras estaban juntos. Había algo en ella que siempre le había parecido más un personaje que una persona real: un ejemplo un poco demasiado perfecto, un poco demasiado preciso de la clase de mujer que había imaginado para él. Quizá la relación nunca fue lo que aparentaba. De todos modos, ahora ya habían pasado años..., cuatro, cinco..., no estaba seguro.

Mientras contemplaba la oscuridad de su dormitorio, intentó relajarse y dejar de entregarse a toda esa nostalgia, dormir otra hora, pero su mente no paraba de dar vueltas. Un año antes de Camille había salido con Melanie, cinco meses que ahora parecían toda una vida. Ella era unos cuantos años mayor que él, una actriz descrita a menudo como un *formidable talento,* famosa por conceder pocas entrevistas, por mostrarse recalcitrante e indiferente en las que concedía, famosa por sus breves y elegantes discursos cuando le otorgaban un premio. Sorprendiéndose incluso a sí mismo, Kurt le compró un anillo, encargó una *suite* en su hotel favorito en mitad del desierto, le propuso matrimonio a primera hora de la mañana, aún en la cama. Ella no dijo nada, se levantó, se puso las bragas, y salió en *topless* al patio a fumar.

No me amas, dijo ella. *Amas la idea que tienes de mí.*

Kurt nunca la había visto fumar, y observó que expulsaba el humo de una manera afectada, medio culpable. Bajó la mirada hacia el anillo que él todavía tenía en la mano, como si fuera un plato que ella esperara que le retiraran de la mesa.

Puedes apartar eso, de verdad. Es muy dulce por tu parte ser tan idealista, pero esto es..., las cosas no son así.

Ella era más inteligente que él, Kurt lo sabía, siempre lo había sabido, siempre había amado eso de ella, pero también significaba que ella tenía un mayor control de él, que era capaz de dejarlo con total tranquilidad, muy segura de sí misma. Repasó las novias que había tenido antes de Melanie —Sara, Martina, Jenny, Kate—, y cada relación estaba marcada por una especie de comienzo frenético o por haberse agriado de repente. Se remontó hasta su primer amor, o su probable primer amor: Alyssa. Él tenía dieciséis años, y ella dos más, los dos unos bobos. Ella estaba en su último año de bachillerato y él en el segundo, se morreaban de manera interminable, apretándose el uno contra el otro, las dos caras pegadas durante horas y horas, pero nunca tuvieron relaciones sexuales, ni siquiera hablaron de ello, y ahora, al considerarlo de adulto, aquello le desconcertaba, pues no había sido por ninguna razón moral o religiosa; todos sus amigos ya follaban; tenían condones de las clases de educación sexual; los padres de ella nunca estaban en casa. ¿Acaso no se trataba de dos adolescentes saludables? ¿Y acaso no sentía Kurt como si su cuerpo se disolviera cuando estaba con ella? Recordó que un cálido día de abril estaba temblando, y que ella le dijo que cuando estaba con él se sentía como si se hallara al borde de algo muy elevado, como se siente un cuerpo cuando teme una caída, y a veces se quedaban mirándose el uno al otro como en un trance de sentimiento. Por la noche acaparaban las líneas telefónicas de sus padres manteniéndose despiertos durante horas, escuchando la respiración del otro hasta que por fin se relajaban hasta el sueño. Pero si habían estado enamorados, completamente enamorados, ¿no tendrían que haber sido incapaces de evitar el sexo? ¿No tendría que haber sido algo inevitable? No fue por falta de oportunidades, de atracción o de hormonas. Era solo que no lo habían hecho. Cuando Kurt perdió la virginidad con una universitaria en una fiesta, meses más tarde —una chica guapa, distante, intrascendente—, lo que más sintió fue alivio por haberlo hecho por fin. Alyssa se había graduado y estudiaba en Vassar, y probablemente ya salía con otro, se dijo, y lo más extraño fue que aquello le pareció bien. Él le mandó una carta y ella lo llamó una o dos veces cuando se enteró de que su madre estaba enferma, pero eso fue todo. Así que, se dijo en aquel momento, lo que sintió con Alyssa no fue un amor completo, a menos que la asexualidad de ese deseo indicara pureza, un goce sin contaminar, destilado, de estar con el otro, no una especie de impulso procreador ni una lujuria rebautizada de devoción, sino lo auténtico, un sentimiento que no necesitaba nada.

Después de Alyssa hubo otras, pero ninguna cuya mera contemplación lo satisficiera tanto. En aquellos meses en que su madre iba a quimioterapia, Kurt besó a una chica —Nicola algo—, pero se sentía tan penosamente vacío que cuando ella gemía y lo apretaba contra sí, y le ponía la mano en el bolsillo de atrás, lo único que él podía hacer era apartar la mano, recular, negar con la cabeza y decir que tenía que marcharse. Recordó una breve mirada de tristeza en la cara de ella, pero se desvaneció y ella regresó a la fiesta de cumpleaños de la que se habían escaqueado, y después de eso incluso la vio patinando sobre ruedas, entrelazada del brazo de otra chica, riendo. Se sentó en un banco deliberadamente lejos de todos los demás chavales y permaneció pensativo en aquella heladería hasta que la madre de alguien se acercó y le preguntó si quería comer algo, y adivinó, por la manera en que ella le miró, que aquella mujer sabía lo de su madre. Dijo que no tenía hambre. La mujer le dio unas palmaditas en la espalda y se marchó. ¿Por qué recordaba todo eso con tanta claridad?

Ahora, en su habitación a oscuras, el sol todavía oculto al este, se entregó a los recuerdos del pasado. Siempre le venía a la mente aquel día en la pista de patinaje como una parte importante de su mitología, una narración que proyectaba sobre todos sus días sin escenas, sin arcos voltaicos. Creía poder recordar los pensamientos exactos que había tenido mientras observaba a Nicola patinar en círculos, sonriendo, contenta de estar entre esas otras personas, sin que le faltara de nada. Recordaba haber pensado que nadie necesitaba a nadie en particular, que la gente solo necesitaba a los demás en general, pero que probablemente nadie necesitaba de forma irrevocable a otra persona por encima de los demás, y al comprender eso, que ninguna pareja poseía la patente de ningún sentimiento, Kurt temió haberse destruido, que si creía esa idea quizá acabara vacunándose contra volver a estar enamorado. E incluso aunque no se permitiera estar enamorado, siempre sabría que debajo de cualquier comedia romántica que pudiera interpretar existiría este pensamiento: yo podría ser cualquier otro. Ella podría ser cualquier otra.

Pero lo había conseguido, ¿no? ¿Había conseguido enamorarse unas cuantas veces? Quizá sí. Y quizá la mejor había sido aquel verano con Alexi. Recordó que durante el tiempo que había pasado con ella siempre estaba tranquilo y cómodo, y que sus relaciones sexuales siempre habían seguido una coreografía propia, y que a la vez parecían improvisadas e imperiosas. Cuando sus miradas se cruzaban por primera vez después de una ausencia, parecía que todos los colores que los rodeaban se volvían más brillantes, los sonidos se agudizaban y su atención se derramaba hacia el otro con la misma facilidad con que el humo se mezcla con el aire.

Aquel septiembre todo desapareció. Muchas parejas rompieron, pues a todo el mundo se le recordó a voz en cuello que podía morir en cualquier momento, y reaccionaron en consecuencia, abandonando algunas costumbres o adquiriendo otras, abandonando su trabajo, a los demás o a alguna versión de sí mismos, comprendiendo cosas: que todo, *todo,* quedaba completamente fuera de su control. Quizá hacer lo que podías cuando te enfrentabas con la enormidad de lo poco que podías hacer era una ilusión útil. Era imprescindible encontrar un modo de apartar el mundo, de olvidar lo que resultaba de ayuda olvidar.

Y olvidar también resultaba necesario para enamorarse, beber del río Leteo, renunciar a todo amor pasado por el presente. A lo mejor no era del todo un engaño, sino una forma de evolución, quizá el cerebro de alguna manera podía alterarse químicamente con la experiencia de estar enamorado, y cualquier amor que viniera después de ese amor tenía que ser más inmenso que el último a fin de que el cerebro químicamente alterado lo detectara.

De nuevo se resistió a salir de la cama para anotar todo eso o decírselo a la grabadora para Matheson, considerando que si ese pensamiento era cierto, ya regresaría.

Pero ¿cómo era posible que una persona, un cerebro o un cuerpo pudieran medir un antiguo amor y compararlo con el nuevo? ¿Acaso existía algún barómetro interno, algún interruptor que había que accionar? Y si existía —y Kurt estaba convencido de que era así—, quería localizar ese barómetro y ajustarlo, como si fuera un termostato, para que la gente se mantuviera enamorada, para transformar una actividad inconsciente en otra consciente.

Y entonces, como obedeciendo a ese pensamiento, las persianas y cortinas de su dormitorio comenzaron a abrirse automáticamente al salir el sol, y la luz, al filtrarse sobre Kurt, le produjo la sensación, eufórica pero engañosa, de que aquello era un signo clarísimo.

Ese mismo día, en mitad de su Experimento Relacional con la Novia Mundanidad, Kurt se encontraba junto al gran ventanal y contemplaba el puente, percibía que los sensores de su cuerpo se calentaban, se enfriaban y volvían a calentarse mientras observaba a un solitario corredor que se abría paso entre la multitud de turistas. Al dejar de enfocar la calle vio el reflejo de Poppy en el espejo. Estaba tumbada en el sofá, boca abajo, vestida con las ropas holgadas y neutras que la División de Investigación había considerado apropiadas. Leía una revista, llevaba el pelo recogido en un moño. Kurt se sintió cómodo con la ambivalencia de la chica hacia él, con aquella presencia ausente. Ante esa idea sus ojos se llenaron de lágrimas, aunque su cara apenas se inmutó, apenas se sonrojó. Aquello le sobresaltó —casi nunca lloraba—, pero allí estaba esa mujer, una desconocida con la que nunca había intercambiado una palabra, cuya mera existencia parecía haberle proporcionado un consuelo tan profundo. Y cierto, podías decir que la auténtica relación de Kurt con ella era tan superficial que no existía, que carecía completamente de sentido, pero a Kurt le alegró y le conmovió esa falta de sentido, su ausencia total de complicación.

Horas después, cuando el experimento hubo terminado y Poppy se hubo marchado, el investigador le quitó los sensores a Kurt y le dijo que la División de Investigación quería hacer una breve presentación relacionada con un importante rasgo de los sensores, algo que no habían podido decirle antes y que querían explicarle de inmediato. Bajaron una pantalla, atenuaron las luces, encendieron un proyector y delante de él apareció otra investigadora que carraspeó y dijo:

Como sabes, desde el principio el objetivo de la División de Investigación ha sido optimizar las emociones humanas, descubrir de qué manera podemos utilizar la tecnología para comprender mejor nuestras decisiones, nuestros errores, y para conseguir que la mente y el cuerpo humanos sean algo más lógico y saludable.

Kurt miró a su espalda y se dio cuenta de que el resto de la División de Investigación se había reunido detrás de él, como si vieran una película juntos.

Ahora, queremos explicarte el funcionamiento de una característica en extremo sofisticada y sin parangón de nuestros sensores, denominada Directrices Internas.

En la pantalla aparecieron una serie de ventanas: una pequeña hoja de cálculo llena de dígitos que cambiaba una y otra vez, la brillante línea verde de un cardiograma, una gráfica circular cuyos quesitos crecían y se encogían, lo que parecía ser una resonancia magnética de un cerebro, y un vídeo de vigilancia en el que se veía a Kurt mirando por la ventana en dirección al puente hacía apenas algunas horas. Sus ojos fueron directamente al vídeo, acostumbrado como estaba a verse a sí mismo en una pantalla, y enseguida concluyó que era una buena toma, bien enmarcada, en la que aparecía con una postura natural, nada afectada, y solo entonces recordó que no se trataba del decorado de una película, sino de su casa, su experimento, su División de Investigación.

Como quizá resulte evidente, esta es la información que has producido hoy, medida por los sensores y las cámaras. Como ya sabes, los datos generados por cada sujeto dentro de un Experimento Relacional se recopilan y se pasan por nuestro software analítico, creando un retrato matizado de ti y de la fisiología y el temperamento mental de las chicas a lo largo de un periodo de tiempo bajo una serie de circunstancias.

La investigadora señaló la pantalla.

Por ejemplo, hoy has entrado en el Experimento Relacional sintiéndote bastante en paz, contemplativo, aunque un poco falto de sueño, un pelín deshidratado, y de vez en cuando distraído por un esporádico pensamiento sexual, pero por lo general te sentías bastante satisfecho. ¿Estarías de acuerdo?

Supongo que sí. Tampoco podía estar seguro de cómo se sentía. ¿Indefenso? ¿Impresionado? ¿Se alegraba de que los sensores de la División de Investigación pudieran retratarlo tan fácilmente? Se preguntó qué habrían recogido ahora los sensores de haberlos llevado.

Supongamos que ahora pudiera decirte, con absoluta certeza, que el hecho de tener algún pensamiento sexual, por efímero que sea, incluso una fantasía inconsciente en un rincón de tu mente, supongamos que pudiera decirte que todo esto estaba teniendo un efecto catastrófico en tu producción creativa...

¿Es eso lo que...?

Supongamos simplemente que fuera cierto. No digo que lo sea, pero supongámoslo. Solo te propongo este ejemplo para demostrar algo, y de ninguna manera refleja nuestra investigación.

Una de las peticiones de Kurt a la División de Investigación era que se centrara en si existe alguna relación entre la vida romántica y sexual de una persona y su producción creativa, pues desde mucho tiempo atrás se había preguntado si sus relaciones intrascendentes y poco satisfactorias con las mujeres habían socavado su energía, impidiéndole completar el montaje de *El camino*.

Y si te dijera..., es muy simple, Kurt, si aprendes a dejar de pensar en el sexo, a no ser que lo estés practicando, entonces tu energía creativa queda completamente liberada y bajo tu control. ¿Crees que es algo que podrías hacer con facilidad? ¿Crees que alguien podría hacerlo fácilmente?

Bueno... En aquel momento se dio cuenta de que, de todas las mujeres de la División de Investigación, aquella era fácilmente la más atractiva: tendría cuarenta y pocos, elegante, pelo castaño lechoso hasta los hombros, con algún brillo entrecano, pero ahora que le pedía que no pensara en el sexo, no podía apartar de la mente la imagen de él arrodillándose a sus pies, levantándole la bata de laboratorio, acercándole las caderas a la boca... *Bueno, no, de hecho, no, no creo que nadie fuera capaz de hacer eso.*

Exacto, casi nadie es capaz de controlar su propia mente. Y sin embargo, incluso en el caso de las tareas más básicas y conscientes —hacer ejercicio, comer bien, acordarse de beber agua—, cosas que están dentro de su control, a la gente le cuesta hacerlas, aun cuando el provecho es más evidente y a menudo inmediato. De hecho, el mayor impedimento del bienestar de la gente es ella misma, y hemos decidido que sortear este autosabotaje es la única manera en que podemos llevar a cabo un cambio real a la hora de conseguir que la experiencia humana sea más racional y armoniosa.

Todos los datos e imágenes de la pantalla desaparecieron, y su lugar quedó ocupado por una serie de gráficos e imágenes distintas.

A este fin hemos desarrollado una característica de los sensores que llamamos Directrices Internas. En lugar de registrar simplemente la bioinformación del cuerpo que llevan los sensores, las Directrices Internas nos permiten transferir información al cuerpo, decirle cómo ha de comportarse, qué hormonas o neurotransmisores debería aumentar o disminuir, desplazar el tono vagal del cuerpo, aumentar o disminuir la frecuencia cardíaca, etcétera.

Tardaríamos mucho en explicar, y la verdad es que sería aburrido, cómo funcionan exactamente las Directrices Internas, pero en esencia utilizan una especie de pulsos electromagnéticos para enviar datos al cuerpo. Lo que tenemos ahora en la pantalla son los gráficos que miden tu Coeficiente de Vulnerabilidad Emocional, CVE, durante el Experimento Relacional de hoy con la Novia Mundanidad. En este caso tampoco puedo explicarte del todo la fórmula matemática exacta que utilizamos para calcular el CVE, pero a grandes rasgos cogemos estos diferentes puntos que generan los sensores y los pasa-

mos a través de un complejo algoritmo que nos proporciona una medida de lo dispuesta que está una persona en cualquier momento a experimentar su entorno y su estado interno de una manera profunda. Esencialmente es una medida de lo mucho que uno está prestando atención al mundo exterior, a sus emociones y las emociones de los demás.

La investigadora encendió un puntero láser y apuntó a los gráficos de la pantalla.

Así pues, más o menos a la mitad del Experimento Relacional de hoy te administramos una Directriz Interna para aumentar tu CVE. Y te lo tomaste bastante bien. Incluso lloraste un poco, cosa que puedes ver aquí...

Utilizó el puntero láser para rodear un pico en los gráficos.

Hizo una pausa, miró a Kurt como a la espera de alguna reacción, pero este apenas fue capaz de entrecerrar los ojos delante de la pantalla. Intentó pensar en algo que decir, pero tan solo consiguió tartamudear: *Así que tú...*

Exacto, nosotros lo provocamos.

Sabía que podría haberse enfadado porque lo hubieran manipulado de esa manera, como una marioneta, sin que se diese cuenta, pero, extrañamente, no le importó. La investigadora que hacía la presentación todavía lo miraba, a la espera de algo, pero no se le ocurrió nada que decir, así que se limitó a negar con la cabeza y sonrió, confuso.

La investigadora continuó: *A menudo el modo en que una persona trata a alguien que ama está contaminado por las relaciones o rencores anteriores, o cosas sobre las que tuvo poco control: la forma en que lo criaron, prejuicios y comportamientos inconscientes, incluso el efecto epigenético de la cualidad del matrimonio de sus abuelos cuando sus padres fueron concebidos. A casi todo el mundo le resulta imposible desmantelar estos comportamientos inconscientes y sistemas de lógica profundamente arraigados, y aun así nuestra intención con las Directrices Internas es adiestrar a la mente para que pierda esos hábitos poco saludables. De ahí el ejemplo que te he puesto antes sobre los pensamientos sexuales. Todo el mundo los tiene, en mayor o menor grado, pero intentar no pensar en algo tan arraigado como el deseo sexual no te llevará muy lejos. Utilizando las Directrices Internas, sin embargo, uno sería capaz de decidir cómo gastar su energía mental, decidir cómo ser.*

Kurt miró de nuevo a su espalda. Todos los miembros de la División de Investigación lo estaban mirando, y todos con la misma expresión.

Comprendo que quizá te preocupe la seguridad, dijo la investigadora que estaba en la parte delantera de la sala mientras él se volvía otra vez para mirarla. *O la ética de utilizar una tecnología como esta sin que la gente sea consciente de ello.*

Y sí, teóricamente Kurt comprendía que algo así podía suscitar cuestiones éticas y de seguridad, aunque, sin embargo, eso no le interesaba ni le preocupaba. Aun cuando sabía que de algún modo lo habían violado, no se *sentía* violado. Y el mismo hecho de que no le preocupara podría ser resultado de que en aquel momento estuvieran utilizando aquello con él, pero la calma de Kurt le pertenecía por completo, y era incapaz de cuestionarla.

Uno de los no gemelos se desplazó sobre su silla con ruedas hasta la izquierda de Kurt y dijo: *Llevamos casi dos años experimentando las Directrices Internas en nosotros mismos.*

Kurt sonrió al no gemelo, y casi sintió ganas de abrazarlo. Era maravilloso —¿o no?— lo que habían descubierto, lo que aquello podía significar para el mundo.

Nuestra intención, en los términos más sencillos —el no gemelo bajó la voz hasta convertirla en un firme susurro—, *consiste en crear un tratamiento que le permita a la gente sentir lo que quieren sentir, y no aquellos sentimientos que no les ayudan. Y aunque tenemos la esperanza de que las Directrices Internas se puedan utilizar como alternativa a las drogas psicotrópicas o a la terapia de electroshock, esta psicotecno-*

logía también podría resultar útil para cualquiera que quisiese mejorar un poco su vida, y no solo para aquellos que presenten importantes trastornos de su estado de ánimo.

El no gemelo le sonrió a Kurt.

Los sentimientos son una especie de energía, una especie de materia, dijo el otro no gemelo mientras se desplazaba con su silla con ruedas hasta la derecha de Kurt. *No se pueden crear ni destruir.*

Cierto, dijo el primer no gemelo, *no hay manera de discutir con los sentimientos, ¿verdad? Solo podemos reprimirlos o autoengañarnos.*

¿Acaso no eran las Directrices Internas una especie de represión o engaño? Kurt se lo preguntó fríamente, pero no consiguió dar con ninguna respuesta. La investigadora que había estado al frente de la presentación volvía a hablar, y le decía algo así como que no utilizarían las Directrices Internas con Kurt tanto como las utilizarían con las novias, pero que era importante para el estudio que Kurt no supiera cuándo se utilizaban y cuándo no. Aparecieron más gráficos, más punteros láser apuntaron a diferentes puntos de los gráficos. Kurt siguió escuchándola durante un rato, pero todo se le había vuelto confuso. Se excusó para ir a echarse una siesta, y aquel día acabó confundiéndose con sus sueños; igual que los años se confunden para formar una vida, sentida aunque no vista, la línea entre el recuerdo y el presente siempre sangra.

8.

Ashley miró su plato, grande y blanco, una galería para esas solitarias rodajas de pescado crudo, muerto hacía tan poco que todavía parecía vivo, y hallarse tan cerca de esa frontera entre la vida y la muerte hizo que se preguntara a cuál de todas las personas del restaurante, que ahora engullían miles de dólares, le quedaban menos días de vida. Llevaba un vestido que no era suyo, con aquellos extraños sensores debajo, y el maquillaje que alguien le había puesto en la cara. Así que mientras se comía todo aquel dinero, y sabía que en su cuenta bancaria había menos de la mitad de lo que debía este mes, el invisible límite de tiempo que todo el mundo tenía, la riqueza que nadie podía acumular, era lo único que le hacía sentirse igual que la gente que había en el comedor. Ashley estaba segura de que era el único comensal del restaurante que había fregado el suelo hacía poco, aunque no estaba segura de lo que indicaba ese hecho, si es que indicaba algo.

Muy por encima de su cabeza había unas enormes lámparas que parecían medusas pobladas de diamantes, y Kurt seguía comentando con el sumiller los méritos del sake sin filtrar. La seriedad de su tono irritaba a Ashley. No era más que un puto zumo. Una punzada de sufrimiento recorría la cara del sumiller, como si supiera tanto de vino de arroz que le resultara doloroso, como si ese saber le produjera una presión en el cráneo. La medusa se balanceó de manera casi imperceptible.

Ese era el primer Experimento Relacional público de Ashley, durante el cual se suponía que tenía que parecer unánimemente interesada en todo lo que dijera Kurt la primera hora de la cita, y luego ponerse un poco desagradable, insistir en que no pasaba nada cuando él le preguntara qué le pasaba, pero comenzar a desautorizar sutilmente todo lo que él dijera, para luego echarle en cara lo mucho que estaba tardando en terminar *El camino,* salir furiosa antes de que acabara la cena, esperar en el asiento trasero del coche de Kurt, darle una bofetada cuando entrara, y dejar que un tenso silencio surgiera entre ellos antes de salir del coche sin decir una palabra, coger un taxi y desaparecer en la noche.

Cuando Ashley volvió a su apartamento y repasó cómo había ido la velada, le sorprendió lo fácil que había sido todo, que con una sola noche de trabajo hubiera ganado tanto dinero como en una semana con buenas propinas, lo que le permitiría pagar más de unas cuantas sesiones con su entrenador.

Abofetear a Kurt había resultado menos ridículo y más intuitivo de lo que había esperado, y mientras ambos permanecían sentados respirando pesadamente durante los exigidos veinte segundos de silencio, sintió la misma euforia que después de una buena pelea, la sensación de que su cuerpo contenía cuerpos adicionales. Existe una manera plausible de explicar esta sensación desde fuera —la activación de ciertos neurotransmisores o un subidón de adrenalina—, pero desde dentro era algo mítico. Era tan inconfundible como adictivo, esa sensación de ser más de lo que era.

Las espumas y lloviznas de *omakase* la habían dejado con hambre, de modo que ablandaba dentro de un cazo una sopa de pollo solidificada en forma de lata mientras veía una de sus peleas preferidas entre Kit Kimberly y Shauna Matthews en su teléfono del XN —nunca había tenido uno de esos trastos—, reproduciendo una y otra vez el momento en que el gancho de izquierda de Kit tumbaba a Shauna. Durante la quinta o sexta repetición le llegó un mensaje de texto de Matheson: la División de Investigación estaba complacida con cómo había cumplido con su tarea, sus patrones de actividad habían resultado prometedores, y al día siguiente le escribiría y le mandaría su siguiente tarea.

Puso el combate otra vez, y otra, y se bebió la sopa sin saborearla. Aquella noche soñó con su padre, Omar: estaba sentado en la rama alta de un árbol, y por alguna razón tenía la piel de un morado claro. Hacía años que no soñaba con él. Él le decía que lo lamentaba, y le preguntaba si sabía por qué. Ella lo sabía y le decía que lo sabía, y a continuación se quedaban sentados un rato en silencio, dejando que todas las cosas no dichas se expandieran entre ellos. Luego él le preguntaba por su programa de entrenamiento, y durante un rato todo era prosaico, tal como ocurre a veces con los sueños, pues incluso la mente inconsciente desea algo de rutina. Su padre de pronto se bajaba del árbol, y aunque Ashley era consciente de que podía controlarlo porque era su sueño, lo dejaba ir. Luego se despertó en una habitación en silencio, y la luz de la mañana entró en un ángulo preciso.

Un día de estos, solía decirle Omar, *un día de estos recibiremos una llamada que lo cambiará todo. Este no es nuestro sitio. Ya lo verás.*

Pero nunca lo vieron. Su madre había sido modelo de cierto éxito en São Paulo, pero en Nueva York nadie parecía prestarle atención. A Luisa le decían que tenía un aspecto de anuncio, pero no consiguió ningún anuncio excepto uno para una academia de inglés que le pagaron con un curso que no quiso seguir. Omar había sido boxeador, y su carrera había tenido un buen comienzo, pero se rompió una pierna en una caída (nunca decía que se había caído estando borracho, sino tan solo semiborracho) por las escaleras del metro en la calle 86, y nunca se recuperó del todo. Los únicos que le telefoneaban eran los cobradores de facturas y los teleoperadores, o la madre o la hermana de Luisa desde Brasil, una familia que Ashley no recordaba haber conocido nunca, y aunque sus voces le resultaban un poco familiares, con los años lo eran cada vez menos.

Cómo acabaron juntos Omar y Luisa era una larga historia, una historia que Luisa siempre evocaba en portugués, como si el recuerdo no pudiera traducirse. Omar se la contaba con los mismos tópicos: que *él simplemente supo que era ella,* y que *era la mujer más guapa* que había visto nunca. Hablaban lenguas distintas, e incluso ahora, décadas más tarde, Ashley todavía se pregunta si esa era la razón de que su amor pareciera mucho más duradero que el de una pareja media, que la barrera lingüística hubiera impuesto una expectativa realista, la de que quizá nunca acabaran de comprenderse el uno al otro. Quizá lo incognoscible los había mantenido unidos. Pero en otras ocasiones Ashley recordaba la manera nerviosa en que su madre se quedaba mirando a Omar, igual que esos diminutos perros miran a sus dueños, con una mezcla de amor y miedo.

En teoría, su apartamento de un dormitorio y medio del East Bronx tenía que ser la vivienda donde iniciar su vida familiar, *solo hasta que consigamos despegar,* había dicho su padre, pero cuanto más estaban allí *temporalmente* más claro quedaba que lo temporal se había vuelto permanente. Para mantener viva su esperanza, Omar señalaba algún coche y decía: *Este es el que nos vamos a comprar,* y Luisa dejaba la sección inmobiliaria del periódico dominical encima de la cocina durante toda la semana, pero al final Omar se gastó casi todos sus ahorros en un Lexus usado, y cuando lo aparcó delante de su ruinoso apartamento, Luisa tembló durante un minuto antes de insultarlo. Omar dijo que Luisa no entendía cómo iban las cosas. Tenías que aparentar que eras aquello que *pretendías* ser.

Vamos a dar una vuelta, les dijo, *subid al coche, que nos vamos.*

166

Aquella tarde se dieron una vuelta por Rye, y desde las ventanillas contemplaron aquellas enormes e inmaculadas casas.

Bonita familia, bonito coche, y uno de estos días viviremos en un bonito barrio como este, en una bonita casa con piscina. Siempre has querido una piscina, ¿verdad, Lu?

Luisa no dejó de llorar en silencio en el asiento de atrás. Ashley tenía siete años y era feliz sentada delante. *Tu madre se preocupa demasiado,* le susurró Omar, pero al final acabó vendiendo el coche y dejó de hablar de cambiar de barrio e incluso dejó de rezar por todo ello en la misa dominical. *Se está bien aquí,* decía ahora.

Pero luego Ashley se convirtió en una hermosa adolescente que atraía todas las miradas, y como le metían mano en el autobús y en el metro, comenzó a interesarse por las bellas artes de atizar a la gente. Luisa le había sugerido que estudiara para ser modelo, pero Ashley estaba harta de que la miraran. De todos modos, Omar creía que la sesión de fotos y todo lo demás sería muy caro, y que ella podría entrenar gratis en el gimnasio en el que él era monitor. Lo tranquilizó poder enseñarle a Ashley a defenderse, puesto que él y Luisa a veces tenían que dejarla sola muchas horas para ir a trabajar. Cuanto mayor se hacía su hija, más guapa se volvía, y aunque ella intentaba ocultarlo entre jerséis y pantalones holgados, era imposible esconder su cara o disimular su cuerpo.

Empapada de sudor después del entrenamiento, esperando a que su padre acabara de hablar con un cliente, conoció a Jason, y aunque por lo general no entablaba conversación con desconocidos, Jason consiguió pasar el filtro: no ponía esa sonrisa de listillo, ni parecía tener una agenda oculta cuando la miraba. Era un hombre sonriente, blanco, bien vestido. *A lo mejor es gay,* se dijo, y ese pensamiento la reconfortó, le dio permiso para sentirse cómoda hablando con él. Jason tenía casi dieciocho años, e iba a una escuela de interpretación, y pronto tendría agente y todo. Jason no le preguntó nada de sí misma, simplemente habló y habló. Acababan de concederle un premio gracias al cual conocería a un actor famoso. *Será una especie de mentor,* dijo, *porque ser famoso es duro, ¿sabes? Tienes que tener a alguien que te enseñe a soportarlo.*

Resultó que no estaba exactamente en una escuela de interpretación, sino en un programa obligatorio que formaba parte de su libertad condicional del reformatorio, donde estaba por haberle roto la cabeza a un chaval en la residencia de acogida en la que había vivido desde los trece años. Había tenido un buen comportamiento durante los últimos dos años, y en comparación con los demás estudiantes, su manera de interpretar era casi prometedora, por lo que lo habían escogido para ese programa con un mentor para delincuentes juveniles. Pero él abreviaba la historia afirmando que iba a una escuela de interpretación.

Cuando le preguntó a Ashley por qué había comenzado a boxear, ella le contestó que había sido idea de su padre, señalando con la cabeza a Omar, que en aquel momento le lanzaba un balón medicinal a una de las personas a las que entrenaba, que lo recogía en el aire con un gesto de angustia: se trataba de un banquero de tripa fofa que todavía tenía un póster de *Rocky* pegado en la pared de su sala de estar.

¿Ese es tu padre?

Omar. Es entrenador. Solo entonces Ashley se dio cuenta de que quería darle la impresión a Jason de que no tenía padres ni origen.

¿Tu padre me dará una paliza si te pido el número de teléfono?

Ashley se lo anotó sonriendo, sintiéndose un tanto importante e incómoda, con un nerviosismo que le agarrotó la cara.

Comenzaron a verse después del gimnasio. Jason dijo que le gustaba verla sudorosa y con aquellas ropas holgadas, que estaba guapa con cualquier cosa que se pusiera, y aunque Ashley había acabado odiando aquella palabra —*guapa*, lo que le susurraban los desconocidos por la calle—, oírsela decir a Jason le daba un propósito. Solo había besado a dos chicos: a un tal Brandon (el invierno anterior, después del primer y único baile del instituto al que había asistido) y al hermano mayor de Tracy Simpson el verano en que ella tenía doce años y él diecisiete, y aunque ella quería sustituir esos recuerdos por otros mejores, tampoco se lo tomaba como algo urgente. El único consejo que su padre le había dado tenía ya dos años —*Todos los chicos buscan lo mismo*—, cosa que ella ya sabía mucho mejor que él.

Ashley mantenía sus encuentros con Jason en secreto, y eran breves. Al principio se mostraba reacia a permitir que le tocara la cintura mientras se besaban, y no tenía claro que eso le gustara, aunque sentía curiosidad, buscaba algo en ello. A Jason el recato de Ashley le irritaba y le gustaba al mismo tiempo, decía que cualquier otra chica ya habría aflojado, pero que él podía esperar *toda su vida* por ella. Solo que Ashley no buscaba nada para toda la vida, y tampoco consideraba a Jason alguien que lo significara *todo* para ella, una frase que había oído a otras chicas aplicar a sus novios. Pero Jason era algo. Era suficiente. Todas las pandillas de la escuela se habían reorganizado con la pubertad, y ella había quedado fuera, pues su silencio y su belleza hacían que se la considerase engreída y con un poco de mala leche. Jason, su único amigo, le daba cierta continuidad a sus días.

Las noches que su padre pasaba fuera de la ciudad para participar en algún torneo y su madre tenía el turno de noche, Ashley se quedaba en el apartamento de East Harlem en el que Jason vivía con su primo. La mitad del tiempo había una pandilla de chavales que haraganeaban por la sala. Ashley detestaba que su presencia cambiara la manera de ser de Jason: bajaba la voz, le tocaba el culo delante de ellos, decía chorradas para parecer más duro, y a veces se colocaba y otras se emborrachaba un poco, y a veces quería llegar demasiado lejos con ella, aun cuando solo llevaban dos meses, aunque él no dejaba de repetir: *Ya llevamos dos meses,* como si ese fuera el tiempo más largo que cualquiera había esperado para cualquier cosa.

Una noche Jason ya estaba medio borracho cuando ella llegó, y por cómo la miró enseguida se dijo que tenía que marcharse, pero no lo hizo. Se quedó mirando cómo él y sus amigos jugaban a un videojuego, y a dos de ellos se les veía muy nerviosos y raros, y el primo de Jason no dejaba de reír, con aquella risa incesante y aterradora, incluso después de que el juego hubiera terminado y los dos chavales nerviosos se hubieran largado con sus andares espasmódicos. En cuanto se quedaron solos, Jason cogió a Ashley, se la llevó al dormitorio y la arrojó sobre la cama, cosa que pareció tan graciosa que ella sonrió, incluso cuando después le inmovilizó las dos manos sin mirarla a los ojos. Pronto dejó de parecer una broma (el tono de la risa de su primo atravesaba las paredes) y pronto Jason le levantó la ropa —una camiseta de baloncesto entallada que él mismo le había comprado—, y de repente la escena se congeló, un medio segundo que posteriormente ella analizó, preguntándose si ese había sido el momento en que podría haber hecho algo, el momento en que comprendió que Jason no estaba bromeando cuando la sujetaba, y que tampoco bromeaba cuando la penetró por la fuerza y le tapó la boca con la mano, y ella se quedó tan inmóvil como cuando jugaba al escondite de niña (si no podían encontrarla, no le harían daño), y todavía podía oír la nerviosa carcajada de su primo en la otra habitación, pero ya no había nada gracioso, nada había sido gracioso en su vida. Jason salió de ella y Ashley procuró mantener el control, ser dura, procuró que su cólera no fuera más allá de los dientes apretados —eso no es nada, no significaba nada, él no era nada, no significaba nada—, pero no podía dejar de llorar.

No seas de esas que fingen que no querían. Sé que lo deseabas. Llevas suplicándomelo toda la semana.

Al oírlo, los ojos de Ashley se endurecieron y se secaron. Se puso en pie lentamente, sintió cómo algo cálido le resbalaba por el muslo. Ahora tenía dentro algo de él, algo de lo peor de él. Se inclinó hacia delante y le soltó un gancho en el mentón, pero él reaccionó más deprisa de lo que ella esperaba, dio un salto y la derribó, y el cráneo de Ashley golpeó contra la mesilla de noche, un vaso cayó al suelo y se rompió, se derramó el agua que contenía, y él acercó la cara a la de ella y le sujetó los brazos con las rodillas.

Nunca vuelvas a... Jason no acabó la frase, tan solo le soltó un fuerte bofetón, y ella le escupió a los ojos y él le soltó otra bofetada.

Te gusta, no es culpa mía que me hayas estado suplicando que te follara así.

La obligó a dormir en el suelo, pero ella no durmió, y por la mañana la encerró en su dormitorio con llave, así que Ashley sacó el aparato de aire acondicionado, bajó por la escalera de incendios, se dejó caer al llegar al final y fue a parar a unos matorrales. Cuando encontró el húmedo callejón para salir de aquel patio, echó a correr, al principio despacio, flotando, manteniendo algo sólido e inmóvil en su centro. Serpenteó entre los cuerpos de las aceras, pasó corriendo junto a los que estaban sentados en las entradas de las casas. Dejó atrás a un grupo de chicos de su edad que le silbaron, y le irritó que no supieran lo que le había ocurrido, aunque tampoco quería que supieran lo que le había ocurrido, y le provocaron un vago temor, y se enfadó consigo misma por tenerles miedo, y lamentó ese miedo, y luego volvió a enfadarse, y se mantuvo enfadada mientras la ciudad despertaba y las calles se llenaban de gente. Estaba furiosa con las madres que empujaban sus cochecitos, con los niños que pululaban por el parque, y más furiosa todavía con los hombres que iban en sus coches, los hombres que conducían un camión o un taxi, todos los hombres con todas esas envolturas metálicas que llenaban las calles de peligro y el aire de pestilencia. Mientras se acercaba a casa, sintió un nudo en el cartílago y los tendones de las rodillas, una palpitación en la zona lumbar. Sentía cómo la acera la embestía a través de aquellas zapatillas de tela fina, sentía cómo el sudor le pegaba esa espantosa camiseta de baloncesto al cuerpo.

Su apartamento estaba en silencio y en penumbra (Luisa dormía después del turno de noche y Omar seguía fuera de la ciudad), y Ashley se movió sin hacer ruido, sin encender las luces, de puntillas. Se dio una ducha y vomitó sobre los pies. Abrió la boca hacia el chorro de agua, se escaldó al tragar: ahora tenía el cuerpo caliente, con náuseas, hambriento y lleno de repulsión. Con el pelo todavía mojado cogió un billete de veinte del dinero para emergencias y recorrió unas cuantas manzanas hasta un restaurante malo y barato que quería pasar por bueno. Pidió un bistec y se sentó en un taburete con respaldo de madera, abriendo mucho las piernas bajo la barra, ocupando el máximo sitio posible. Atacó el bistec como si pudiera destruirlo, como si pudiera destruir todo lo que había ocurrido, destruir el momento en que había tenido la oportunidad de decir algo pero no lo había dicho, destruir el recuerdo de la cara de Jason encima de la suya, conquistarlo todo, acabar con ello, sentirse bien. Un hombre situado en la otra punta de la barra con una cerveza en la mano la miraba por encima del periódico.

¿Qué?, le gritó ella.

El hombre bajó el periódico. Le sonrió.

¿Qué quieres?, dijo Ashley en voz alta, y no reconoció su propia voz, más grave ahora, con más cuerpo, más poderosa.

¿Te gusta el bistec, encanto?

Sin pensar, cortó un trozo y se lo arrojó. Le golpeó el pecho y aterrizó sobre el periódico, formando un charco de grasa, y el hombre le sonrió a Ashley, pero ella ya no miraba. El hombre la observó tal como los adultos observan a los niños, divertidos por lo que creen que es inocencia, y Ashley se dijo que los chicos se convierten en hombres, pero las chicas seguirán siendo chicas mientras el mundo se ponga de acuerdo para tratarlas así, como una carga, un objeto preciado, cosas que hay que proteger o a las que hay que decir lo que tienen que hacer. En una ocasión Omar se había llevado al hijo de un vecino a un aparcamiento para enseñarle a conducir, y aunque el chico era dos años más pequeño que Ashley, a ella no le dejó intentarlo, dijo que no tenía por qué saber, porque ni siquiera el amor de un padre podía borrar el hecho de que cuando miraba a un chico, podía ver al hombre en que se convertiría, pero cuando miraba a Ashley, todavía era la chica que había sido.

Se acabó toda la carne. Y el pálido trozo de brócoli, todavía medio crudo. Y la patata con toda la crema agria y la mantequilla, con piel y todo.

9.

Cuando Mary llegó, la consulta de Ed estaba a oscuras, con la puerta ligeramente entreabierta. Llamó, empujó la puerta y vio a Ed apoyado en un *zafu*[*] ante el altar que había en un rincón. Ed no dio muestras de haberla oído, pero ella sabía que él sabía que estaba allí, sabía que él la estaba invitando a entrar. Cerró la puerta. La tenue luz procedente de la sala de espera se desvaneció y la oscuridad se solidificó a su alrededor, rota tan solo por el cálido charco de la luz de las velas que había delante de Ed.

Siéntate, dijo Ed, y ella supo dónde tenía que hacerlo. Él permaneció de cara al rincón. Mary sabía que le estaba indicando que se sentara en la sencilla silla de madera que había en el rincón opuesto al suyo. Pero ¿cómo lo sabía? Lo sabía con total certeza, sin la menor duda, hasta el punto de que ni siquiera tuvo que preguntarse cómo lo sabía, y ni siquiera se dio cuenta de que no tenía que preguntarse a sí misma cómo lo sabía. Y a lo mejor Ed ni siquiera había pronunciado en voz alta la palabra *siéntate*. A lo mejor no había dicho nada. A lo mejor ahora existía otro sentido, otro tipo de comunicación entre ellos.

Permanecieron en silencio, minutos que se desplegaron en años, y en determinado momento Mary observó que estaba tumbada boca arriba sobre la mesa, las ropas perfectamente dobladas encima de una silla, aunque no recordaba las acciones que habían tenido lugar entre sentarse y tumbarse. Tuvo la sensación de que caía y se levan-

---

[*] El *zafu* es un cojín para meditar de unos 35 cm de diámetro y 20 de altura. *(N. del T.)*

taba al mismo tiempo, como si el agua o el aire subieran y bajaran por su cuerpo a la vez, o como si la gravedad y la falta de gravedad actuaran al unísono sobre ella. Aunque tenía la sensación de que sonaba una música, no entendía si era una grabación o un instrumento que Ed estaba tocando, o si emanaba de su interior, como si de algún modo su cuerpo se hubiera convertido en una antena. Sabía que no hacía falta que dijese nada. Tenía la impresión de que cada poro de su cuerpo se había convertido en una boca y respiraba a grandes inspiraciones, y que su respiración la cubría, y lo sentía en la cara, en los espacios entre sus dedos, en la pesada piel que cubría sus muslos, el dorso de la mano como de papel, los lóbulos suaves, todo eso. Los ojos se le humedecieron y se le aflojaron detrás de los párpados.

Ed la cubrió con una sábana fina y blanca, hasta la barbilla, y solo entonces Mary comprendió que no llevaba los pantalones cortos ni el sujetador de siempre, sino que estaba desnuda en medio de esa sólida oscuridad, y percibió que Ed también estaba sin ropa, aunque no podía verlo.

Hoy haremos algo muy grande, dijo. *Una operación. Sabemos que estás preparada, aunque también es imposible estar preparada.*

Un tremendo silencio cayó sobre ambos, y una vela se apagó sola y otra llama dobló su intensidad.

Mary percibió que el cuerpo de Ed había regresado al altar, pero también notó dos pesadas manos apretándole los hombros contra la mesa. Algo intangible comenzó a llenarla. Empezó con una frialdad en las puntas de los dedos de las manos y los pies, se fue calentando al subir por las extremidades, lo sintió más caliente al reunirse en el pecho y al llenar el espacio que quedaba entre su cuerpo y la parte de sí misma —la parte de cualquiera— que no forma parte del cuerpo. Como si la alejaran de sí misma, los límites que la separaban del mundo se rompieron y su piel comenzó a desenrollarse, como un hilo que se fuera extendiendo por toda la habitación. El lenguaje desapareció. Cualquier comprensión, sufrimiento o deseo desapareció. Sus recuerdos desaparecieron. Su vida no significaba nada. Y no había paz como esa, el hecho de ni siquiera ser consciente de la idea de la paz. Esa fría oleada, esa fuerza, empezó a multiplicarse, se convirtió en una pequeña multitud de una especie de fantasmas que actuaban dentro de ella mientras Mary permanecía boca arriba en su propia periferia, mirando. Al parecer, esos fantasmas eran sus fantasmas. Le pertenecían. Ya habían vivido su vida y muerto por ella. La llevaban consigo. La devoraban como termitas. Alimentaban sus sueños y ella se disolvía en ellos, vio una isla con una costa rocosa, se vio a sí misma de niña, vio sus ojos hechos de plata bruñida, unas algas se le enmarañaron en el pelo, hundida hasta el cuello en un océano. Vio a un hombre que encendía y apagaba cerillas en una habitación oscura como boca de lobo. Su cara surgía y desaparecía, volvía a aparecer y a desaparecer.

Por un momento regresó a su cuerpo y percibió su fuerte temblor. Tuvo la impresión de que estaba llorando, pero no había lágrimas. Tuvo la impresión de que sangraba luz, de que su sangre se había visto sustituida por una infinita provisión de luz que inundada la habitación. Se había creado un hogar donde no había, y de repente todo quedaba claro, como encontrar lucidez en un sueño, que esa pérdida de sí misma era muy simple, que era la forma más pura de amor, tanto visceral como trascendente, que se agitaba en su interior como una especie de sexo con nada, sexo sin cuerpo, sexo sin sexo, un amor incorpóreo que iba mucho más allá del *Te quiero* y el *Yo también te quiero*, un amor que era una pura nada, un borrón, una finalización, una unión, un dios, la única razón por la que todos respiran.

Se despertó y se envolvió en una sábana húmeda de un agua de olor dulce, los pulmones le dolían y el corazón le latía lentamente, como si se hubieran visto obligados a detenerse y volver a empezar. Todas las velas se habían apagado. La habitación estaba silenciosa y muy oscura. Ed estaba allí, lo percibía en algún lugar, pero no sabía dónde. Le dolían las piernas. Tenía los brazos muy pesados. Había un recuerdo, que se le escapaba como un sueño al amanecer, de Ed abriendo su cuerpo en dos, de él diciéndole que no existía nada, y que ella podía destruirse y volver a crearse, destruirse y volver a crearse o simplemente permanecer destruida, que su deuda no significaba nada, que su pasado no significaba nada, que era libre de vivir en este mundo tal como quisiera, que no le debía nada a nadie, que nadie le debía nada, que todo era incierto y que había una gran oscuridad y una gran luz, y que la gente no existía. A lo mejor se volvió a quedar dormida, o a lo mejor todo había sido como un sueño, niveles de un sueño, capas de lugares y momentos en los que se deslizaba y de los que salía.

Al final volvió a ser Mary. Mary en un cuerpo. Mary viviendo en el cuerpo de Mary y en las ropas de Mary, y Ed volvió a ser Ed. Ed estaba tumbado en el suelo delante de ella, y ella volvía a estar sentada en el sencillo asiento de madera. Mary bajó la mirada hacia el cuerpo de Ed, y en ese momento observó las pálidas pecas que lo recubrían. Se había cortado el pelo, y aunque no lo llevaba muy igualado, seguía una especie de lógica, como una planta. Tenía la boca fina y ancha, la frente estrecha, los ojos pequeños y de una forma que evidenciaba su amabilidad, algo imposible de pasar por alto. Mary le miró los párpados, esos pequeños faldones de piel que necesitamos para crear oscuridad, para dormir, para permanecer vivos. Casi sintió el impulso de tocarlos, de inclinarse hacia él y tocarle los párpados, esos pequeños velos. Ed tenía una piedrecita negra en una mano, y un cristal transparente colgaba de una cadena y le quedaba encima del corazón. Mary no le tocó;

no le hacía falta tocarlo. Sabía que ahora eran una sola cosa, y el espacio vacío entre sus cuerpos estaba lleno de una sustancia que no se podía nombrar, una sustancia que no era una sustancia, ni material ni inmaterial, invisible aunque innegable. Sabía que era solo amor, pero también era algo más grande, algo que siempre había existido, que siempre existiría, no amor por una persona, sino amor sin personas. Ed se incorporó de repente, con los ojos aún cerrados, y entonó una canción en un idioma que Mary no comprendió.

Cuando hubo salido de la consulta de Ed, el mundo la saludó con su habitual ambivalencia, pero le pareció que también aceptando cómo había cambiado. Mary fue andando hasta el pequeño parque abandonado que había cerca de allí, se sentó en un banco y bajó la mirada hacia las rodillas. Encontrarse entre todos esos cuerpos que caminaban por allí apurando el paso —todos con prisas por ganar dinero o gastarlo— la hizo sentirse más lenta y todavía más lenta, la sensación de llevar un globo de campeonato o de ser un globo.

Cuando al cabo de un rato volvió a levantar la mirada, vio dos formas familiares, una mujer y un hombre que reconoció de su barrio, en el banco del parque que estaba justo delante del suyo. La mujer apoyaba la cabeza en el hueco del cuello del hombre, los dos se hacían arrumacos como gatos. El pelo de ella no podía estar más enmarañado, y llevaba unas zapatillas sucias que se partían en las costuras. El hombre llevaba un uniforme de la marina y era pecoso como Ed, con una ingobernable masa de pelo negro. Dibujaban unas sonrisitas de intimidad, y Mary pudo percibir la ternura que ambos irradiaban, un calor palpable que lo abarcaba todo. Mary los había visto a menudo abrazándose en la acera, en portales, bajo algún toldo. Siempre parecían estar diciéndose hola o adiós, pero cuando los miró en aquel momento se dio cuenta de que nunca podrían separarse, de que siempre permanecerían en ese amor.

Y en aquel instante supo que lo que ellos tenían ella también lo tenía, solo que lo tenía a solas. Entonces quedó claro, dolorosamente claro, que la gente se enamoraba para encontrar en sí mismos algo que siempre habían tenido.

10.

Mary se encontraba en la gran habitación blanca, bajo unos techos muy altos. Lo que había cambiado después de la sesión del día anterior con Ed seguía siendo palpable y grande. El tiempo se había ralentizado. Mary percibía cada molécula que entraba en sus pulmones, hasta el punto de que casi podía contarlas. Se quedó junto a la ventana, observando un ferry que cruzaba el río cabeceando. Le resultaba casi imposible hablar, tan contenida y cerrada como estaba, un anhelo que se repetía una y otra vez, un anhelo de nada en absoluto.

Pero el guion que le habían dado para el Experimento Relacional de aquel día le exigía hablar. No estaba segura de lo que diría, si podría decir algo, si Kurt sería capaz de ver que incluso en los pocos días transcurridos desde que se conocieron, había cambiado de manera irrevocable. ¿Se había desplazado la carne de su cara, los huesos le habían cambiado de forma? ¿Le habían quitado algo o instalado algo en los ojos? Estaba segura de que aquello debía de haberle dejado una huella visible, de que la había cambiado de alguna forma innegable, solo que no podía alejarse lo bastante de sí misma para saber lo que era.

Oyó acercarse unas pisadas y vio un borroso reflejo de Kurt en la ventana. Se volvió para mirarlo, se dirigió hacia él tal como le habían indicado, sonrió tal como le habían indicado, y lo rodeó con sus brazos y dejó que él la rodeara con sus brazos. Kurt le tocó la cara, le acarició el pelo de un modo no muy distinto a como se acaricia a un gato, de manera firme y metódica.

Él ya estaba hablando cuando se sentaron, dando inicio al Experimento Relacional de Historia Personal y Compartir Opiniones. Mary no sintió la incomodidad que había experimentado en la Savant House, sino una sensación de estar cerca y lejos.de ella misma, como si acabara de mudarse a una nueva casa y todo estuviera aún en cajas.

Kurt se sentó delante de ella. Kurt movió la boca. La voz de Kurt contaba historias que quería que ella escuchara. Sus ojos se encontraron con los de ella. A veces extendía la mano para coger la de Mary. Todo lo que ella podía hacer era ser amable con él. La amabilidad sería su única brújula durante esas sesiones, esos rituales ajenos en los que representaba un sentimiento que no tenía y no quería tener.

Kurt le preguntó si sabía que ese edificio había sido antes una fábrica de pantallas de lámpara.

Pareció que aquello le emocionaba, y ella no entendió por qué. Se preguntó si su cara reflejaba la de él de la manera correcta. Intentó concentrarse en los protocolos y rúbricas que había memorizado, pero todo aquello parecía fuera de lugar. *Sé amable,* se dijo, *solo tienes que ser amable.*

Kurt le contó que cuando compró el edificio estaba en muy mal estado, y que todas las resmas de tela se amontonaban inclinadas en las escaleras, deteriorándose. La producción se había detenido en los setenta, y el propietario del edificio lo había convertido en estudios para artistas con la ayuda de unas paredes finas y baratas que transformaban cada planta en una docena de módulos que se caían a pedazos, en los que algunos comenzaron a vivir a tiempo completo mientras su carrera artística avanzaba a trompicones. Pero Kurt no lo sabía —nadie le había dicho que hubiera inquilinos—, así que cuando comenzó la reforma ignoraba que estaba desahuciando a gente no solo de su estudio, sino de su casa, y tuvo la desgracia de que alguien de *The Observer* descubriera que algunos de esos artistas ahora estaban en la calle, y en otra desdichada coincidencia, en su última película, *Trenes,* interpretaba a un punk de pelo verde llamado Pitt que se colaba en los trenes y dormía en la calle. Y aunque Kurt nunca respondió de manera directa ni pública al asunto del desahucio de aquellos artistas, se sintió un poco mal por ello, y expió su sentimiento de culpa cediendo voluntariamente su nombre a unas viviendas construidas sin ánimo de lucro. Apareció en persona, firmó un cheque y pronunció un sentido discurso en una gala benéfica.

(Mary procuró escucharlo como si leyera un libro, igual que cuando había salido de sí misma, desplazada.)

Pero Kurt le dijo que cuanto más pensaba en sus donaciones a las viviendas sin ánimo de lucro más le preocupaba que no hubiera sido suficiente, porque años atrás su madre, justo antes de morir, le había dicho que la única manera de permanecer cuerdo en este mundo consistía en que tu prioridad fuera cuidar de los demás. Que de otra forma te volvías una persona trastornada y fría. Y Kurt dijo que en aquel momento pensó que a lo mejor se estaba volviendo una persona trastornada y fría. Lo único que le preocupaba en aquella época era la reforma, la elección de los azulejos, las lámparas y los tipos de mármol. La clase de preocupaciones, dijo que pensó entonces, que hacían que una persona se volviera realmente trastornada y fría, y más o menos en esa época se presentó voluntario para New Stage, un programa de mentorazgo que emparejaba a jóvenes en riesgo de exclusión con actores profesionales. Aunque Kurt casi no había hablado con ningún crío desde que él mismo dejó de serlo, dijo que lo haría, que sería esa persona que cuidaba de los demás, ese actor mentor para los críos.

(Mary recordó lo que Ed le había dicho justo antes de marcharse —que tenía que ir con cuidado, que a lo mejor podría causar una impresión excesiva en los demás, que podía atraerlos más de lo que pretendía—, aunque no estaba segura de si recordaba habérselo oído o de alguna manera le estaba hablando ahora, susurrando en su cabeza desde lejos.)

Un chaval había llamado la atención de Kurt como posible talento, aunque era el único blanco del programa y a Kurt le incomodaba un poco prestarle más atención que a los demás, pero estaba totalmente seguro (o casi) de que no se trataba de ningún prejuicio racial subconsciente, y de que respondía a lo que él consideraba un auténtico talento, una habilidad. Cuando Kurt dejó de ser voluntario en el programa de New Stage, él y Jason siguieron en contacto, aunque no frecuente, a veces tan solo llamándose por teléfono y otras yendo a un restaurante caro. Kurt tenía un elevado concepto de sí mismo por cumplir la petición de su madre, por haber encontrado el modo de cuidar de otra persona. A veces tenía la impresión de que su labor de mentor no había servido de gran cosa en el caso de Jason, cuya carrera sufría interminables bajones, por lo que Kurt acabó preguntándose si había juzgado mal el talento del chico o si su ayuda había sido ineficaz. A lo mejor Jason habría hecho carrera con alguien diferente, alguien mejor, un Clooney o un Damon, uno de esos actores que impresionaban a la gente por ser *gente*. Nadie había hablado ni escrito acerca de Kurt de esa manera. Creía que se le respetaba como actor y como artista, pero no era una persona *querida,* y eso le preocupaba, y le preocupaba que le preocupara. Luego Jason comenzó a conseguir unos cuantos papeles, salió en anuncios, en series de televisión, y siempre parecía a punto de dar la campanada. Previendo que no tardaría en estar realmente orgulloso de su protegido, Kurt empezó a invitarlo a alguna de las fiestas que celebraba en el loft, hasta que en la tercera Jason trajo algo de farlopa, cosa no del todo extraña entre los invitados, pero eso irritó a Kurt, le pareció un aviso del inminente fracaso de Jason (aunque cuando los amigos ricos y famosos de Kurt se colocaban, no era más que un síntoma de su éxito). Jason, acercándole mucho la cara y sin dejar de mover las manos, le dijo a Kurt que se moría de ganas de que la gente lo parara por la calle, de que lo reconocieran allí donde iba, hasta que le resultara difícil, difícil de cojones, salir en público. Jason había estado masticando una pajita de cóctel hasta dejarla hecha trizas, y después de esnifar tosió y expulsó uno de los fragmentos.

¿Quieres que te resulte difícil ir donde quieras?, dijo Kurt. *¿Quieres vivir en esa especie de cárcel?*

¡Cárcel! ¡Cárcel! ¿A mí me vas a decir lo que es la cárcel?

Jason no estaba enfadado, pero gritaba y tenía los párpados tensos. Se echó a reír, se dio una palmada en la pierna, cogió la cara de Kurt entre las manos y le besó en los labios.

¡Ja! La cárcel. No me van a encerrar, capullo. La gente va a conocerme. La gente va a saber quién soy.

Y cuando Kurt llegó a esa parte de la historia, le sorprendió la placidez de los ojos grises de Mary, que lo miraba como si ya lo conociera, como si lo conociera profundamente, como si conociera una parte de él que ni siquiera él conocía. Comprendió que por eso le había estado hablando de Jason, de su deseo de ser conocido. Era una manera de decirle que tenía la impresión de que no había llegado a conocerse del modo en que ella lo conocía. Al parecer nadie terminaba de entender lo terrible que era sentirse desconocido bajo el disfraz de ser conocido, y por eso sufrió tanto al ver que Jason comenzaba a experimentar un deseo que Kurt conocía tan bien, solo que desde el otro lado.

(Y mientras le decía todo eso a Mary, sentía como si en su interior rayara una especie de alba, como si sus pensamientos se movieran con una nueva agilidad. Y al tiempo que la miraba, tan plácida y sencilla, empezaron a brotarle las lágrimas. Estaba seguro de que ella le había hecho algo, algo peligroso y necesario.)

Kurt y Jason más o menos habían dejado de verse y llamarse, pero Kurt todavía pensaba en él a menudo, y conservaba una vieja foto de los dos colgada en su despacho, para que le recordara que quizá había fracasado y triunfado al mismo tiempo al intentar cuidar a alguien. Cuando Kurt veía la foto, a veces se preguntaba si Jason alcanzaría la fama que buscaba, aunque también sabía que eso no solucionaría nada y solo serviría para reformular el problema, como ocurre con todos los éxitos y los fracasos.

Continuaron su Experimento Relacional de Historia Personal y Compartir Opiniones durante dos horas más, alternándose a la hora de hablar y escuchar, y aunque Mary se sentía mentalmente distante de Kurt, él tenía la impresión de que estaba con él del todo. Mary seguía hablando cada vez que le tocaba, recitaba sus líneas, seguía los protocolos, y no tenía del todo claro si solo estaba imitando ese afecto o si esa imitación la había transformado desde dentro, había sintetizado en ella una especie de amor.

Kurt le contó una larga historia acerca de un viaje en barco para ir a ver ballenas que había emprendido con su madre cuando era niño, durante el cual no vieron ninguna ballena, pero nunca había visto ni vería tan relajada a su madre, y mientras contaba la historia, su voz comenzó a acelerarse, como si les quedaran pocos minutos de estar juntos, aunque todavía disponían de mucho tiempo. Él le contó que su madre le había comprado un cucurucho de helado antes de subir al barco, y que entonces se inclinó hacia delante para morder un cacho gruñendo como un animal, y cuando él se echó a reír, ella también se echó a reír, tanto que la gente que había en el barco se volvió para mirarlos, y su madre lo abrazó muy fuerte para que los dos se callaran. Kurt se acordó de que ella llevaba el pelo cubierto con un pañuelo de florecitas rojas, y de que un hombre vestido con una americana de pana había intentado entablar conversación con ella, y que cuando ese hombre, en lo que pareció un intento desesperado para conquistarla, la llamó guapa, ella le puso una sonrisa de lárgate y le dijo que estaba con su hijo. Kurt creía, y todavía cree, que quizá nunca lo han amado tanto como fue amado en ese momento.

Mientras Kurt le contaba ese recuerdo, mantenía las manos de Mary entre las suyas, y cuando todo terminó, ella observó que Kurt había bajado los ojos y tenía la mirada distraída, atribulada, como si no hubiera tenido intención de contarle aquella historia. Kurt le pidió que le contara algo parecido, un día que le gustaría revivir si tuviera la ocasión.

(De inmediato ella se acordó, aunque no se lo contara, de uno de los primeros días que ella y Paul pasaron juntos. Habían quedado en Bryant Park, encontraron por la calle doscientos dólares en billetes de veinte sujetos con una goma, que corrieron a gastar en un buen restaurante. Mary nunca había sentido un deseo tan fuerte y misterioso como el que sintió por él aquella noche, con su cuerpo en un constante aleteo, a cada momento a punto de desmayarse, pero no le contó a Kurt esa historia porque no podía contarle aquella historia, de verdad que no. Un antiguo amor es como algo que has soñado, intangible, imposible de compartir.)

Le habló a Kurt del día que pasó sola en una playa de Mallorca, con el océano a la temperatura perfecta, con la arena tan sedosa, y nadie le dirigió la palabra. Durante todo el día, hasta el ocaso, se sintió muy serena, casi inexistente, la luz diluyéndose en naranjas y rosas de una manera tan surrealista que se preguntó si aquello podía ser el mundo. Cerca de ella dormitaban dos mujeres boca arriba, despreocupadas y medio desnudas, y tuvo la impresión de que casi todos los cuerpos que la rodeaban estaban indefensos y dormidos. Pero entonces un grito en español rompió el silencio, y al principio Mary hizo caso omiso, puesto que parecía un grito jovial o de borracho, aunque pronto quedó claro que alguien se ahogaba, y cuatro o cinco hombres corrieron hacia el agua, se zambulleron, nadaron, gritaron y no tardaron en sacar un cuerpo, inerte y pequeño, un niño, una mujer, no estaba segura. Un hombre se agachó sobre él, respiró en su interior, hasta que el cuerpo expulsó el océano que llevaba dentro y volvió a la vida.

Mary le contó a Kurt esta historia tal como le habían indicado —hablando sin interrumpirse y sin perder contacto visual, sin censurar nada, sin pararse a pensar qué detalles incluir y cuáles descartar—, pero en cuanto dejó de hablar, quedó tan superada por todo lo que estaba ocurriendo al mismo tiempo, en todas partes —un hombre sollozando en silencio en la ducha, una mujer chillando al dar a luz, un niño rebozándose felizmente en el barro, y los amantes en los aeropuertos dejando las maletas en el suelo para abrazarse, y los hombres a los que disparaban en la tripa, y muchachas peinándose unas a otras en poblaciones polvorientas, acicalándose delante de espejos agrietados, y dos personas que podían estar sentadas en una iglesia vacía de alguna gran ciudad, sin que nadie las viera, dándose la mano, ajenas a la idea de Dios pero todavía venerándose una a otra mientras dos cardenales rojos volaban en círculos más allá de las cristaleras—, que cómo iba Mary, cómo iba cualquiera, a seguir haciendo cualquier cosa cuando percibías que todo eso estaba ocurriendo, sin que tú lo vieras, sin que pudieras oírlo, pero ocurría de todos modos, le ocurría a alguien, alguien a quien podías haber amado, alguien a quien amaste, alguien a quien todavía amabas, profundamente, sin pensar.

Kurt se fijó en que algo grande y significativo estaba ocurriendo detrás de los ojos de Mary, y se arrogó su significado, creyó que él era la causa, y más o menos se enamoró de la versión de ella que había escogido ver. En este instante no cuestionó sus sentimientos por Mary, no se preguntó qué Directrices Internas podrían estar recorriendo sus sensores o los de ella. Más tarde Kurt estudiaría minuciosamente los informes, intentando comprender qué le había ocurrido con exactitud aquel día, pero en el cálido centro de esa sensación no había explicación alguna. Jamás descubrió si la División de Investigación le había aplicado las Directrices Internas, pero aunque hubiera descubierto que eran ellos quienes le habían provocado aquel sentimiento, tampoco le habría importado. El sentimiento era suyo. Había ocurrido.

Tras el protocolo de compartimentación, Mary rechazó el servicio de coches y regresó caminando hasta el tren, inmersa en inútiles pensamientos acerca de Paul (¿qué habían tenido juntos y hasta qué punto había sido real?), hasta que de repente observó una ventana en un edificio, a pocas plantas de altura, en la que la luz brillaba a través de unos visillos. Desde ese ángulo de la calle pudo ver un fragmento de vida —una fotografía enmarcada, una planta que colgaba, una figura al pasar—, y anheló conocer los sentimientos no programados y las vidas al azar que podía tener una persona.

11.

Aquella noche, en el loft, Kurt se sentía indolente e inquieto, mandó a casa temprano a Matheson y a la División de Investigación y sin pararse a pensarlo puso un viejo disco. La tercera canción lo tranquilizó, lo obligó a sentarse y a no hacer nada más que escuchar, algo que casi no hacía desde que era adolescente, cuando la música había significado para él mucho más que ahora. ¿Cómo era que esa canción —una mujer y una guitarra, medio tristona y desesperanzada, medio romántica y llena de esperanza— le había afectado? Cuando terminó, volvió a ponerla, y otra vez, sin cortarse.

No dejaba de pensar en Mary. Le rondaba por la cabeza. Toda aquella situación le resultaba desconcertante, perturbadora.

¿Era así de simple? ¿Un sentimiento que ocurría cuando te sentabas con alguien durante mucho tiempo, le contabas suficientes historias, la mirabas y esa persona te miraba? Mary no era guapa, o al menos no lo que él consideraba ser guapa, pero Kurt pensaba que había algo hermoso *en* ella. A lo mejor la belleza había sido parte del problema desde el principio. Muy a menudo el amor comenzaba con lo visible. Quizá eso era siempre el principio del final. Porque, ¿de qué te sirve la belleza de otra persona? Era un indicador genético, desde luego, que sugería capacidad de procrear, pero, aparte de eso, ¿qué podía añadir al tiempo que pasabas con ese alguien, sobre todo cuando la procreación no era la meta? En una relación era importante que existiese algún tipo de deseo mutuo, y este deseo con frecuencia procedía de nuestra respuesta instintiva a la belleza estética del otro, pero dentro del encuentro sexual el atractivo de los amantes no servía para nada. El cuerpo del otro se convertía en un *collage* de formas y sensaciones, un compuesto invisible de cuerpos que sentían y eran sentidos, percibidos pero no vistos, los ojos se mantenían cerrados para sumirse en esa sensación. Y sí, el camino que conducía al instante en que dos personas pasan a ser amantes a menudo era un espectáculo de apariencias, pero el sexo en sí mismo no era una experiencia principalmente visual, y Kurt estaba seguro, al pensarlo ahora, de que el espectáculo de la seducción era el inicio de la serie de errores que cometía la gente al decidir qué era el amor. El amor a primera vista, esa mentira, confundir la lujuria y la estética con algo más profundo.

Después de poner la canción por cuarta vez, Kurt se resistió a repetir. Tuvo la sensación de estar sentado ante la mirada de Mary, esa paz lejana, y el pensar en ella lo llevó a la sala de montaje, donde se puso a trabajar. Poner en marcha el proyecto del XN había resultado agotador, y aunque seguía trabajando con regularidad en *El camino,* las últimas tardes no habían ido nada bien. Había estado tomando decisiones en círculos, cada una de ellas revocada horas más tarde, un ciclo de sabotaje que había durado un año, pues de manera impulsiva y un tanto accidental había roto su regla autoimpuesta de no ver ninguna película hasta haber terminado el trabajo (le habían dicho que así lo hacía un montador que había ganado muchos premios).

Culpaba de ese paso en falso a una aspirante a actriz que había conocido en una fiesta y que nunca había visto *Fellini ocho y medio* (*Un crimen,* había dicho Kurt), pero a mitad de la proyección de la película Kurt se había dado cuenta de su error y se había levantado de un salto de su silla. La actriz le había preguntado si se encontraba bien, pero él había insistido en que no pasaba nada y ella había seguido viendo la película, y había dicho que era *una puta obra perfecta de puto arte,* que Fellini *había tenido la sufi-*

ciente conciencia de sí mismo como para complicar el rodaje tradicional de una película y el suficiente aislamiento cultural para conservar su visión estética, pero a Kurt lo inundó la certeza de que nadie crearía jamás una película que se acercara ni de lejos a la brillantez de *Fellini ocho y medio,* que ahora todos sabíamos demasiado, habíamos visto demasiado, y todo estaba perdido, sin esperanza.

La actriz se fijó en la lucha entre los ojos y el cráneo de Kurt mientras este hablaba, como si las cuencas de los ojos tuvieran que apretarse para impedir que estos se le salieran de las órbitas. La actriz vio el resto de la película sola —al principio un tanto nerviosa e impaciente, y luego inmersa en la belleza onírica del film—, mientras Kurt se dirigía a la sala de montaje y eliminaba la versión más reciente de *El camino.* A continuación encontró y borró metraje sin montar, luego la segunda y la tercera copia de seguridad, y después se puso a llorar colérico hasta que recordó que Matheson había guardado una cuarta copia de seguridad en su casa, y entonces lloró aún con más ganas, de manera patética, porque comprendió que no tendría valor para borrar esos archivos, que tendría que crear algo a partir de los años de trabajo imperfecto que ya había invertido, que estaba desperdiciando la vida en una obra que no daba la talla. Y sabía que no estaría a la altura de esa clase de obras que sobreviven a su creador, y sabía que tendría que vivir con eso, que no era fácil salvar la distancia entre lo que había deseado hacer y lo que había hecho hasta ahora. Lo único que le quedaba era rescatar los fragmentos, acabar la película y pasar página, aunque incluso eso estaba resultando imposible. Habían pasado *años.* No le gustaba pensar cuántos.

Pero aquella actriz (ahora ya no recordaba su nombre) había quedado tan sobrecogida por *Fellini ocho y medio* que no hablaba de otra cosa, incluso después de que Kurt intentara dos veces cambiar de tema. *¿Qué es lo que decía…?,* preguntó. *No, ya lo recuerdo, decía: no tengo nada* *que decir, pero aun así tengo que decirlo. ¡Me ha encantado esa parte! Es casi como actuar, como cuando de verdad quiero decir algo pero quiero que otro me diga lo que tengo que decir, ¿sabes?*

Siguió un rato con su perorata hasta que Kurt dijo: *Voy a llamar un coche,* y observó un fugaz gesto de confusión en la cara de ella, y luego el cálculo visible de si quería marcharse sin mantener las relaciones sexuales que ambos habían supuesto que tendrían lugar, y después una expresión de alivio cuando ella comprendió que de hecho había conseguido la intimidad que quería, un poco de atención nocturna por estar viva, y durante unos minutos hablaron casi literalmente de nada (un rumor acerca de un director de casting que conocían) antes de que la actriz cogiera el ascensor para bajar. No volvió a verla. De inmediato llamó a Matheson para contarle que se le acababa de ocurrir que la incoherencia de su vida sexual y romántica era probablemente la auténtica culpable de que su proceso creativo descarrilara una y otra vez, una idea que con el tiempo condujo al XN.

Había intentado explicarle su teoría de la relación entre lo creativo y lo romántico a la Novia Intelectual, pero por cómo ella lo miró (un permanente bostezo en los ojos) adivinó que no creía o no comprendía de manera adecuada lo que estaba diciendo. Le venían imágenes de Mary como fragmentos de una película —su mirada relajada, la sensación de que ella le había comprendido con gran claridad—, y sin duda, se dijo, sin duda tiene que existir una forma de medir, probar y reproducir la sensación que había experimentado con Mary, de conseguir que ocurriera a voluntad entre la gente.

De todos modos, la Novia Intelectual... quizá era *demasiado* intelectual. Quizá ese era su problema, que se tomaba a sí misma demasiado en serio. Siempre tenía mucho que decir, hablaba con frases completas, parecía utilizar adrede palabras que Kurt no entendía, desmontaba sus ideas con la facilidad de quien introduce un botón en el ojal. Se pasaba casi todas las sesiones escuchándola, pues ella no dejaba de hablar ni siquiera cuando él intentaba colarse en la conversación, arrasando todo lo que él pudiera haber añadido, y si alguna vez le hubiera dado la oportunidad de hablar, probablemente habría encontrado sus palabras irrelevantes. Escucharla atemorizaba a Kurt. La chica tenía un doctorado en algo, en la estética de algo o en la psicología de algo, un grado tan específico y que sonaba tan pretencioso que Kurt estaba seguro de que era falso (aunque Matheson le aseguró que lo había comprobado), y siempre le llevaba la contraria, y no parecía respetar su trabajo como actor, que según él, en cierto modo, ya le había hecho merecedor de una suerte de doctorado honorario en psicología —*gracias a mi experiencia,* dijo, *pues he experimentado otras mentes de una manera que le resulta imposible a la mayoría, me he pasado meses en la mente de un personaje, un tipo de conocimiento tan de sumersión que es probable que los psicólogos nunca lo alcancen*—, pero a la Novia Intelectual nada de eso le interesaba, y se había puesto a pontificar acerca de las anécdotas y las experiencias en contraste con los datos y la observación, e incluso tuvo el valor de poner en entredicho todo el XN, cosa que para Kurt fue la gota que desbordó el vaso. Aquello era el colmo. Estaba harto.

La quiero fuera, le dijo a Matheson tras irrumpir en su despacho, *mándala a casa, estoy harto.*

A Matheson le puso nervioso ver a Kurt tan nervioso, pero procuró mantener la calma, y abrió el índice de su manual para buscar la Propuesta para Alterar el Protocolo del Experimento.

Deja de buscar, dijo Kurt. *Mándala a casa y punto.*

Y Matheson comprendió (lo comprendió de verdad) lo estresante que podía ser construir algo tan complicado, correr los riesgos que Kurt estaba dispuesto a correr, hacer algo que no se había hecho nunca (y Matheson lo admiraba por ello), pero la verdad (y Matheson lo sabía y sabía que Kurt lo sabía) era que las reglas, estructuras y protocolos existían *por una razón*. Y que la razón era *esa* razón. Para momentos como ese.

Entiendo que estés estresado, que estés enfadado, así que si pudieras entregarme una Declaración de Queja, ¿sabes?, eso podría aliviar un poco tu estrés. Y puedo incluirla en el Informe de Incidente y podemos enviar una Propuesta de Enmienda a la División de Investigación, y eso debería ser todo lo que...

Mándala a casa y punto, dijo Kurt, y el silencio que siguió aplastó sigilosamente a Matheson, que sabía que Kurt sabía que a él le molestaba mucho, mucho, que le interrumpiera a media frase. Ya habían pasado por eso. Varias veces. Incluso habían tenido algunas sesiones de meditación con Yuri centradas en ese aspecto, y Matheson creía *de verdad* que Kurt había cambiado, y en aquel momento Matheson se sintió molesto y agotado al darse cuenta de que el tiempo que había invertido en mejorar su comunicación no había servido de nada. Matheson miró a Kurt, esperando la inevitable disculpa, pero no llegó. Kurt se volvió para mirar por la ventana, se cruzó de brazos y permaneció inflexible.

En silencio Matheson ensayó una refutación: él ya estaba gestionando a todas las novias, todos sus cambios de horario y un millón de pequeñas cuestiones, y el hecho de que la mitad de las chicas pareciera tener alergia a leer sus manuales, y que algunas se presentaran a las sesiones cinco o diez minutos después de la hora programada, y a veces ni siquiera se presentaran. Trabajaba el doble de su horario habitual, y, cuando te parabas a pensarlo, la verdad es que no formaba parte de la descripción de su puto trabajo tener que gestionar los repentinos caprichos científicos de Kurt, y no es que se quejara, se dijo Matheson, en medio de la cólera que ahora sentía, pero ¿era mucho pedir que Kurt —ni más ni menos que Kurt— siguiera el puto protocolo?

Es solo que, ¿sabes? le dijo Matheson a Kurt, haciendo todo lo posible para procurar que su tono sonara respetuoso, *es realmente importante que respetemos la división de los límites personales, profesionales y científicos del XN. ¿No crees que tenemos la responsabilidad de mantener la integridad del trabajo de la División de Investigación?*

Era la segunda vez en un día que a Kurt le plantaba cara uno de sus empleados, alguien que ni siquiera le estaba escuchando, y aunque en teoría Kurt respetaba a Matheson, un asistente que llevaba muchos años con él, en aquel instante a una parte de Kurt también se le agotó la energía para respetar a nadie. Se quedó mirando a Matheson y no dijo nada.

Lo siento. Solo intento hacer lo mejor para el XN, dijo Matheson, *después de todo el trabajo que has invertido en él.*

Se dio cuenta de que sonaba como si se estuviera humillando, cosa que Kurt detestaba, pero lo único que deseaba Matheson, como ocurre con cualquier amor malinterpretado, era que volvieran a comprenderlo, volver a estar en la misma realidad que Kurt, por lo que Matheson tomó la salida de emergencia, el camino por el que todos intentamos regresar de inmediato a un lugar mejor. Dijo: *No, lo siento, tienes razón.*

Cuando Matheson entró en la oficina de la División de Investigación un minuto después, todo el mundo estaba inclinado sobre papeles dispersos, hacía cálculos en alguna de las pizarras o miraba los números y los gráficos que aparecían en las pantallas. Matheson carraspeó para llamar su atención y enseguida todos se quedaron parados como obedeciendo a una coreografía secreta —las manos se detuvieron— y se volvieron hacia él.

Esto, perdón, solo quería haceros saber que hemos decidido que la Novia Intelectual se marche.

En parejas, se volvieron unos hacia otros, quizá algunos susurrando tan bajito que no se les oyó, otros consultándose entre sí sin decir palabra, hasta que uno de ellos, un hombre de pecho hundido y pelo rapado, dijo: *Eso estaría bien.*

Y en este caso hemos decidido no seguir el Protocolo de Alteración del Experimento tal como aparece en el manual, añadió Matheson con un innecesario sentido de autoridad, *así que a la Novia Intelectual vamos a mandarla a casa y punto.*

Pero ya todos habían vuelto a su trabajo, ya no lo escuchaban. Uno de ellos levantó un momento la mirada, como para hacerle saber que ya podía marcharse, cosa que hizo abatido, y cuando regresó a su despacho se encontró con que Kurt seguía donde lo había dejado, cavilando, cavilando. ¿En qué cavilaba siempre?

Creo que has estado trabajando demasiado, dijo Kurt todavía dándole la espalda a Matheson, cuyo cuerpo se relajó de alivio al oírlo.

Probablemente tienes razón, dijo intentando parecer fuerte.

Así que te puedes saltar nuestra reunión del martes.

¿Para El camino? *Pero...*

No, creo que..., he decidido que Investigación haga un experimento con Mary y mi proceso de montaje. Tiene más sentido, sobre todo porque nos hemos deshecho de la Intelectual. Así que házselo saber de mi parte, ¿quieres?

Y Kurt desapareció.

Matheson miró la puerta cerrada y reprodujo una y otra vez lo que Kurt acababa de decir. Se le ocurrió ir tras él, decirle que no permitiría que eso ocurriera, que le tenía preocupado, preocupado de verdad, que no podía tomar una decisión tan importante a la ligera, pero simplemente se quedó sentado, mirando la puerta. ¿Cómo era posible que Kurt despreciara los años de experiencia de Matheson por un experimento? Imaginó la cara que pondría Kurt si le soltaba ese discursito. A lo mejor se pondría a llorar estoicamente porque sabría que Matheson lo conocía muy bien, mejor que nadie.

Pero Matheson no fue tras él, sino que se quedó sentado en su escritorio considerando todo lo que podía ocurrir si iba tras él. ¿Y si a Kurt nunca le habían gustado demasiado las ideas de Matheson? Se descubrió mordiendo un bolígrafo. Lo dejó sobre la mesa y se arrancó una cutícula hasta hacerse sangre. Se planteó volver a terapia, pero de inmediato descartó la idea y en lugar de eso se puso a pensar, tal como hacía a menudo, en algo ocurrido unos años atrás. Matheson se encaminaba hacia el ascensor después de un largo día de trabajo cuando Kurt inició *(de verdad, se desvió de su camino para iniciar)* un abrazo mucho más firme de lo habitual, y cuando se separaron Kurt más o menos permaneció *(no, definitivamente permaneció)* bastante cerca *(o más que bastante cerca)* de la cara de Matheson, y este hacía mucho que se sentía atraído por Kurt, pero siempre había rechazado esa atracción porque era un profesional y casi todos los miembros de la raza humana se sentían atraídos por Kurt Sky, y claro que existía una dinámica de poder entre ellos, y básicamente todo eran razones *(numerosas razones)* por las que Matheson no debería darle mucha importancia a su atracción por Kurt, no debería ser tan estúpido como para enamorarse de su jefe *(su muy probablemente casi siempre heterosexual jefe)*, y aun cuando Kurt pareció demorarse con toda la intención en ese abrazo *(más que un abrazo, en realidad)* el tiempo suficiente como para que pareciera sugerir algo más, Matheson no se permitió creer que aquello podía sugerir algo más, pues era demasiado doloroso preguntarse si esa había sido su oportunidad de cambiarlo todo y la había dejado pasar.

Rápidamente le deseó las buenas noches a Kurt, temblando en el ascensor de vuelta a la tierra, y al final resignándose a no saber nunca qué *(si algo)* había intentado comunicarle Kurt de manera encubierta. A veces Matheson estaba seguro de que Kurt había deseado iniciar algo con él y había sido él mismo quien había impuesto un límite, comportándose como un profesional, rechazándolo, y aunque le proporcionaba cierto poder ver así aquel momento, la tristeza era la misma.

12.

A veces creo que soy incapaz de montar esta película porque ya no me hace sentir nada.

En la sala de montaje todo era negro —paredes negras, suelo negro, el techo, el ordenador, todos los muebles—, excepto el tablero blanco de la mesa que flotaba sobre unas imperceptibles patas negras. A Mary la mareaba estar allí, como si la hubieran dejado flotando en el espacio. Kurt estaba sentado a la mesa, ante tres grandes pantallas que colgaban formando un tríptico, y cada una de ellas mostraba un primer plano congelado de su cara un tanto diferente. Así podían pasar horas como si nada: Kurt mirando tres imágenes de sí mismo, clicando un teclado y un ratón para realizar pequeños ajustes en los mismos escasos segundos de película, intentando descodificar algo de la escena, imaginar qué fallaba, a lo mejor el color, a lo mejor el retocado, o quizá necesitaba más pausas, un corte más rápido entre fotogramas, o quizá necesitaba regresar al metraje sin montar para encontrar algo que se había perdido en alguna parte, y tal vez se le había pasado por alto la mejor toma, había perdido algo por el camino. Siempre le parecía que se había perdido algo por el camino.

Todo está en los detalles. Ahora le daba la espalda a Mary y hablaba como si estuviera llevando a cabo una presentación ante un nutrido público, aunque solo estuviera ella. La habitación estaba tan aislada y era tan pequeña que Mary podía oír cada tecla y cada clic del ratón. Estaba reproduciendo una y otra vez tres tomas distintas de sí mismo mientras decía: *Todo lo demás ha fallado,* y mientras reproducía una y otra vez los fragmentos durante casi una hora —*Todo lo demás ha fallado*— el tono y el ritmo de esas palabras se alojaron en la mente de Mary como una canción —*Todo lo demás ha fallado*—, otra pausa de unos segundos, otro ajuste en el fotograma, y de nuevo: *Todo lo demás ha fallado.*

El Experimento Relacional precisaba que ella no tenía que decir nada a no ser que Kurt la mirara a la cara o le formulara una pregunta directa. Se suponía que tenía que permanecer atenta, presta, *tener* siempre algo que decir, pero no decirlo a no ser que le preguntaran.

A veces Kurt le comentaba que esa escena era una referencia a cierto director, cierta película o estilo; él sabía que ella nunca había oído hablar de ese director, película o estilo, y a veces se volvía para explicárselo, pero en otras ocasiones tan solo exclamaba: *Increíble,* y seguía trabajando.

Tú no tienes la menor contaminación. Es algo tan increíble. Eres la única persona que he conocido que puede juzgar una obra por lo que en verdad es.

Ella lo miraba trabajar desde el suelo, con la espalda apoyada contra la pared, intentando recolocarse discretamente cuando una pierna se le dormía o se le entumecía la espalda, pero cuando a la semana siguiente regresó se encontró con que en el lugar que ocupaba en la parte de atrás de la sala habían colocado una sillita. Le recordó a una sillita de niño, casi, y había algo en ella que parecía un insulto. Seguía de pie, mirando la silla, cuando Kurt entró en la sala.

Le he dicho a Matheson que trajera una silla.

Oh, gracias.

Porque me di cuenta de que la última vez no parecías muy cómoda.

Mary intentó mantener una cara neutra.

¿Todo bien?

Oh, sí. Desde luego.

¿Sabes?, tengo ideas muy concretas acerca de la... estética de una habitación. Me influye mucho. Cada habitación debería

202

tener una función, y todo lo que hay en ella debería contribuir a esa función.

Hacía semanas que había comenzado el XN, así que eso no era ninguna novedad para Mary, pero él le hablaba con un tono entre serio y confidencial.

Puede que no te lo parezca, pero este es... un momento... importante. Para nosotros.

Miró la silla y a él.

He hecho poner la silla aquí porque te quiero aquí. El ritmo cardíaco de Kurt era alto, aunque Mary no podía captar el estado de sus nervios, y solo escuchó el tono familiar de un hombre que le dice a una mujer algo que cree que ella debería saber.

Lo que estoy diciendo es que ahora formas parte de este proceso. Y necesito que estés aquí. Porque eres... importante... para mí.

Mary se acordó de algo que había estudiado en clase de historia —años atrás, el recuerdo era un tanto nebuloso—, algo acerca de un rey que no permitía que quienes estaban en la misma habitación tuvieran la cabeza más alta que la suya, y todas las sillas eran tan bajas que casi tocaban el suelo, quizá solo tenían unas cuantas pulgadas de altura, y todo aquel que era más alto que el rey tenía que arrastrarse en su presencia.

Me preocupa que estés cómoda. De verdad.

Mary colocó la mano sobre la que él había puesto en su hombro, un protocolo, hasta que recordó otro protocolo: que él estaba esperando a que se sentara para poder sentarse, así que se sentó. Se sentó en la diminuta silla.

Kurt no tenía muy claro por qué la presencia de Mary le hacía percibir las cosas de una manera distinta, más profunda, más clara. La única persona que, por lo que recordaba, le había producido una sensación parecida era William, aunque la importancia de esa amistad era difícil de separar de la importancia que había tenido esa época en su vida. Kurt tenía dieciséis años, a su madre acababan de diagnosticarle la enfermedad, y William era el hijo de una mujer que la madre de Kurt había conocido en su grupo de apoyo. Durante las peores partes de la quimio los cuatro dormían juntos en la casa de la persona afectada, las mujeres cuidaban una de otra, los hijos cuidaban el uno del otro, una familia repentina y a corto plazo que duró los ocho meses que transcurrieron hasta la muerte de la madre de Kurt. William y Kurt a menudo se quedaban a jugar a las cartas hasta tarde, casi nunca hablaban (¿qué podían decirse?), y Kurt fingía que no le resultaba raro que William le pusiera la cabeza sobre el pecho (en mitad de la noche, cuando tenían que compartir un sofá cama) porque (razonaba) no quería avergonzar a William, pero lo cierto es que Kurt no tenía por qué fingir que no era raro porque no era raro..., de algún modo tenía sentido. A los dos los unía ver cómo sus madres sucumbían a la enfermedad, y juntos se volvieron más jóvenes y más viejos al mismo tiempo.

Tras el funeral, Kurt se fue a Los Ángeles, ahogó su dolor aceptando todas las ofertas que le presentaban, y en su día a día no dejó espacio para detenerse y escuchar la ausencia de la voz de su madre. El éxito hacía que su mundo fuera extraño, y nunca era capaz de discernir quién le sonreía a él y quién sonreía a lo que querían ver, y todo eso le hacía pensar en William, cuando la necesidad que tenían el uno del otro era tan sencilla como una cuchara. A veces a Kurt se le pasaba por la cabeza llamar a la madre de William, pero le daba miedo que ella no contestara, que hubiera muerto o se hubiera mudado, o que, si contestaba, él no tuviera una buena excusa por no haberla llamado durante años. No quería ser la clase de persona que encontraba su propio éxito más interesante que la gente a la que solía tratar. A medida que pasaba el tiempo, cada vez le resultaba más difícil imaginar que la llamaba. Hasta que al final le resultó imposible. Y entonces el recuerdo de William no fue más que una cálida presión en el pecho y la sensación de no tener que explicarse ni protegerse. Pero de haber sido mejor persona, ¿no se habría mantenido en contacto con ellos? De haber sido un buen amigo, ¿no habría seguido siendo un buen amigo? Todo aquello permanecía dentro de él en silencio, grande pero lejano, como una montaña vista a cierta distancia en un día despejado. A Kurt, Matheson le recordaba a William (solo un poco, en los ojos, bajo cierta luz), y esa era en parte la razón por la que lo había contratado años atrás, pero Mary le recordaba a Kurt la sensación que había experimentado con William, esa fácil intimidad.

Desde su diminuta silla Mary observaba trabajar a Kurt, sus clics y cómo entrecerraba los ojos para ver una y otra vez el mismo fragmento. Intentó sentir en su cuerpo el pequeño tendón del que Ed le había hablado en su última sesión, justo debajo de las costillas, un singular y diminuto tendón que casi nadie tenía. Algo había hecho crecer en ella ese singular tendón, y algo diferente lo había aplastado, hasta convertirlo en la arrugada raíz de todos sus problemas. En la oscuridad, mientras Kurt seguía reproduciendo una y otra vez el mismo fragmento, Mary intentaba llevar su conciencia a ese tendón, pero ahora parecía incapaz de encontrarlo. Se preguntó cómo Ed podía estar tan seguro de que lo tenía.

En la oscuridad, Kurt se giró en su silla con ruedas y quedó de cara a Mary, y las tres pantallas que había detrás de él se congelaron en diversos primeros planos de un perfil, y la diferencia entre los ángulos era casi imperceptible. Kurt había estado poniendo una y otra vez cada toma, y le costaba muchísimo escoger una.

Se me acaba de ocurrir algo, dijo, iluminado desde atrás por sí mismo. *¿Crees que el amor es la medida de lo triste que estarías si alguien muriera?*

Sin pensárselo, Mary preguntó: *¿Cómo mides la tristeza?*

Kurt reconoció la expresión de Mary (apenas iluminada con tan poca luz) como la misma que había puesto en el último momento en que la vio durante su primera sesión en la Savant House. Era dolorosa y pacífica, y le hizo desear algo, y al mismo tiempo le hizo sentir que tenía todo lo que necesitaba.

Me gusta tenerte aquí, Mary. Creo que no había hecho tanto en un día como desde que te tengo aquí.

Kurt no había contestado a su pregunta, y Mary tuvo la sensación de que podría formularle muchas preguntas que nunca le contestaría.

¿Alguna vez has tenido la sensación de que necesitas a alguien que te diga lo que has de sentir? ¿De que necesitas ver tus sentimientos reflejados en alguien?

Continuamente, dijo ella.

Después de esa respuesta se quedaron sentados un rato en la oscuridad.

Creo que he perdido algo, Mary. Creo que cada vez más anhelo tener intimidad, pero también, más que nunca, deseo que me comprendan. Y de alguna manera creo que esta película es lo que conseguirá que la gente me comprenda, pero llevo más de una década trabajando en este montaje, y me parece que nunca podré completarlo tal como lo veo en mi cabeza. Y ¿sabes?, querer que alguien esté en tu cabeza, querer que todo el mundo vea lo que hay ahí, es lo contrario de la intimidad. Hay algo que no cuadra. Tengo la impresión de que en medio había algo que ahora ha desaparecido.

Se volvió otra vez hacia las pantallas, observando las grandes imágenes de sí mismo, y a continuación se giró de nuevo hacia ella. Tenía el pelo al tiempo alborotado y en su sitio, un cuadro abstracto, y los bordes brillaban mientras su cara quedaba en sombras.

Pero ya no basta con contar una historia. Estoy más que harto de historias de gente que finge algo delante de una cámara, tramas, interpretaciones y efectos. El mundo no necesita más películas o historias bonitas. Quiero hacer algo más grande que todo eso, algo que cambie a la gente, ¿sabes?, que acabe formando parte de ti. No un producto, no una entrada de quince dólares y noventa minutos de tu vida. Quiero crear una vida entera, *algo enorme.*

A lo mejor es esto. A lo mejor ya lo estás haciendo.

Mary se refería a la película (aunque había visto menos de un minuto), pero Kurt creyó que se refería al XN en general.

¿De verdad lo crees? En su voz se reflejó el entusiasmo, se revelaron sus necesidades. Su yo más auténtico surgía en la oscuridad, como con todo el mundo, y si en aquel momento ella hubiera encendido una cerilla, habría visto una cara nunca vista, la clase de rostro que una persona casi nunca le muestra a nadie.

Al final de esas sesiones Kurt siempre se marchaba el primero, pero a veces se quedaba un rato mirando a Mary sin decir nada. Le gustaba el modo en que la luz de la pantalla envolvía la cara de Mary en un extraño azul.

13.

2:23 a. m.
DE: chandra@unaluz.com
PARA: mparsons@universaltravel.com
ASUNTO: EL QUÉ Y EL PORQUÉ

Debe de resultarte extraño que me comunique así contigo, pero creo que lo puedes comprender.
Tú sobre todo.
A veces la gente muere estando aún con vida.
Ahora me resulta muy claro.
Debe de resultarte extraño que me comunique así contigo.

El primero llegó dos semanas después de que comenzara el XN, probablemente no fue más que un malentendido o enviado por accidente, una nota para sí misma ahora fuera de contexto. O a lo mejor se trataba de otra Chandra, no *su* Chandra, pues Chandra jamás le había mencionado nada denominado Una Luz, y siempre le hablaba a Mary de los círculos curativos y las comunas de mujeres y de todo a lo que se apuntaba. Además, el hecho de que Chandra no hubiera devuelto las dos últimas llamadas de Mary probablemente significaba que había ido a hacerse una limpieza tecnológica. Así que lo más probable es que no fuera ella. No podía serlo. Seguramente no era nada.
Una semana más tarde llegaron dos más.

3:14 a. m.
DE: chandra@unaluz.com

PARA: mparsons@universaltravel.com
ASUNTO: RE: EL QUÉ Y EL PORQUÉ

Mi mente se ha vuelto demasiado poderosa, Mary.

Morir era la única manera de servir a los demás Devotos.

Ahora estamos todos en la luz.

Mi mente es un lugar de encuentro, y todo el mundo está dentro de mí, hablando.

Es tan hermoso. Pronto lo verás.

Todos comprendemos lo que te está pasando.

Lo hemos visto todo.

3:56 a. m.
ASUNTO: RE: RE: EL QUÉ Y EL PORQUÉ

Debe de ser extraño seguir con vida.

Pero pronto morirás igual que yo.

Pronto, ya lo verás.

Ya casi ha terminado. Ya casi estás aquí.

Mary recordó que un semestre Chandra había asistido a un taller de escritura, y que se lo había tomado en serio. Había comenzado a dedicar cada minuto libre a aplicar las técnicas de lectura rápida a todos los libros que mencionaban los demás alumnos, cosas que todo el mundo parecía haber leído hacía años. Aprendió a referirse a los miembros del cuerpo docente por su nombre de pila, incluso a aquellos a los que no había visto nunca. Los fines de semana siempre la encontrabas con una cerveza tibia en la mano en los antros por los que merodeaban los alumnos de escritura, con sus cuadernos y libros en rústica desperdigados sobre mesas empapadas mientras debatían cualquier novela que polarizara la opinión de la crítica: algunos elogiándola, asegurando que era brillante, genial, otros no tenían la menor duda de que era una falsedad, una mierda seca entre tapas duras. Siempre hablaban con esa pasión de la que solo los jóvenes son capaces, todos convencidos de que existe una idea que es la acertada, de que o bien ya la tienes o debes encontrarla y mostrársela a los demás.

Pero al final Chandra decidió cambiar de asignatura principal, afirmando que no soportaba la falsedad de los demás estudiantes de escritura, la falsedad de la propia ficción. Mary recordó una conversación que habían mantenido al respecto en su segundo año, mientras las dos bebían café quemado en el club estudiantil. Chandra dijo que quería hacer algo más inmediato y menos indirecto que un relato —*ya sabes, algo donde no puedas distinguir entre la vida normal y el arte*—, así que quizá, se dijo Mary ahora, esos correos electrónicos eran un intento de conseguir algo parecido, una suerte de espectáculo.

Es todo tan artificial, ¿sabes? No quiero crear algo que esté tan separado de la vida. (La luz de media mañana brillaba en los bordes crespos del pelo de Chandra, unos rizos descontrolados le caían a un lado.) *Si coges un libro o una revista para leer un rato... No creo que de verdad la gente... No creo que de verdad... No creo que sea la mejor manera de ejercer una influencia en los demás. No puede ser algo como había una vez esta persona e hizo esas cosas y se sintió bla-bla-bla. O no creo que yo quiera hacer eso, en todo caso. Quiero hacer algo que cambie a la gente.*

Mary envió un correo de respuesta a chandra@unaluz. com —*Qué tal, C, me preguntaba dónde has estado*—, pero se lo rebotaron:

Delivery to this address failed permanently
ERROR CODE: 550-No such user-psmtp

Tres días después le llegó otro:

4:37 a. m.
DE: chandra@unaluz.com

Siempre lo supe. No hacía falta que me lo dijeras.
Vi cómo tu padre te enterraba y te vi salir del suelo.
Hemos invertido el tiempo, los devotos y yo, lo
hemos arreglado todo.
Pronto todo tendrá sentido.
Dile a Ed que no se preocupe.

Marcó el número de Chandra antes incluso de comprender lo que estaba haciendo. No hubo respuesta. Volvió a marcar. Tampoco.

No habían hablado desde antes de que Mary comenzara el XN, y desde entonces su jornada era muy apretada: los días laborables en la agencia, con largas pausas para el almuerzo, que pasaba con Ed, la mitad de la noche la dedicaba a ponerse al día con el trabajo que siempre tenía atrasado en la oficina, y la otra mitad de la semana tenía que salir temprano para pasar por los protocolos de vestuario, maquillaje y aplicación de sensores antes de la sesión con Kurt, y sin embargo, a pesar de que cada minuto de su vida estaba contratado o se lo dedicaba a alguien, Mary sabía que seguía siendo la persona que estaba dentro de su cuerpo, el pequeño monstruo que tenía dentro que había permitido que todas esas personas (las personas que amaba) desaparecieran.

Al parecer todo lo que hacía era apartarse de la gente: la tía Clara, sus padres, incluso Paul, en cierto modo. El hecho de que Chandra se hubiera ido significaba que todo el mundo se había ido, y Mary tenía cada vez más la sensación de que su cuerpo estaba hecho de otra cosa, de metal o de cristal, de insectos o animalitos. Se fue al lavabo de la oficina y vomitó —de manera rápida y eficiente—, se echó agua en la cara, en la boca, en los ojos y la nariz. Se quedó un rato agarrada al lavabo —los fluorescentes zumbaban sobre su cabeza, el agua le goteaba del rostro, tenía el sudor frío en el cráneo—, y a continuación se agachó hasta sentarse en el suelo de baldosas, se contó los dedos, de uno a diez, una y otra vez hasta llegar casi a doscientos. Nadie la descubrió.

14.

De haber sido más joven, Rachel se habría sentido muy ofendida al aceptar ese bolo con Kurt Sky —interpretar a la Novia Maternal (¿qué cojones?) para ese tío blanco que era un año mayor que ella (típico)—, pero como con el dinero pagaba la mitad de las facturas del ortodoncista de los niños, decidió que valía la pena. Aunque solo fuera para que Chris la dejara en paz. Lo único que había tenido que hacer hasta ahora era dejarse caer por ese loft un par de horas cada semana, rascarle la espalda a Kurt, prepararle queso a la parrilla, pasarle los dedos por el pelo, doblarle la colada, recibir flores el día del cumpleaños de su madre, ponerse túnicas de lino y esos extraños sensores, y a veces frotarle el pulgar untado de saliva por la cara, y claro que resultaba un poco raro, pero no más que algunas de las cosas de adulto-bebé que ella solía hacer. No le costaba imaginar el atractivo de regresar a una época en la que no sabías nada.

Pero lo que durante las primeras semanas pareció sencillo, durante la cuarta o la quinta sesión comenzó a parecerle excesivo. El experimento la obligaba a sentarse en la sala y escuchar a Chaikovski, emborracharse lentamente con vino blanco en pleno día, primero con la mirada perdida en la ventana y sin hacerle caso a Kurt, luego llorando de manera inconsolable, gimoteando y agarrándose a él mientras este le preguntaba qué le ocurría, a lo cual ella negaba con la cabeza y se quedaba en silencio.

Era una recreación del último recuerdo que tenía Kurt de su madre antes de que comenzara la quimioterapia, una especie de experimento de terapia dramática que se le había ocurrido a Yuri, y aunque a Rachel no le habían contado nada de eso, tenía la extraña impresión de que en aquella escena la habían cagado en algo. Durante el protocolo de salida, Rachel había oído llorar a Kurt de aquella manera atlética y frenética —y desde luego, en el mero hecho de llorar no había nada de malo—, pero tenía la sensación de que algo no funcionaba, y quizá porque había bebido tanto chardonnay o porque tanto Chaikovski la había puesto de los nervios, al final perdió el control y le preguntó a Matheson: *¿De qué cojones va todo esto?*

Uno de los no gemelos, que le estaba quitando los sensores, se interrumpió un momento y preguntó si debían marcharse, pero Matheson insistió en que todo iba bien: *No hay ningún problema.*

De verdad, ¿qué demonios es todo esto?

Tu Experimento Relacional ha ido bien, y nosotros...

No, esto ha sido una cagada. Es como si..., ¿se supone que la semana que viene el maltratador de su padre me tiene que pegar? Ni siquiera sé qué cojones...

Estaba sin aliento, medio borracha y sudorosa. Le costaba concentrarse.

Entiendo que estés preocupada, pero ahora Yuri está con Kurt, y se encuentra bien. Te sentirás mejor después de tu meditación de compartimentación. Sé que no siempre parece que la cosa tenga sentido, pero tienes que confiar en que sabemos lo que hacemos.

El problema es que yo no sé lo que hacéis.

En cuanto terminó su trabajo, el no gemelo se marchó rápidamente y Rachel dijo: *A la mierda,* y se largó sin cambiarse de ropa, y hasta que no se sentó en el suelo de su sala de estar, después de un viaje de vuelta a Jersey en el que tuvo que cambiar cuatro veces de tren, no bajó la mirada y se dijo: *¿Por qué cojones voy vestida con una túnica?* Se levantó, se preparó una taza de té y arrojó la túnica al suelo cuando el agua comenzó a hervir. Intentó reírse de lo ocurrido aquel día, decirse que había cobrado seiscientos dólares por recrear algunas de las cicatrices infantiles de un famoso actor. ¿Qué era su vida? ¿Qué estaba haciendo?

Se quedó un buen rato sentada en el comedor, dejando que el té la despejara, rodeada de los desechos de sus hijos: un camión de juguete vertical, G. I. Joes que rebosaban de latas de Pringles que habían cambiado de función; una fina capa de fragmentos de lápices rotos y suciedad formaba un rastro procedente del patio. Los críos iban a pasar los próximos tres días con su padre, y el hecho de no escuchar sus gritos y riñas continuos de repente comenzó a pesarle. Eran capaces de reñir por cualquier juguete, por cualquier cosa —incluso por una maldita espátula— que tuviera el otro, cosa que pronto quedaba olvidada, abandonada en cualquier parte o empotrada en una papelera de plástico en cualquier armario. Qué empeño ponían en conseguir lo que querían y qué insatisfechos quedaban al obtenerlo.

¿Por qué *tener* nunca era suficiente? ¿Y por qué querer algo siempre parecía tan real? Rachel sabía que ella no estaba exenta de este ciclo, y que solo era más grande y más vieja. Añoraba a sus hijos cuando estaba sola, y odiaba verlos marchar, pero cuando estaban con ella, el tener nunca resultaba tan atractivo como el querer, aunque desde mucho tiempo atrás había sabido que ser padre era eso: borrosas semanas de esclavitud y falta de sueño puntuadas por momentos de alegría y plenitud, una satisfacción más intensa que la de cualquier droga que conociera.

Los chavales se hacían mayores a una velocidad que casi le provocaba náuseas, y veía cómo estas criaturitas, antaño pulposas y de cráneo blando, se convertían en algo más grande, más firme y más veloz: en personas. Ninguno de los dos le permitía cogerlo en brazos, y a veces a Rachel le resultaba doloroso observar cómo sus caras iban madurando, sobre todo la de Felix. Durante la cena, en ocasiones lo veía apretar la mandíbula y quedarse mirando la otra punta del techo del comedor, como si intentara apartar de su cabeza alguna acuciante cuestión filosófica.

Tenía doce años.

Rachel suponía que había aprendido a poner esa expresión de su hermanastro adolescente, Nevil, al que Rachel conocía solo de lejos, aquel chico que a veces vigilaba desde el porche cuando ella dejaba a los críos en casa de su padre.

La madrastra poseía su propio negocio de joyería: collares hechos a mano, delicadas retículas de plata que quedaban pegadas al cuello. Ella solita había vuelto a poner de moda la gargantilla, según había afirmado una página web de tendencias. Era una artista, tenía un don, una habilidad. En ocasiones, Rachel se descubría contemplando las imágenes de los collares por internet, y sí, a veces estaba celosa, pero no porque aquella mujer se hubiera casado con el padre de sus hijos —Rachel nunca se había casado, ni ganas—, sino que envidiaba que esa mujer hubiera conseguido pasar un tiempo con sus hijos que ella nunca podría recuperar. Se imaginaba a Felix y a Jay más libres y felices en aquella casa, en compañía de Nevil, Nevil y su enrollada madre, y sabía que en los próximos años Nevil probablemente tendría más influencia que ella en sus hijos, pues estos, a medida que entraban en la adolescencia, se iban alejando de ella. Se decía que ojalá Felix y Jay volvieran a ser bebés, aunque nunca fueron bebés al mismo tiempo, y se decía que ojalá ella también hubiera podido ser un bebé con ellos, que los tres hubieran podido formar una irreflexiva masa bebé, sin responsabilidades, sin conocimientos, sin historia, tan solo piel blanda y grasa, amontonados uno encima de otro como cachorros, madre e hijos, de manera imposible todos recién nacidos al mismo tiempo.

Se quedó de pie delante de la nevera abierta, buscando algo, aunque solo encontró un viejo tarro de tahini y un melocotón desinflado. Se sentó sobre las baldosas de la cocina, bebió un tetrabrik de zumo tibio con una diminuta pajita y se preguntó si el amor que sentía por Felix y Jay siempre había contenido esa sensación de compromiso. No se trataba de los sacrificios que había hecho para tenerlos y criarlos: las tareas diarias, las dificultades económicas, los lugares que no había visitado y las experiencias que nunca había tenido. Era algo más grande. Se acabó el zumo y la pajita aulló en el tetrabrik vacío.

15.

La idea se le ocurrió en un sueño: un experimento consistente en dejar plantado a alguien, hacer que un miembro del Equipo de Intimidad le esperara en público, en algún lugar lo bastante popular como para que se notara su vergüenza, mientras su tardanza se convertía en una completa ausencia, los mensajes y llamadas de la chica quedaban sin contestar, su espera resultaba cada vez más patética, una súplica. Se podía aprender algo de esto —Kurt estaba seguro—, de ese estado mezcla de culpa y poder a la hora de hacer esperar a alguien, la humillación que acompaña al abandono.

Lisa fue la primera que asignaron a ese experimento. Llegó al restaurante cinco minutos antes de la hora, ocupó el taburete de la barra más cercano a las ventanas y esperó mientras Kurt la miraba a través de las ventanillas tintadas de un todoterreno ligero aparcado justo delante. Lisa estuvo mirando un rato el teléfono, pidió una copa, fingió irritación, mandó los mensajes requeridos a los intervalos predeterminados. La información que recogieron sus sensores —ritmo cardíaco tranquilo, respiración constante, el pico y flujo habitual de su estado emocional— se volvió borrosa en las pantallas de la oficina de la División de Investigación, pero nadie le prestó atención. Le siguieron la corriente a Kurt dejando que creyera que aquello tenía la categoría de experimento. Ni por asomo.

La adrenalina de Kurt se disparó cuando un grupo de sujetos con traje y gemelos se aglomeró en la barra cerca de Lisa. Uno quiso invitarla a una copa *(Ya tengo una)*, se ofreció a hacerle compañía *(Estoy bien)*, le preguntó su

221

nombre, a lo que ella no respondió nada, y él insistió: *Solo quiero saber tu nombre*, a lo que ella contestó: *Me llamo vete a tomar por culo.*

Kurt disfrutó ese momento desde el coche, ver cómo una mujer rechazaba la compañía de otro hombre por su evidente ausencia, pero un segundo más tarde una vieja amiga de Lisa la reconoció desde la acera y entró, con lo cual Kurt dejó de contemplar a una mujer a la que había dado plantón y pasó a ver a dos mujeres pasándolo bien juntas. ¿Y cuál era la gracia? Le dijo al chófer que lo llevara a casa. Informaron a Lisa de que ya no necesitaban sus servicios, y a la siguiente Novia del EI a la que se asignó esa tarea se le entregó una lista más larga de Especificaciones de Comportamiento del Experimento Relacional, entre las que se incluyó no hablar con nadie durante más de tres minutos.

A Rosa la mandaron a un restaurante distinto situado en una manzana de poco tráfico del SoHo, una noche bastante aburrida. Se llevó un libro y pareció no molestarle permanecer acodada en la barra, bebiendo una copa de vino, y de vez en cuando levantaba la vista hacia la puerta como si no le importara especialmente si alguien se presentaba o no. Al final comenzó a llover y la ventana que había junto a la barra se empañó, con lo que Kurt ya no pudo verla, aunque por entonces ya estaba demasiado decepcionado por la indiferencia de la chica como para que le preocupara no poder verla. Matheson sugirió que había que darles a las mujeres más directrices emocionales específicas —que se sintieran decepcionadas por la demora y la ausencia de Kurt—, y aunque a él le preocupaba que tantas instrucciones echaran a perder la autenticidad de los datos, aceptó.

Pero Mandi, la última Novia del EI a la que se asignó la tarea, se excedió en su papel, y miraba el móvil una y otra vez, se sobresaltaba a ojos vistas cada vez que se abrían las puertas del restaurante, miraba por la ventana, intentaba poner una mueca de pesar y que se le saltaran las lágrimas.

Kurt se marchó antes incluso de transcurrida media hora, y por el camino telefoneó a Matheson para indicarle que cancelara el experimento, que, para empezar, Kurt no estaba seguro de por qué había querido iniciar.

A la mañana siguiente, en su despacho, Matheson observó algo distinto en el estado de ánimo de la División de Investigación, aunque no estaba seguro de qué había cambiado exactamente. Le pareció que había más miembros de lo habitual, o quizá menos, o que algo había variado en su uniforme: ¿les habían lavado las batas? Se quedó allí un rato, estudiando la sala, indagando cuál era el problema, pero no sacó nada en claro.

Sin embargo, Matheson tenía razón: en la División de Investigación había un problema. Antes estaban unidos en una sola meta: soportar las exigencias del vanidoso proyecto de un actor a cambio del tiempo, los fondos y los sujetos necesarios para desarrollar sus sensores, pero esa unidad se había ido disolviendo.

Esas disensiones al principio fueron mínimas: sus uniformes, sus títulos oficiales, si deberían darse un nombre como grupo, algo más específico que la División de Investigación. Luego estaba la permanente cuestión de si había que dar nombre a los sensores: algunos opinaban que no hasta que los hubieran perfeccionado, que a lo mejor todavía no sabían lo que estaban haciendo, mientras que otros creían que la investigación se frustraría si la tecnología carecía de nombre, y algunos sugirieron posibles nombres, y otros rechazaron esos nombres pero no propusieron ninguno, y al final alguien señaló que ya habían perdido demasiado tiempo en ese debate y que por favor lo postergaran y pasaran a otra cosa.

La recopilación de datos o bien no había sido concluyente o lo había sido en exceso. Hubo desacuerdos en lo referente a los análisis estadísticos, la formulación de las hipótesis, el enfoque de la codificación del software, los problemas éticos, etcétera. Algunos sujetos respondían de manera clara e inmediata a las Directrices Internas, mientras que otros mostraban una reacción más caótica. Una de las mujeres contratadas como Novia Mundanidad comenzó a llorar en silencio cuando le mandaron una Directriz Interna con la intención de que sintetizara limerencia. Matheson informó que la mujer había renunciado inmediatamente después de ese experimento, cosa que no tenía sentido: habían utilizado la misma Directriz Interna con Jenny durante un Experimento Relacional del Equipo de Intimidad entre Kurt y ella, miembro del EI, solos en una habitación sin iluminar monitorizada por infrarrojos mientras ambos utilizaban pequeños dispositivos para transmitirse, mediante una especie de código Morse, qué nivel de intimidad física consentía cada uno. Aunque al principio Jenny solo había aceptado besar a Kurt, en cuanto se administró la Directriz Interna la mujer dio su pleno consentimiento para lo que él quisiera y al poco rompió la Especificación de Comportamiento del Experimento Relacional, que exigía que permaneciera en silencio.

Estoy enamorada de ti, gritó a mitad del experimento, a lo cual Kurt no contestó nada, terminó y salió de la habitación, dejando a Jenny temblando, enferma de amor. La despidieron de inmediato, y dos miembros de la División de Investigación tuvieron que sacarla del edificio.

Tiene que haber alguna equivocación, dijo la chica en el ascensor, con una calma sobrecogedora, *solo tenéis que preguntarle a él, él lo sabrá. Esto es diferente.* (Uno de los investigadores le dijo al otro que parecía *que le hubieran lavado el cerebro.* El otro investigador le contestó: *No lo llames lavado de cerebro,* el otro quiso saber por qué. *Porque suena estúpido. No lo llames así.*)

En el vestíbulo Jenny se colocó en posición fetal en un rincón y permaneció allí varios minutos antes de lanzarse contra las macetas de helechos, destrozando las plantas, arrojándolas por la sala para acto seguido salir corriendo del edificio.

Desde entonces, los miembros de la División de Investigación se habían mostrado más dubitativos con las Directrices Internas. Quizá habría que reescribir todo el código, sugirieron algunos, utilizar un proceso de filtrado. Se intentaron experimentos más sutiles, acelerando el ritmo cardíaco de los sujetos para ver cómo afectaba a su estado de ánimo, aumentando o disminuyendo una hormona en pequeñísimas cantidades.

A menudo se hacía referencia al Incidente Jenny, tal como acabaron llamándolo, aunque cada miembro de la División de Investigación lo interpretaba a su manera. Algunos consideraban que demostraba la eficacia de las Directrices Internas para crear un sentimiento desde cero, aunque otros estaban seguros de que Jenny probablemente ya estaba enamorada de Kurt sin intervención del equipo, y lo único que había hecho la Directriz Interna de limerencia había sido sacar a la luz ese sentimiento.

No puedes sentir algo que no sientes, dijo el investigador que peor le caía a todo el mundo, aunque estaba en minoría.

Los sentimientos no son más que datos, no son misteriosos, no son imposibles de medir, dijo otro. *Este es todo el sentido de nuestra investigación. No podemos pensar que un sentimiento humano es algo más que información, corrientes eléctricas, algo completamente controlable bajo las circunstancias adecuadas.*

Eso no es lo que yo he dicho, dijo el investigador que peor caía.

Eso es lo que has dicho.

Pues no es lo que quería decir.

Voy a tener que pedirte que solo digas lo que quieres decir y quieras decir lo que dices cuando estés en nuestro laboratorio..., ¿queda claro?

Naturalmente. Ha sido un error. No permitiré que vuelva a ocurrir. El investigador que peor caía llevaba mucho tiempo esperando poder descubrir algún día una especie de reacción neuroquímica que solo ocurriera en el cerebro de la gente que estaba enamorada de verdad. Imaginó que podrían ser como neuronas espejo, solo que mucho más escasas y fuertes, algo casi sagrado, aunque nunca utilizaría esa palabra en el laboratorio, y no se atrevería a revelarle a nadie ese deseo. Era una persona muy romántica, casi silenciosa. Se ataba los zapatos muy despacio.

En las reuniones muchos se quejaban de que los experimentos se habían vuelto demasiado cautelosos, que los resultados eran inútiles, que la investigación avanzaría sin rumbo si nadie estaba dispuesto a arriesgarse. Una investigadora, a la que a menudo le sangraba repentinamente la nariz, habló despacio y sin perder la calma acerca de su temor a que las Directrices Internas resultaran quizá algo poco ético, que quizá los medios no justificaran el..., pero otro habló más fuerte, por encima de su mansa voz, y convenció a los demás para que se pusieran en contra de ella.

Comenzaron a formarse facciones. Algunos creían que ciertos datos de las novias eran tan inconsistentes que había que despedir a esas novias o tirar sus expedientes a la basura, aunque otros opinaban que recopilar una muestra de datos lo más amplia posible ayudaría a los análisis. Otros opinaban que las Directrices Internas tenían la culpa de los síntomas de los que se quejaban algunas de las novias, y otros sostenían que existían demasiados factores como para extraer uno de causalidad. Algunos consideraban que las ideas sin fundamento e interesadas de Kurt acerca de los Experimentos Relacionales no deberían tolerarse, y otros pensaban que resultaba fundamental dejar que creyera que sus aportaciones eran útiles. Algunos creían que podían presentar algún informe o un descubrimiento que al menos apaciguara a Kurt, pero casi todos estaban seguros de que eso no funcionaría, que tenían los días contados hasta que Kurt descubriera que su objetivo —solucionar el problema del amor— era imposible. Casi todos creían que Kurt y Matheson eran cuando menos un tanto sociópatas, pero solo unos pocos consideraban que eso era un problema.

Uno de los no gemelos había desarrollado la teoría de que un cerebro en limerencia creía que ocupaba dos conciencias, que estar enamorado era, en más de un sentido, una suspensión temporal de las limitaciones de ser una persona, pero temía que los demás encontraran extrañas las evidencias que había recopilado al formular esa teoría, de manera que seguía recogiendo sus datos sin decir nada.

Los investigadores se mostraban muy divididos acerca de Ashley como sujeto. El investigador que peor caía tuvo la idea de escribir una monografía sobre ella, algo relacionado con la interacción entre el amor y el odio en el cerebro, algo que pudiera demostrar que la compasión era más poderosa que la ira. Pero los demás lo consideraron algo ñoño y reduccionista. Los estados fisiológicos y la biometría de la compasión y la ira variaban enormemente de un individuo a otro y a lo largo del tiempo, y Ashley era una sola persona. No se podía aprender demasiado de ello.

Pero esto solo pretendía ser una monografía, arguyó el investigador que peor caía, *un punto de partida.*

Otros se preguntaban cómo, para empezar, lo habían admitido en la División de Investigación.

Los datos en reposo de Ashley mostraban que desde el primer momento había sentido desdén hacia Kurt, prosiguió, *una permanente hostilidad, y ninguna atracción física o emocional, y sus tareas eran siempre atacarlo, pincharlo, provocar riñas emocionales o físicas con él. ¿Y si con una Directriz Interna se la pudiera apaciguar lo bastante como para que no le valiera la pena reñir con él?*

A los que se oponían a la idea les preocupaba tan poco que ni siquiera discreparon, y al día siguiente el investigador que peor caía inició una serie de experimentos. La Novia Colérica tuvo un Experimento Relacional en el que debía irrumpir en el dormitorio de Kurt mientras este se despertaba, a continuación acribillarlo con sus propios zapatos, uno tras otro, mientras gritaba que sabía lo que había hecho, que más le valía que le contara exactamente lo que había ocurrido, que si le mentía se daría cuenta, que si le mentía todo iría a peor. Desde su oficina, la División de Investigación le envió de manera gradual una Directriz Interna que pretendía imitar la compasión y la amabilidad de una relación prolongada y sólida, pero los datos de la actividad de Ashley no cambiaron tal y como esperaban. No se ablandó, ni sonrió ni dejó de gritarle. Al contrario, levantó más la voz, le arrojó los zapatos con más fuerza y su respiración se volvió más errática. Esa misma semana, durante un Experimento Relacional en el que Ashley insultaba a Kurt, el investigador que peor caía descubrió que cuanto más aumentaba la concentración de su Directriz Interna de Compasión, más virulentos se volvían sus ataques, como si el hecho de amarlo un poco hubiera incrementado su capacidad de insultarlo.

Esa semana, en las entrevistas posteriores al Experimento Relacional, Ashley informó de una persistente náusea después de cada experimento, como si hubiera tomado demasiada cafeína, dijo, pero que por lo demás se encontraba bien. No informó de que cada mañana se despertaba pensando en la cara de Kurt, en sus mínimas expresiones, en cómo pronunciaba ciertas palabras, en ese lugar duro/ blando en el que el cuello se le unía a la mandíbula. Sin pensarlo comenzó a utilizar el teléfono del XN para mirar fotos de Kurt, una costumbre que a veces iniciaba antes de levantarse de la cama, cuando apenas había separado los párpados. A todas horas del día pensaba, sin cariño ni odio, en el lunar que Kurt tenía en el lado derecho del cuello. Se preguntaba dónde estaba ese lunar en ese preciso momento. A veces le obsesionaba: ese círculo plano, oscuro y perfecto. Cuanto más absurdo le parecía fijarse en algo así, más pensaba en él. Ese puto lunar.

Y sin embargo, Ashley estaba segura de que le odiaba, odiaba su pretenciosidad, su vanidad, odiaba que hubiera contratado a todas esas mujeres, odiaba ese lunar, odiaba el cuello que había debajo del lunar, odiaba la voz que salía de ese cuello. Pero todo eso no se parecía nada al odio que había sentido antes. Era alegre y devorador, un improbable compañero de sus días. Kurt era todos los personajes de sus sueños, y a veces brotaba de las paredes, y a veces todas las superficies estaban cubiertas de su imagen, y a veces Ashley soñaba con círculos que no eran más que el lunar.

En el gimnasio se sentía más fuerte y más rápida, sentía que su cuerpo se movía de manera más imperiosa y enérgica. Una tarde, sin querer, golpeó en el hombro a un tipo que estaba demasiado cerca de ella mientras hacía sus ejercicios, y el golpe sorprendió al otro lo bastante como para hacerle tropezar, caer al suelo y partirse el labio. El tipo se levantó de inmediato, actúo como si no pasara nada, aunque se le veía asustado, con los ojos como platos. Pero Ashley ni siquiera se disculpó, indiferente al placer o al sufrimiento de cualquiera que no fuese Kurt. Aunque las Directrices Internas eran sintéticas, al parecer incluso un amor sintético la había convertido en un monstruo.

Cuando la semana siguiente fue a tomar dim sum con Vicky, evitó por completo hablar del XN, aunque se había pasado la mitad del mes anterior echando pestes de Kurt. Pero ahora había algo diferente, y Ashley no quería ver la expresión de la cara de Vicky cuando mencionaba a Kurt. Se preguntaba qué conllevaban los experimentos de Vicky, se preguntaba si su trabajo era más o menos importante que el suyo y cómo podría medir esa importancia, y sintió que se le formaba un nudo en el estómago, que se quedaba sin apetito, y se preguntó por qué se estaba preguntando todo aquello. En un rincón de su mente el lunar no dejaba de rebotar, burlón.

¿Te ocurre algo?, preguntó Vicky al observar que Ashley no había tocado la comida, pero esta se inventó algo relacionado con el gimnasio, su entrenamiento, un esguince, el estómago revuelto.

Sí, hoy estás desconocida, dijo Vicky, a lo que Ashley asintió, un constante *No* y un constante *Sí* recorriendo su cuerpo.

Qué peligroso es amar, cómo deforma a una persona desde dentro, cambia todas las cerraduras y pierde todas las llaves.

16.

Ed apretó levemente el codo en la espalda de Mary y le preguntó si había estado utilizando el móvil.

Lo veo por este pequeño nódulo que tienes aquí. Y aquí también. Con mucha suavidad, posó dos dedos en el ligero hueco que tenía detrás de la oreja. *Deberías intentar limitar el uso, o dejar de utilizarlo por completo, al menos hasta que hayamos terminado nuestra tarea.*

No puedo, dijo Mary, con la cara aplastada en el hueco de la almohadilla, *es por trabajo.*

¿Para la agencia de viajes?

Un nuevo trabajo. Un segundo empleo.

¿Y qué haces, exactamente?

De ayudante... personal, más o menos.

¿Hay algo raro en cómo esa persona se porta contigo?

Sabía que allí no servían las expresiones *lo habitual* o *fuera de lo habitual,* así que, tras pensar un poco dijo: *No.*

¿Son de fiar?

Creo que sí, desde luego.

¿Te pagan de manera puntual?

Ajá.

Mmm.

Permanecieron un rato en silencio. Ed le había dado la vuelta y ahora ella miraba el techo mientras él le pasaba una esfera de madera por el vientre. Había atenuado las luces. Le colocó sobre la frente un pequeño cristal verde.

¿Últimamente has tenido noticias de Chandra?

No.

Mary mintió sin ni siquiera considerar la verdad, sin querer pensar en cómo había tenido noticias de Chandra, negándose a creer que *era* Chandra.

Creo que debe de estar de viaje.

Ed asintió, desplazó el cristal hasta el pecho de Mary. Era exactamente lo que Chandra le había dicho a Ed: una contaminación energética.

¿Y sigues sin tener ninguna relación... romántica?

No.

¿No sales ni te acuestas con nadie?

No, ninguna de las dos cosas.

Entiendes por qué es importante para nuestra tarea que lo sepa, ¿no?

Desde luego.

Que necesito saber si alguna cuerda psíquica está interactuando con tu pneuma a fin de prepararme y protegerme del desplazamiento de tu aura.

Ed volvía a sufrir ese calambre en el cuello, y una fuerte molestia en la muñeca izquierda. Tenía visiones en las que a Mary le faltaban los ojos. Quizá se había implicado demasiado emocionalmente con ella, pero durante la meditación de la noche anterior le había llegado un claro mensaje de Chandra acerca de la actitud reservada y autodestructiva de Mary. Decía que tuviera cuidado, que era más tóxica energéticamente de lo que ella misma era consciente.

Muy bien, dijo, *avísame si hay algún cambio.*

Mary asintió, se puso en pie, se vistió e intentó comprender qué significaba, si significaba algo, todo el tiempo que pasaba con Ed, si lo sumabas, si lo comprimías: todas esas horas que estaban juntos, medio desnudos, intentando mejorar la vida. ¿Qué era eso, sino una relación? ¿Había que declarar el amor para que existiera o era igualmente real cuando se trataba de una creencia secreta? Le pareció que la gente podía llamar amor a lo que le diera la gana, pero en realidad no era más que una prolongada manipulación, un cambio, una disposición a ser cambiado.

Mary se dijo que quizá todo el tiempo que había pasado trabajando para el XN la había confundido, que la había hecho cuantificar algo que no se podía cuantificar, y sin embargo, ¿había acabado amando a Ed o aquello no era más que dependencia de lo que le hacía? ¿Y cuál era la diferencia entre ambas cosas? ¿De verdad quería saberlo? A veces él la miraba de manera tan neutra que Mary no podía evitar preguntarse qué podía estar ocultando, y a veces quería preguntarle qué sentía por ella, cómo lo llamaría si tuviera que asignarle una palabra. A lo mejor eso era lo que se sentía al estar casado, un enigma, un duelo de miradas.

Cuando salió de la consulta de Ed su teléfono del XN tenía tres llamadas perdidas, cuatro mensajes de texto y uno de voz, todos de Matheson.

—confirmación para las 5 p. m., rápida reunión de vestuario previa
—házmelo saber
—llámame en cuanto te llegue
—importante que llames
—Hola, Mary, soy Matheson. Escucha, no consigo localizarte y ha pasado más de una hora, así que procura llamarme en cuanto oigas este mensaje. Vale.

Mary lo llamó mientras subía por Broadway, por las aceras densas de lentos turistas, y cuando Matheson cogió la llamada, Mary pasaba junto a un hombre voluminoso y enfundado en un traje azul marino que le gritaba al teléfono: ... *te puedes ir al infierno, y él me puede chupar la polla.*
¿Mary?
Sí, voy andando de camino al trabajo. He ido, mmm, al médico y...
Eso no figura en tu hoja de conflictos y compromisos.
No me había dado cuenta de que necesitaba...

Mary, ¿de verdad comprendes que tu puesto en el XN exige que estés localizable en todo momento?

Es que...

Y no te cuesta nada hacernos saber con antelación que tienes hora con el médico. A menos que sea urgente... ¿Era urgente? ¿Algo repentino? ¿Te estás muriendo de algo? ¿Es contagioso?

No, es que no había caído en que tenía que decírtelo.

A lo mejor deberías haber leído esa parte de tu manual con un poco más de atención. ¡Jesús! ¿Es que nadie lee sus putos manuales?

Mary se introdujo en una de esas conchas metálicas en las que antes había un teléfono público para poder oír con más claridad. Olía a orina y a cabellos sucios, y el hombre que había sugerido que alguien le podía comer la polla ahora estaba calle abajo, ante un carrito de helados, comprando uno de vainilla, espolvoreado de algo color arcoíris.

Y de hecho, continuó Matheson, *la razón por la que necesito que vengas antes es que queremos contratarte a tiempo completo, así que tienes que dejar el otro trabajo lo más pronto posible.*

Vaya.

¿Crees que estás preparada?

Mary sabía que apenas estaba preparada para vivir, pero también intuía que no tenía elección, que las circunstancias la habían dejado sin opciones, que su cuerpo necesitaba el CAPing y que el CAPing necesitaba el XN y que el XN la necesitaba a ella, ahora, todas sus horas. Parecía plausible que ya nunca más tuviera capacidad de elección. Tuvo la impresión de que toda su vida se había movido impulsada por las circunstancias y no por el deseo, de que nunca había tenido que considerar la posibilidad de estar preparada o no para algo. Se oyó decir: *Sí, estoy preparada, puedo hacerlo.*

En la oficina Mary pegó una nota sobre la pantalla de su ordenador —*Lo dejo*—, y aunque no sentía ningún apego sentimental por ese trabajo, y aunque nunca había sentido grandes deseos de trabajar, dejarlo pareció una especie de pérdida, como si tuviera que hacerlo deprisa y en silencio. Pero mientras esperaba que llegara el ascensor de servicio observó una pila de cajas —papel de imprimir y artículos de oficina o lo que fuera—, y justo cuando se abrieron las puertas del ascensor, tiró aquel montón, y se oyó un ruido sordo y un fuerte golpe, y unas cuantas hojas sueltas salieron volando y flotaron hasta el suelo.

El ascensor bajó. Mary sonreía.

17.

Comieron flores y musgo, savias, insólitos encurtidos, finas lonchas de carne.

Mousse de cabeza de violín, merluza petrificada, algas reducidas, dijo el chef Breton, como si recitara una oración, señalando el plato que acababa de colocar delante de ellos.

Mary se quedó mirando un grumo de algo envuelto en gelatina verde mientras Kurt le decía que Kandinsky era la principal inspiración de la técnica de emplatado del chef, quien había ganado un premio solo por la manera de colocar la comida en el plato. La mirada de Mary se posó en aquellas manchas ganadoras de premios, luego en Kurt, y luego volvió a las manchas. La cena tenía que ser una celebración, pero parecía un suplicio, algo ostentoso para celebrar su paso a jornada completa. Comer aquello era agradable y desagradable a la vez, lo mismo que casi todo últimamente: el incómodo alivio del CAPing, la interesante irritación de estar cerca de Kurt, la solitaria satisfacción que experimentaba en su apartamento, el ganar todo ese dinero para entregárselo de inmediato a Ed o arrojarlo al pozo de sus deudas. Kurt no dejaba de hablar de lo que estuviera hablando, y Mary escuchaba tal como le habían enseñado a escuchar, y cuando por fin Kurt dejó de hablar durante un minuto, cerrando los ojos mientras masticaba una remolacha vaporizada con aceite de nuez, se preguntó si era así como Kurt había llegado a ser como era: dejándose ver y no viendo nunca nada.

Aquella noche iba a reemplazar por primera vez a la Novia de Dormir. Justo antes de la cena Matheson le había hecho repasar el protocolo de quedarse a dormir: la meditación, la ducha con cantidades exactas de ciertos jabones, el tratamiento facial, la combinación de seda gris, la hora de acostarse determinada por el rastreador del ritmo circadiano de Kurt y el horario del sol. Ella tenía que estar en la cama primero, esperándolo con los ojos abiertos *(es muy importante que tengas los ojos abiertos)*, y aquella noche, como hacía casi todas las noches de la semana, Kurt había tenido una sesión de cuarenta minutos con una Novia del Equipo de Intimidad en una habitación al otro lado del loft, seguida de una ducha y una meditación vespertina antes de reunirse con Mary en su dormitorio.

Ella tenía que colocarse en el lado izquierdo, de cara al oeste en el lado oeste de la cama, y él dormiría a su vera, ambos con las rodillas dobladas a ciento cuarenta grados, las rodillas de él flexionadas detrás de las rodillas de ella, el brazo derecho de él curvado en torno a la cintura de Mary, antebrazo sobre antebrazo. Permanecerían así durante diecisiete minutos de silencio antes de que Kurt se colocara boca arriba, con la pierna izquierda extendida cerca de ella para que pudiera sentir el calor de Mary mientras dormía. Ella tenía que permanecer de lado, o, si era necesario, colocarse boca arriba o boca abajo al mismo tiempo que él se ponía boca arriba, para que su movimiento no lo molestara. Por la mañana las cortinas se abrirían de manera automática para despertarlos, momento en el cual Mary tenía que volver a su posición inicial de lado, con las rodillas dobladas, a la espera de que Kurt se volviera hacia ella, reanudando la silenciosa posición de abrazo durante siete minutos hasta que Kurt se levantara y se marchara. En ese instante Mary tendría que irse hasta las tres, le dijeron que fuera donde quisiera e hiciera lo que se le antojara siempre y cuando fuera algo que luego pudiera contarle a Kurt, aunque él nunca le preguntase.

Mary se fue a casa con el maquillaje y las ropas que el XN le había proporcionado —*A partir de ahora solo lleva-*

rás prendas de nuestro guardarropa, le explicó Matheson—, y se fijó en que la ciudad se movía a su alrededor de una manera distinta. La gente le abría la puerta en todas partes, le sonreía sin motivo aparente, le deseaba que pasara un buen día. Sentía que los ojos se volvían hacia ella, y las mujeres junto a las cuales se había sentido invisible comenzaban a lanzarle miradas de complicidad o le preguntaban *quién* había diseñado esa *prenda* que llevaba. Todo se había convertido en una *prenda,* ya no era un vestido, sino una *prenda.* Ella no sabía quién la había diseñado, así que simplemente se encogía de hombros. Aquello parecía ser impresionante —esa ignorancia—, aunque no entendía por qué.

En su apartamento siempre se quitaba la *prenda,* la colgaba junto a la puerta y se ponía la sudadera de siempre con olor a almizcle mientras intentaba pensar en algo interesante que hacer, aunque de todos modos Kurt tampoco iba a preguntarle. Normalmente no se decidía por nada y se iba a dar un paseo por el río, donde a veces leía y releía e-mails de Chandra en su teléfono, enigmáticas líneas que llegaban a todas horas. De algún modo, Chandra había conseguido su correo electrónico del XN, y aunque Mary no estaba segura de cómo, en su vida ya nada parecía posible o imposible.

Quiero que sepas que se reciben tus comunicaciones.
Nos damos cuenta de que te han tomado como rehén.
Estamos muy orgullosos de ti. Pero debes permanecer alerta. No confíes en ellos.

A veces Mary se resistía a abrir aquellos mensajes, como si supiera que lo único que iba a conseguir era más confusión, pero siempre cedía. Al principio se había mostrado indiferente al teléfono del XN, y de cuando en cuando lo perdía o no escuchaba sus alertas, pero ahora que era su único canal de comunicación con Chandra nunca lo perdía de vista, y en ocasiones, si por un segundo se le despistaba, emprendía una frenética búsqueda por su apartamento solo para darse cuenta de que lo había tenido en la mano desde el principio. Mary se descubría acurrucada en torno al teléfono a todas horas, mirando una y otra vez si Chandra (o «Chandra» o alguien, o algo) había mandado algún mensaje. A veces Mary enviaba alguna respuesta, e incluso cuando se la rebotaban seguía manteniendo la esperanza de que consiguiera llegarle.

Durante sus sesiones en el loft, Mary experimentaba una constante incomodidad, el impulso frustrado de mirar el teléfono. Siempre estaba medio fuera de la habitación, presente y ausente, liminal y dispersa.

Han pasado casi cuatro meses, le dijo un día Matheson en su oficina. Mary no comprendió lo que le decía hasta que él lo repitió. *Cuatro meses. ¿Recuerdas lo que tenías que hacer en algún momento después de los tres meses? Teníamos la esperanza de que ocurriera de manera orgánica, ¿sabes? Decirle que le quieres. ¿Te acuerdas?*

Nunca le había quedado claro por qué decir esas palabras en ese orden —*Te quiero*— se había convertido en ese espectáculo. En la universidad había escuchado a otras muchachas debatir la cantidad razonable de tiempo que dos personas tenían que pasar juntas antes de poder decirlas, y si era más valiente decirlas u oírlas por primera vez. Y recordaba cuando Paul se las había dicho por primera vez, con las palmas de las manos sudorosas y tanto miedo en la mirada. Mary se preguntó si escucharse decir esas palabras había hecho que Paul dudase de su sustancia. (Pero estaban enamorados, ¿no? ¿No?) Le pareció que todo lo que había que hacer y sentir antes de que esas palabras se volvieran ciertas, la vulnerabilidad cotidiana, el riesgo siempre en aumento, el continuo valor para mirar a los mismos ojos cada día (como si dijeras: *¿Todavía yo? ¿Todavía tú?*), todo eso significaba mucho más que una frase.

(Sujeto, verbo, predicado. Sujeto, verbo, predicado, modificador.) En cuanto dos personas se amaban, ya estaba dicho, al igual que cuando el amor se rompía, ninguno tenía que hablar. Simplemente quedaba claro.

Si ella amaba a Kurt, no era de una forma que a ella misma le resultase reconocible, sino que al dar vida a esa prueba de amor había observado una cierta extrañeza en sí misma. Podría haber amado esa extrañeza, se dijo, y eso habría sido suficiente. De todos modos, no le costaba nada decir algunas palabras, por lo que la tarde en que Matheson le recordó aquella tarea, las dijo. Fue en mitad de un Experimento Relacional de Historia Personal y Opinión Compartida, y cuando le tocó hablar ella dijo que lo amaba en lugar de contestar a lo que él le había preguntado.

Kurt se quedó mirándola, a ella o un poco por encima de ella o por encima de su hombro. A veces Mary no acababa de adivinar hacia dónde miraba Kurt, ni lo que estaba viendo. Kurt sonrió, bajó la vista, ensanchó la sonrisa, levantó la mirada, dijo *Yo también te quiero* y la abrazó, aunque luego se quejó a Matheson de que Mary había escogido un momento bastante rancio para decirlo por primera vez.

A mí también me lo ha parecido, dijo Matheson.

Pero la creo, dijo Kurt, aunque no se lo creía cuando dijo que la creía. Sin embargo, ella debía de amarlo. ¿Cómo no? Kurt creía haber creado un ambiente perfecto para formar un amor puro y que no pedía nada a cambio, desvinculado del sexo, sin obligaciones, sin vida en común: un amor que no pide nada porque contiene todo lo que necesita. O eso era lo que creía haber concebido, hasta que le llegó un informe de la División de Investigación aconsejándole que despidiera a Mary.

Apego desorganizado, dijeron. *Bastante habitual. No hay duda de que está siguiendo todos los protocolos, pero la serie de datos que está creando son inconsistentes. Hay días en que parece que está enamorada, pero esos días sus pautas de activi-*

dad reflejan una especie de estado nostálgico, como si reviviera un recuerdo en lugar de vivir el presente.

¿Estáis diciendo que es incapaz de todo esto?, dijo Kurt. *¿Es lo que me estáis diciendo?*

No era lo que le estaban diciendo, pero ahora conocían lo bastante a Kurt como para no decirle siempre lo que querían decir, sino lo que quería oír.

Todavía no está claro lo que estamos diciendo, le contestaron.

Él les replicó que lo consideraría.

(Lo cierto era que la participación de Mary en el XN no era más que un obstáculo para la División de Investigación. No respondía a las Directrices Internas de un modo que para ellos tuviera sentido —pues apenas respondía a ellas—, y por lo general sus datos eran aburridos. Ni siquiera habían sido capaces de hacerle ningún test significativo a Kurt durante sus sesiones, y los que al principio se habían interesado en la dinámica Mary-Kurt habían pasado a otros problemas más interesantes. Ella era un lastre.)

Aquella noche Kurt soñó que el Experimento Novia era una especie de ciudad en la que cada novia era una calle que discurría paralela a las demás, sin intersecciones, así que la ciudad era imposible de atravesar. Deambulaba por esa ciudad sin gente, intentando trepar por los edificios o deslizarse a través de estrechos callejones para llegar a las otras calles. Por la mañana estaba completamente convencido de que el XN necesitaba algún tipo de integración, sobre todo con Mary. A lo mejor si ella comprendiera mejor su papel dentro de ese proyecto más amplio, si comprendiera la importancia de sus tareas, sería capaz de sentir algo más por Kurt. Sí, Kurt había sabido desde el principio (¿o no?) que siempre había habido algo debajo de la superficie de Mary, algo simplemente inalcanzable. Estaba seguro de que había cierta profundidad, algo más grande que podía existir entre los dos solo si podían alcanzarlo, solo si eran capaces de sacarlo de sí mismos. Mary le provocaba una sensación de apremio que no había experimentado nunca, una perentoriedad que lo acechaba, que no tenía adónde ir.

¿Qué se le pasaba por alto a Mary, o qué no se permitía sentir? ¿Qué era? ¿Cómo podía alcanzarlo Kurt? ¿Cómo podía enseñárselo a ella?

18.

Eres una persona horrible, dijo Ashley, *una persona horrenda de cojones.*

Kurt y Mary estaban junto al ascensor, que se cerró y descendió detrás de ellos. Kurt avanzó hacia ella, dijo *Ash* como si fuera el nombre cariñoso que le aplicara, o quizá solo porque ella le soltó un puñetazo y le cerró la boca.

Serás zorra, dijo él, y se encorvó, apagando las palabras con la mano. *Puta zorra,* dijo más alto, como si ella le hubiera pedido que lo repitiera.

Ashley se quedó un momento en silencio, sonrió e hizo crujir los nudillos.

Muy bien... Yo soy la zorra, yo soy la zorra, sí, tú sigue repitiéndotelo.

Aquella noche, durante la cena, Kurt le había hablado a Mary de un grupo de teatro experimental que escenificaba su obra sin que el público lo sospechara, borrando la línea entre la vida y la representación, y cuando Ashley inició su ataque, Mary lo observó con una actitud que habría sido imposible delante de una obra de teatro o una película; hasta más tarde no se preguntó si la conversación de la cena había pretendido ser una especie de pista.

Sabía que no le estaba permitido preguntar qué habían hecho juntos Ashley y Kurt, qué podía significar ella para él, qué le había prometido él, pero en la cara de Ashley vio algo que le hizo preguntarse si esa cólera era algo propio y no parte del papel asignado. Mary sintió un fuerte impulso de consolarla, de apartarle el pelo de la cara, de abrazarla y sentir cómo los músculos se relajaban bajo la piel, pero en cuanto Ashley le hubo soltado otro puñetazo a Kurt, y después de darle unas fuertes patadas en las rodillas y de que él cayera, Ashley se fue disparada por la salida de emergencia, y mientras sonaba la alarma bajó los peldaños de la escalera de atrás de tres en tres y se perdió en la noche.

Kurt estaba temblando, entusiasmado por tener a dos mujeres en un estado de alta intensidad emocional, ese contraste, la sensación de estar atrapado. Una descarga de cortisol y adrenalina había estrechado sin palabras su vínculo con Mary, y ahora se daba cuenta al verla. Mary le trajo un trapo de cocina para enjuagar la sangre, y él comprendió que el experimento ya había funcionado, que algo se había intensificado entre ellos.

Mary permaneció en silencio, aunque comprendió que él esperaba que dijera algo. Los largos silencios de Mary lo irritaban, y en ese silencio le pareció entender por fin la extraña sensación que ella le provocaba. Era duda. Había algo en ella que le hacía cuestionarse a sí mismo, y no estaba seguro de si quería sentirse así.

En el dormitorio, al cabo de un rato, abandonaron todos sus rituales nocturnos. Ella se sentó en la cama y le acarició el pelo y sintió lo que sintió. No es que lo amara. Era otra cosa. No sabía lo que era.

Este hombre es mi jefe, se recordó. *Este es mi trabajo. Este es mi lugar de trabajo.*

Pero ya no sabía dónde estaba, ni quién era él, ni en quién se había convertido ella.

La siguiente vez que apareció Ashley, Mary creyó a Kurt cuando este le insistió en que no habían planeado todo aquello, que a esa mujer le pasaba algo, que no sabía por qué se comportaba de aquella manera, pero por tercera o cuarta vez Mary sospechó que los ataques formaban parte del experimento. Ashley llegaba de repente y lo atacaba, o simplemente comenzaba a gritarle o rompía algo y lo amenazaba con algún fragmento de lo que había roto. La amenaza de su llegada provocaba que los momentos que Mary y Kurt pasaban juntos fueran furtivos y especiales.

Eres buena persona, le gritó Ashley a Mary una noche, mientras la nariz de Kurt sangraba en el fregadero. *Quiere que tú y yo nos odiemos, pero que le den. No es nuestro dueño. No voy a jugar a sus juegos.*

Después de arrojarle a Kurt una copa de vino que se le hizo añicos en la espalda, Ashley se fue corriendo a toda prisa, haciendo sonar las alarmas, como era habitual. En otras ocasiones lo cubría de insultos: era un actorzuelo, un farsante, una persona realmente horrible, sin remedio, un artista de mierda que había triunfado por guapo y por nepotismo, pero que bajo la superficie no era nada. Nada de nada.

Y después de noches como esa había algo suntuoso en el silencio del apartamento, como cuando la seda roza una piel limpia y cálida. Kurt permanecía un rato en silencio, y luego lloraba, abrazado a Mary y con unos violentos sollozos, y lo único que podía hacer ella era quedarse echada y dejarlo llorar. A veces ella también lloraba, pero no sabía de dónde venían esas lágrimas ni por quién eran realmente. Aquellas noches dormían tal como duermen los niños, agotados tras haber experimentado una gran variedad de emociones en un solo día, pero confiando en que alguien cuidará de ellos al día siguiente.

19.

Aquel martes, en la sala de espera de Ed había una maceta con un pequeño árbol sobre el mostrador de recepción, y detrás del arbolillo un portátil, y detrás del portátil una pequeña recepcionista. La puerta de la consulta de Ed estaba cerrada. Nunca estaba cerrada antes de la cita de Mary. Ed solía esperarla junto a la puerta cada vez que llegaba. Pero ahora no se veía a Ed por ninguna parte, y la iluminación parecía más cruda, más brillante y un tanto plana.

Perdón, ¿puede decirme su nombre, por favor? La recepcionista habló en un tono apresurado, y no la miró a ella, sino a lo que había a su espalda.

Tengo una sesión de CAPing.

¿Con quién?

Con... Ed.

En este momento no está disponible. ¿Quiere dejarle un mensaje?

Pero... es mi hora habitual y no me ha dicho nada...

Oh, bueno, veamos... La recepcionista hojeó algunos papeles que tenía sobre el escritorio sin ningún objetivo apreciable. *Lo cierto es que su cita se ha cancelado. Ed ya no la verá más.*

Mary se quedó esperando a que la recepcionista comprendiera su error.

Ya ha completado su serie de CAPing.

Pero me quedan al menos otras cuatro sesiones...

No hay error posible, Mary. Ed ya no puede seguir trabajando con usted. Estaré encantada de dejarle un mensaje, pero no puedo prometer que le responda.

A Mary se le secó la boca. Varios músculos de su espalda sufrieron un espasmo.

Dígale que puedo explicarlo todo, y que solo necesito...
Pero la recepcionista ya no la escuchaba, se había puesto a leer una revista de yoga. Mary se quedó mirando la puerta de Ed, aguzando el oído para ver si estaba con otra persona, pero lo único que pudo escuchar fue el ruido de fondo de sus máquinas. Durante un momento permaneció demasiado sorprendida para poder moverse, luego se sintió demasiado avergonzada para seguir ahí, y a paso vivo se dirigió al ascensor, con la sospecha de que incluso el repartidor, con su uniforme marrón, y esa mujer que parecía una gacela enfundada en aquel fino jersey color lila sabían que era una mentirosa, que había hecho algo terrible, y que su vergüenza creaba un hedor en torno a ella. Se marchó a casa y de inmediato se fue a dormir en un intento de evitar o ahuyentar la avalancha de síntomas que, estaba segura, se estaba gestando en su cuerpo, dispuestos a dejarla fuera de combate.

Se despertó a las tres de la mañana con el cuerpo vacío y seco, y cogió el teléfono con la esperanza de tener noticias de Chandra, por confusas que fueran.

Mary, estás atrapada en el momento presente.
Algunos intentarán decirte que la verdad vive en el presente, pero no es cierto.
Vivir en el presente es una debilidad. Ahí viven las mentiras.
Ahora estás entrando en el futuro.

En la universidad, Chandra la había llevado a clases de danza, y Mary había aprendido los movimientos a bandazos —esa rígida falta de gracia que había hecho suya al pasar la infancia en una granja—, mientras Chandra los ejecutaba con fluidez. Parecía disponer de segundos extra al contar, de un circuito privado de tiempo, y Mary se preguntaba ahora, mientras leía ese correo electrónico una y otra vez, si Chandra aún sería capaz de hacer piruetas y brincar tan fácilmente como antes, si había conservado ese control del tiempo. Las únicas veces en las que había sentido esa especie de soltura habían sido esas horas de duermevela justo después del CAPing. Ahora, sin Chandra y sin Ed, sentía la ausencia de todas las personas que se le habían acercado y luego se habían alejado, gente que había significado algo, que le había hecho algo, la había cambiado, la había convertido en quien era ahora, sola. En su cama pegajosa esperó a que llegara el alba, intentó comprender lo que sentía, exploró su cuerpo tal como le había enseñado Ed, buscando algún lugar sensible, alguna sensación, un mensaje de su centro, de algún lugar que le era inalcanzable.

En la oscuridad utilizó el teléfono del XN para buscar *CAPing Nueva York,* pero no aparecía nada, y luego *CAPing,* nada, y luego *Cinestesia Adaptativa del Pneuma,* y tampoco. Un sudor frío. No existía ninguna prueba de lo que le había ocurrido, solo su recuerdo, ese frágil dispositivo.

Las voces de la calle se colaban por la ventana que había sobre el colchón. Una mujer triste estaba contando una historia, tenía la voz pastosa de llorar, y la mitad de las palabras se le deshacían en la boca, mientras otra mujer la consolaba con frases sensatas. Mary dejó el teléfono e intentó escuchar. Hablaban de un chico, de algo ocurrido dos semanas atrás y de Facebook y de *es como si ella ni siquiera me conociese,* un jersey perdido, o algunos días perdidos, u otra cosa perdida... Mary no estaba segura del todo. El hecho de que ella escuchara ¿tenía algún efecto sobre la mujer? ¿Aquella mujer tenía la impresión de que su historia, aunque incompleta, estaba llegándole a alguien? El hecho de escuchar desde lejos, amodorrada en la cama, en la oscuridad, convirtió el interés de Mary en algo muy puro.

Se acercó un coche. Las voces callaron. Se abrieron las portezuelas, se cerraron de un golpe, el coche se alejó y el silencio se hizo más denso.

Entonces, arrullada hasta quedar de nuevo en duermevela, Mary recordó vagamente que alguien había utilizado Facebook para localizar a otra persona. Ella jamás había utilizado Facebook (ni había *tenido,* ni había *estado en,* ni lo había *seguido,* diversos tipos de relaciones con Facebook que nunca le habían quedado muy claras) porque en la universidad le había parecido que era una especie de vitrina donde exhibir las amistades (y tenía pocas), un documento del pasado de cada uno (que no quería creer que tuviera) o una forma de llevar la cuenta de la gente que había desaparecido de la vida de cada uno. Por lo que nunca se había apuntado hasta ahora, a los treinta años, y no había subido ninguna fotografía, ni constaba su ciudad natal, ni su trabajo, ni sus intereses, ni aficiones, ni opiniones políticas o religiosas, tan solo era un receptáculo vacío azul y gris con su nombre (o *un* nombre). Fue tan fácil encontrarla que daba miedo: la única Chandra Broder, una foto cuadrada tomada desde atrás, en posición de loto en una playa, cara al sol. Solicitar amistad.

Se quedó mirando la diminuta foto de Chandra hasta que se durmió, y al despertar descubrió que nada había cambiado, excepto que era de día, ese giro ambivalente. El apartamento estaba tan vacío como siempre. No tenía que estar en el loft hasta la tarde, de manera que se quedó en la cama durante las horas siguientes, copiando y pegando el mismo mensaje a los amigos de Chandra.

No me conoces, pero fui compañera de cuarto de Chandra Broder en la universidad. Hace tiempo que no consigo localizarla y estoy preocupada. Además, he recibido unos inquietantes correos de alguien que afirma ser ella. Cualquier información será de ayuda. Gracias. Mary Parsons.

Era un texto un tanto acartonado. Se preguntó si debería aligerarlo o ensombrecerlo, hacer que pareciera más o menos urgente, amistoso, preocupado, pero dejó de revisarlo y siguió enviándolo, sin variación, a todos los amigos de la lista de Chandra.

La primera respuesta la remitió alguien que no recordaba cómo la había conocido. Otra no había tenido noticias de ella en años: *Lo siento.* Otra: *Raro, tía.* Otro dijo que intentaría ponerse en contacto con ella, pero que, aunque no conocía muy bien a Chandra, eso tampoco le parecía tan extraño. *Es una tía rarita,* decía el mensaje. Mary lo borró.

La cajita blanca y vacía del Facebook no dejaba de preguntar: *¿Qué estás pensando?,* y le decía que subiera una foto para que sus amigos pudieran encontrarla, que añadiera a qué escuela había ido para que sus compañeros de clase pudieran encontrarla, que completara su perfil, que se explicara, pero Mary seguía con su tarea, que era enviar el mensaje, leer las indiferentes respuestas, hasta que apareció una página con unos pulgares azules hacia abajo: *Lo siento, algo ha ido mal.* Todo desapareció y ya no pudo volver a entrar. Arrojó el teléfono al otro lado del cuarto con la esperanza de que se rompiera, pero aterrizó sobre una toalla en perfecto estado.

Al final salió de la cama, se dio una larga ducha, hizo gárgaras y escupió agua, luego se puso a gritar, al principio un poco y sin levantar demasiado la voz, para volver a sentirse viva.

Le pareció que toda su vida había sido una serie de olas, que todo y todos los que había conocido habían llegado hasta ella con una fuerza que no podía resistir, acometiéndola, rugiendo, engulléndola, casi ahogándola antes de volver a escupirla, dejándola sola en la orilla antes de que viniera otra ola, otra fuerza procedente de algún centro invisible.

20.

El amor es un compromiso para convertirse en una sola persona, dijo Mary, con las pupilas enormes y profundas, toda su vida, toda su historia, Merle y Clara, esa diminuta habitación de la residencia universitaria compartida con Chandra, lo que ocurrió en ese callejón, los meses con Paul, todo lo que había aprendido, todas las palabras que había escrito o leído, cada espiración, cada parpadeo, cada gramo de ella la empujaba hacia delante, la empujaba hacia el presente, esa superficie de hierba del jardín de la azotea, el cielo convertido en un ocaso de verano color pastel, su mano sobre la mano sudorosa de Kurt —lo habitual (mano sobre mano) convertido en algo extraordinario y aterrador, una conciencia completamente distinta atrapada en una carne que tocaba carne, tocaba la carne que contenía su conciencia—, y su cerebro era todos los océanos y todos los mares combinados, y su vista era impecable y sentía que podía ver cada resalte de cada ladrillo de cada edificio al otro lado del río, que podía contar cada radio de las bicicletas que pasaban por el puente. Cada fibra y cada célula de ella palpitaba contra el aire y se sentía real.

Espera, dijo Kurt, con unos ojos de muñeca como los de ella. *Espera justo aquí.* Mary vio cómo cogía el móvil. *Dilo otra vez. Dilo justo igual que lo acabas de decir.*

Mary cerró los ojos y abrió la boca, olvidó todo lo que había dicho, olvidó todos los idiomas, olvidó su vida, y cuando abrió la boca, separando los labios lentamente, y con las cuerdas vocales extrayendo las palabras de su garganta, pudo sentir los resbaladizos dientes y los músculos de la boca en todo detalle, y le llenó de asombro la perfecta construcción de su boca, de todas las bocas, de todas esas lenguas húmedas que había detrás de los labios, junto a los dientes, entre el cielo y el lecho del paladar en tantos cráneos, y era la lengua donde todo había comenzado hacía solo una hora, cuando habían lamido un polvo blanco en un plato de cristal en la cocina de Kurt, habían eliminado el amargor con zumo de frutas y agua de Seltz antes de tumbarse sobre el césped del jardín de la azotea de Kurt, y habían notado todas las briznas verdes a su espalda cuando la droga les hizo efecto, con los nervios palpitando bajo la piel, en torno al corazón y las tripas, en la columna vertebral, detrás de sus ojos. Mary podía sentir el fuego en todo, más viva que nunca.

Todo este tiempo, se dijo, *todo esto estaba aquí y no lo veíamos. ¿Cómo se nos pudo pasar por alto? ¿Cómo lo olvidamos?*

Tras haberse grabado diciendo la frase *(El amor es un compromiso para convertirse en una sola persona),* y después de haberla repetido varias veces, sonriendo y de manera obsesiva *(El amor es un compromiso para convertirse en una sola persona... El amor es un compromiso para convertirse en una sola persona),* ambos permanecieron de pie con las manos entrelazadas, incapaces de mirarse sin abrumar al otro ni quedar abrumados. Se dirigieron hacia el borde de la azotea y se quedaron mirando la línea del horizonte durante lo que parecieron horas pero fueron solo minutos.

La carne que hay en torno a mi cráneo no puede dejar de sonreír, dijo Mary, y Kurt se rio tanto que Mary temió que no parara nunca, y cuando paró se sintió tan aliviada que lo abrazó con la misma intensidad con que un padre aterrado por la idea de que han secuestrado a su hijo lo abrazaría al reencontrarlo, y los dos quedaron abrazados en silencio durante un rato, sintiendo los huesos y tendones de la espalda del otro y sin pensar en nada más que en la simplicidad de sus cuerpos apretados uno contra otro, vida contra vida, así de simple. El sol se ponía, y debajo de ellos, a unas manzanas de distancia, se había iluminado una feria callejera con luces que colgaban entre poste y poste, y el ruido de las atracciones de la feria ambulante y el olor de masa frita ascendían en el aire caliente y llenaban sus narices y bocas y oídos y senos, y a Kurt le recordó a los veranos de muchos años atrás, del niño que ya no era.

Deberíamos bajar, dijo Kurt, volviendo a ser un niño otra vez, *deberíamos ir a ver qué es.* La droga había destruido algunos de sus miedos, tal como suelen hacer las drogas, y aunque sentía una profunda aversión a las multitudes y miedo a que le fotografiaran con alguien en público, consideró que sus gafas de sol y su sombrero y Mary, y ese inmenso sobrecogimiento le mantendrían a salvo.

A una manzana del loft vieron a una pareja que discutía debajo de un andamio. La pareja parecía resignada a estar insatisfechos el uno con el otro, como si aquello llevara ocurriendo tanto tiempo que fuera ya una obligación, se hubieran mudado a esa situación, firmado un contrato. El hombre parecía estar enviando toda su energía a través de la piel que le rodeaba el cráneo, y la mujer gritaba, se inclinaba hacia él, con las palmas de las manos extendidas y hacia arriba, suplicando. A continuación se cubrió la cara y empezó a temblar. El hombre avanzó hacia ella, le puso una mano en el hombro y ella la apartó. La mujer se destapó la cara, un caos de lágrimas y carmín, y le dirigió unas duras palabras que Kurt y Mary apenas reconocieron como inglés.

¿Qué están diciendo?, preguntó Kurt sin esperar respuesta, pero Mary se tomó la pregunta en serio y comenzó a traducir la discusión en un estado de revelación.

¿Por qué tú no eres yo? ¿Por qué no llevas la vida que yo llevaría? Creía que estar enamorado significaba llegar a ser dos personas. ¿Cómo puedes hacer algo que yo no haría? Es imposible e insensato. Yo no puedo ser solo una persona. Necesito ser también tú. Déjame ser tú... Y ella está diciendo: Cállate, lo has malinterpretado todo. Yo soy tú, no al revés. Tú no

tienes que ser yo. Yo tengo que ser tú. Yo soy tú. No hay tú, solo el otro yo.

Kurt se quedó mirando a Mary mientras ella hablaba, considerándola una especie de genio o santo, y aunque no conseguía que ninguna palabra le saliera de la garganta, permaneció ahí, con los labios temblando hasta que finalmente formó las palabras: *Sí, eso es*, gritó. *¡Eso es!* Y luego aún más fuerte: *¡SÍ!*

La pareja que discutía se volvió hacia ellos y Kurt gritó de nuevo *SÍ*, y el eco de ese sí resonó entre los altos edificios, dejando fragmentos de sí mismo por todas partes hasta que Kurt añadió: *¡Eh! ¡Acabamos de resolver todos vuestros problemas!*

La mujer negó con la cabeza y farfulló algo mientras el hombre gritaba: *¡Eh! ¡Que te den!* Rodeó con el brazo a la mujer y con unas enérgicas pisadas se dirigieron hacia una parte más oscura de la calle, unidos en su aversión por ese desconocido. Luego se burlaron de su gorra de béisbol.

Kurt y Mary vieron desplazarse unas sombras sobre las espaldas de la pareja mientras se alejaban, pero descubrieron que la cólera de esa pareja no les importaba. Siguieron caminando hacia la feria callejera, atraídos por su lejano resplandor, serpenteando entre la multitud, las mujeres con el pelo recogido en un pañuelo, los hombres comiendo *funnel cakes**, los niños absortos en peluches amarillo neón y rosa intenso, perros peludos y peces globo con piel y ojos de plástico que abultaban más que sus cabezas, esos premios, esa alegría sintética.

En algún lugar tocaba una banda de mariachis, con las trompetas y las guitarras distorsionadas por la distancia, fundiéndose en el calor, y mientras Kurt escuchaba comprendió que estaba en un lugar público, al aire libre, que

---

* El *funnel cake* es una masa que se fríe vertiéndola con un embudo *(funnel)* en aceite muy caliente y siguiendo un patrón circular. Una especie de churros que se acompañan con azúcar glas, jalea, mermelada, etcétera. *(N. del T.)*

llevaba en aquel lugar más de dos minutos y que nadie se había fijado en él y nadie le había pedido sacarse una foto juntos ni firmar un autógrafo sobre cualquier superficie, y nadie le había pedido que escuchara cualquier cosa que le quisieran decir, y nadie le había agarrado ni le había pegado un tiro en la cabeza ni le había dado su tarjeta ni le había contado ninguna historia increíblemente triste. Todo lo contrario: lo habían dejado existir sin hacerle pensar en sí mismo, existir como parte de una multitud, una persona, y tenía una mirada de lo más alegre tras sus gafas de sol, sin que nadie le viera los ojos, un regalo que esa gente no sabía que le estaba haciendo, y lloró.

Permaneció inmóvil durante un buen rato, hasta que se dio cuenta de que Mary le había soltado la mano, y al volverse la descubrió a pocos metros de él, con la mirada perdida, fascinada por lo que la estuviera fascinando, sola en medio de lo que estuviera pensando. Kurt se dijo que ojalá pudiera estar en su cabeza, aunque eso no equivalía a decir que quería saber lo que estaba pensando, y tampoco equivalía a decir que quería que Mary le dijera lo que estaba pensando. No, quería algo más que eso, algo doloroso e imposible, sentir sus pensamientos y sentimientos justo cuando ella los experimentaba. Quería sentir ese momento exactamente igual que ella lo sentía, no ver la vida de ella a través de su propia lente: no, quería habitar a Mary por completo, y se dijo que eso debía ser amor, que ahora había alcanzado un estado de amor puro. Experimentó la deslumbrante certeza de que lo que sentía por Mary en ese momento era algo de verdad permanente, pero la permanencia que sentía no era la permanencia de su amor por ella —pues nadie sabe qué amores pueden sobrevivir a una vida—, sino que sentía la permanencia del amor mismo, fuera de la gente. Sin embargo, también experimentaba duda y un sentimiento de protección: cómo asegurarse de que ese sentimiento no le abandonará nunca en este mundo tan lleno de finales: noches que acaban, hay alguien ahí y luego desaparece, helado derretido, drogas que llevan a cabo sus viajes finitos a través de un cuerpo. Anhelaba un modo de conseguir que ese sentimiento se prolongara al menos durante la breve duración de su vida..., ¿era eso pedir demasiado? ¿No podría haber una manera, se dijo, de convencer a ese sentimiento de que le hiciera compañía, inmutable hasta la muerte?

Mary escudriñaba la multitud buscando algo (buscándolo a él, se dijo Kurt), y se acercó a ella y Mary sonrió, pero solo un poco, y Kurt le enterró la cara en el cuello, asimiló el perfecto olor animal de ella, y ella le rodeó la cintura con los brazos y susurró: *Necesito agua. No encuentro agua,* y Kurt ya no pensó más que en esa urgencia: todo lo que ella necesitaba él lo necesitaba más desesperadamente aún para ella.

De pronto la multitud pareció algo siniestro, impaciente, perverso. Todo el mundo hacía cola para ir a un lugar terrible o le hablaba a un niño enfadado, pequeños dictadores de ojos desmesurados y con un círculo de chocolate o suciedad alrededor de sus terribles bocas, con unos cadáveres de animales de colores estrambóticos colgando de la espalda. Todos los vendedores ambulantes gritaban: se gritaban órdenes el uno al otro o anunciaban sus juegos baratos o cualquier mierda a la venta. Un olor a carne quemada flotaba por todas partes. La gente hundía sus afilados colmillos en conos de hielo rojo. La gente gemía, estaba cubierta de sudor, y nadie parecía encontrarse bien.

Tenemos que salir de aquí, dijo Kurt cogiéndola de la mano, corriendo a través de aquella gente horrible, el último lugar de la tierra donde necesitaban estar. Entraron en un bar de zumos y se vieron frente a un enorme refrigerador de botellas —zumos verdes, amarillos, blancos lechosos, rojos— y Kurt quedó paralizado por aquellos colores, el misterio de todos esos líquidos, la imposibilidad de concebir incluso que uno de esos líquidos entrara en su cuerpo en ese preciso momento, ese momento enormemente complicado y tan lleno de detalles, sin darse cuenta de que Mary le hablaba al chico que había detrás del mostrador.

Me gustaría un agua.

Desde luego. ¿De qué tipo?

¿De agua?

Tenemos agua de coco, agua de áloe, agua de jengibre, agua vegetal, agua de infusión, agua con zumo de sandía amarilla, agua de cúrcuma y agua de agave manzana-sidra-vinagre desionizada.

Mary se sentía fatal y seca.

Ah... y agua de limón y miel. Y agua de arce.

¿No podría...? ¿No tenéis agua?

Tenemos aguas.

¿Agua normal?

Ofrecemos una hidratación mejorada con micronutrientes.

¿Por qué no puedes contestarme?

El chico que había detrás del mostrador se quedó mirando a Mary, sonrió, se dio cuenta de que estaba colocada, y entonces vio y reconoció a Kurt, que todavía seguía cautivado por las botellas de líquidos de colores. Un hombre en el que no se habían fijado hasta entonces, cubierto con un delantal blanco manchado de zumo de remolacha, puso en marcha el exprimidor de metal, esa máquina de muerte, y frunció el ceño mientras empujaba las zanahorias y el apio hacia el interior de ese artilugio, y puede que su pelo estuviera hecho o no de gusanos, y el chico que estaba en la caja registradora ahora ponía una expresión de locura absoluta y parecía ser una zanahoria humana, un caníbal vegetal. Kurt y Mary salieron disparados, corrieron hasta llegar a casa de la mano, por una calle menos concurrida para evitar la feria, y pasaron a toda velocidad junto al portero, Jorge, sin ni siquiera decir hola, frenéticos y decididos a estar solos en la comodidad perfectamente calibrada del loft de Kurt.

¿Por qué hemos acabado saliendo?, preguntó Kurt sin aliento en el ascensor. La apretó contra su pecho y ella se

agarró a él y por un momento fueron felices y se sintieron lo bastante en paz como para no preguntarse cómo podrían conservar esa sensación para siempre, cómo podrían engañar al organismo.

Pasaron el resto de la noche llevando a cabo las cosas secretas y mágicas que hace la gente que ha tomado psicotrópicos: inmersos en un contacto visual carente de vergüenza, hablando con lentos lugares comunes que reducían todos los problemas del mundo a una sola frase o palabra, llorando por trivialidades que se habían convertido en profundas: el agua que caía de un grifo, un bolígrafo que rodaba por la encimera, un cojín facial en el suelo.

El bajón llegó lentamente, y mientras Mary entraba y salía de un sueño medio dormido o de un trance medio despierto, era incapaz de discernir qué era efecto de la droga y qué su propia percepción. Tenía cierta conciencia de que a su cuerpo le ocurría algo. Sentía una presión en los pies, luego en las piernas, entre las piernas, en el vientre. Se sentía casi paralizada, pero consiguió extender un brazo y sentir a Kurt durmiendo en su lado de la cama, e intentó mover las piernas, pero no pudo, y levantó los brazos, y sintió los hombros de Kurt cerniéndose sobre ella, pero al mismo tiempo no podía levantar los brazos, no los estaba levantando, y su cuerpo giraba en el interior de sí mismo, y estaba caliente y frío a la vez, y sintió que estaba a salvo pero encerrada en un espacio muy pequeño, y no sabría decir si todavía la inmovilizaban o la sujetaban o si de algún modo se había convertido en nada de nada.

Miró hacia la ventana y allí estaba Kurt, contemplando la línea del horizonte, y Mary miró hacia la puerta del dormitorio y allí estaba él también, iluminado desde atrás y apoyado en la jamba, y sintió las piernas de él contra sus piernas y sus brazos alrededor de su cuerpo y sintió algo dentro de su cuerpo, y se preguntó si de algún modo había salido del tiempo pero seguía dentro del tiempo, incapaz de librarse de la sensación de que todo el tiempo que había pasado con Kurt en cierto modo la rodeaba, la acechaba.

Todos los recuerdos que tenía de él pasaban en un destello: desde esa primera sesión en aquel bar oculto hasta las silenciosas tardes en su loft, las cenas juntos, las horas en la sala de montaje, los coches negros que la devolvían a casa algunas noches o los coches negros que compartían en otras. Se acordó de Kurt riendo con ella o estando serio con ella o sonriéndole o llorando, y recordó la leve expresión de sorpresa la primera noche que apareció la Novia Colérica, y de qué manera su pánico parecía cada vez más acusado a cada visita de Ashley. Se acordó de la noche en que él le habló de su madre, de cómo vivía y cómo murió, de lo que le pasó a él después, y aunque Mary estaba más agradecida que otra cosa de que no le preguntara por su pasado, también la contrariaba un poco que nunca le hubiera preguntado, y tenía la impresión de que esa falta de curiosidad debía de significar que no le interesaba nada. ¿Y había algo de malo? ¿Acaso no era él su jefe? ¿Acaso no era todo eso un extraño experimento, terapia o juego?

Pero a medida que se le iba pasando el efecto de la droga, igual que se funde la nieve al final del invierno, descubrió una sencilla tristeza. Había perdido a su familia, una pérdida evitable, y se había aleccionado para ni siquiera echarlos de menos. Pero ¿acaso no era responsabilidad de ellos no perderla? ¿O es que con el tiempo los niños se convertían en padres para sus padres, tal como en una ocasión oyó decir a alguien? Y si era así, ¿eso le había ocurrido ya a ella? ¿Y a qué edad se daba esa inversión? ¿Se le había escapado la oportunidad? ¿Y qué sucedía con los padres-hijos sin sus hijos-padres? ¿Qué podía hacer ahora?

Al rayar el alba de un nuevo día, Mary se quedó mirando la cara dormida de Kurt, maravillándose de que pudiera dormir estando ella tan despierta, con los ojos y la mente tan despejados, y supo que lo amaba de una manera que de inmediato exigía que lo odiara, un poco, por no haberle preguntado nunca qué le había pasado. Pero ¿habría acabado hablándole de la cabaña, de Merle, de su manifiesto, de su solitario comienzo? Pero eso era lo que hacía la gente enamorada, ¿o no? Contarse historias para volver a oírlas, como una forma de volver a comprenderlas, el efecto que habían tenido en ellos esas historias, el efecto que todavía tenían.

Aunque perder a su madre había sido lo más doloroso que Kurt había experimentado nunca, en cierto modo casi disfrutaba de contar la historia de esa pérdida ahora que habían transcurrido más de veinte años, porque la muerte era lo más humano que le había ocurrido, y a veces parecía ser la última cosa realmente humana que le había ocurrido antes de que su vida se hubiera convertido en algo surrealista, y antes de comenzar a dar por sentado esa vida surrealista que flotaba en algún lugar cerca de él, viendo cómo se convertía en una persona cada vez más conocida, pero cuando contaba la historia de su madre, cuando recordaba cómo ella lo miraba en aquellos últimos días en los que ambos sabían que ella iba a dejar su cuerpo y él iba a permanecer en el suyo, Kurt se volvía de nuevo una persona completa, un ser humano sobre la tierra, pero cuando dejaba de contarla, volvía a alejarse flotando, se alejaba de sí mismo, se veía casi vivo.

Aquella mañana, en el cuarto de baño, Mary se acordó de lo que había visto en la cara de Kurt las pocas veces en que él le había hablado de su madre, de cómo la cara se le iba ablandando, como si un sistema de cuerdas lo hubiera estado controlando desde el interior y ahora se hubiera aflojado.

Si lo das todo por sentado, entonces estás ciego, pero si no das nada por sentado, te quedas paralizado, dijo ella en voz alta, mirando su boca en el espejo.

Y mientras lo decía, parte de aquella parálisis desapareció. Aún tenía la vaga sensación de que algo le había ocurrido a su cuerpo aquella noche, pero cuando se miraba en busca de alguna prueba, un moratón, una irritación, solo encontraba esa irritación en lo más profundo de su cabeza.

21.

Ni Kurt ni Mary se habían dado cuenta de que los habían fotografiado desde el otro lado de las ventanas del bar de zumos, ni habían visto a los dos *paparazzi* que los habían seguido desde el otro lado de la calle mientras volvían corriendo a casa de la mano, pero por la mañana las fotos se habían vendido y publicado y vuelto a publicar, y una docena de reporteros habían hablado con el cajero y el que hacía los zumos, y durante la noche se habían escrito unos cuantos inopinados artículos de opinión, y cada uno de ellos conjeturaba quién podría ser esa chica de aspecto extremadamente *normal* que estaba con Kurt, y por qué no habían comprado ningún zumo y de qué huían o hacia qué corrían. Durante ese rato Mary y Kurt habían permanecido ajenos a todo, durmiendo, sin hacer gran cosa hasta que se les pasara el colocón que habían experimentado. Mary regresó a la cama procedente del cuarto de baño y él la abrazó con esa íntima distancia con que un niño abraza una manta.

Kurt Sky ni siquiera es mi verdadero nombre, dijo posteriormente, cuando entró el sol del mediodía y comenzó a parecer extraño quedarse en la cama hasta tan tarde. *Mi auténtico nombre era Kurtis Joel Kerensky. Y nadie lo sabe. Ni siquiera Matheson. Solo tú.*

Si le hubiera dicho eso mientras estaban colocados, quizá ella habría percibido la importancia de que le contara algo de sí mismo que nunca le había contado a nadie, o habría comprendido que eso los hacía parecidos —ambos habían nacido con un nombre que luego habían descartado—, pero ya no estaba colocada y ya no podía ver el mundo desde ese ángulo. De vuelta en la sólida tierra, aquello no le parecía gran cosa, así que mientras él le contaba la historia de cómo cambió de nombre, lo único que se le ocurría a Mary era que nunca le contaría cuál había sido su nombre anterior, que proteger su historia era la única manera de poder controlarla, que si nadie sabía cómo había sido su infancia, entonces ella, en cierto modo, la había recuperado.

Kurt se lo tomó con calma a la hora de contarle aquella historia que supuestamente nadie más sabía; cómo, en cierto momento, su madre había firmado algo mientras estaba en el lecho de muerte, y aunque en la habitación en penumbra puso cara de que aquel era un detalle emocionalmente importante para él, a Mary —y eso la había avergonzado— la expresión de Kurt no le había parecido auténtica. Ella misma procuró poner un gesto que le indicara que había comprendido que aquella historia tenía para él una resonancia emocional, que casi podía sentir lo que él sentía, pero él no pareció darse cuenta, y siguió hablando, y ella comenzó a preguntarse cómo podría sobrevivir otro día a su lado, cómo había llegado a ese punto. Por supuesto su trabajo era interesarse, escuchar, estar disponible, y sabía que ese era su empleo, no una relación, que ella simplemente participaba en esa tradición mundial de vivir asustado por tu trabajo, pero experimentaba una nueva dificultad en el hecho de cooperar, de seguir la corriente. Como si hubiera bajado una marea.

Kurt, tengo que hablar contigo un momento, por favor.

Buenos días a ti también, dijo Kurt, pero Matheson se limitó a darse la vuelta y regresó a su oficina. *Que son las dos de la tarde, joder,* se dijo Matheson. Kurt lo siguió, encogiéndose de hombros delante de Mary al dejarla sola.

Era mediodía, y el loft estaba lleno de sol en cantidades brillantes y sagradas. Mary sintió algo que había sentido a menudo durante el CAPing, y era no estar segura de si algo le estaba ocurriendo de verdad o de si se había preparado tanto para ese algo que había acabado ocurriendo. A lo mejor era que todavía le quedaba algo de droga en el organismo, o la falta de sueño, o que estaba preocupada por no poder ver a Ed, mientras esperaba que su cuerpo se volviera a estropear. Se quedó tumbada en el enorme sofá blanco y casi cayó en algo parecido al sueño, del que solo despertó cuando sintió que Kurt se sentaba a su lado.

¿Qué pasaba?

Nada, solo que han aparecido algunas fotos en internet y han puesto paranoico a Matheson.

Mary estaba mareada y respiraba con fuerza. Él no se fijó, no dijo nada, solo le pasó los dedos por el pelo y se quedó mirando por la ventana. Cuando Mary levantó la mirada hacia él, le pareció que su cara estaba un poco distinta, en un gesto de incómoda comodidad.

¿Sabes?, la bolsa de papel de Shia LaBeouf tuvo mucho sentido para mí*. Me pareció lo más cuerdo que se podía hacer, quizá lo único cuerdo que se podía hacer.

Ella se quedó mirándolo, sin saber de qué hablaba.

Eso es lo que me gusta de ti. No sabes nada de todas esas chorradas de Hollywood.

Pasó a explicarle esa chorrada concreta de Hollywood, que ese otro actor se había cagado en Hollywood, que rechazaba al espectador, rechazaba la industria, y durante un rato estuvo pontificando acerca de la identidad y la percepción de uno mismo, acerca de cómo los demás te perciben de manera errónea o de una manera exagerada, de cómo uno se examina a sí mismo, del escrutinio de la masa, de la vigilancia, el acceso y la intimidad y de la pérdida de

---

* En 2014, Shia LaBeouf se presentó en el estreno de *Nymphomaniac* con la cabeza cubierta por una bolsa de papel en la que se leía *I am not famous anymore*, «Ya no soy famoso». *(N. del T.)*

la intimidad. Habló tanto que a Mary se le olvidó que ella también tenía la capacidad de decir cosas, y el que ella lo mirara muda le dio aún más carrete.

En mi vida no queda ningún espacio íntimo, dijo él después de lo que a ella le pareció una hora, al borde de las lágrimas. *Todo el mundo necesita intimidad, una sensación de intimidad. Sin ella te vuelves loco. Ojalá la gente lo entendiera.* Y durante un rato Mary lo vio como una persona, nada más que ese hombrecito con las mismas confusiones y agotamientos que la mayoría, desesperado, con un deseo de ser algo mejor, aunque en realidad ella no había estado escuchando lo que le había dicho, solo su manera de hablar, su tono, su malestar. Mary se dijo que quizá eso era todo lo que uno a veces podía hacer por los demás.

¿Qué crees que debería hacer?

¿A qué te refieres?

A Kurt se le descompuso la cara, le brotaron las lágrimas. Se había puesto a sudar. *¿A todo esto? A cómo he acabado en una situación en la que no puedo..., no puedo...*

Atrajo a Mary hacia él, sostuvo su muslo contra su pecho, le sujetó la cabeza tal como había hecho su madre tantos años atrás. Mary se dijo que quizá estuviera llorando.

Creo que deberías dejarlo todo, dijo ella por fin. Le acarició el pelo. *Si no te gusta.*

Se separaron y ella permaneció junto a él y él la miró, vacilando, fijándose por primera vez en que Mary poseía cierta belleza sombría, algo que no se podía ver enseguida. Además, ella tenía razón, había llegado el momento de cambiarlo todo, hacía tiempo que él debería haber entrado en una nueva fase. Kurt se puso a dar vueltas por la habitación, preguntándose cómo podría llevar a cabo su salida del Kurt Sky que todo el mundo esperaba para entrar en la versión de sí mismo que consideraba que era en realidad. Faltaba una semana para la Gala, un acontecimiento que cada vez más se había convertido en un espectáculo para los medios de comunicación y había abandonado su propósito original: una oportunidad para captar fondos para una u otra obra benéfica, aunque Kurt nunca recordaba cuál. Jamás iba acompañado, y cada año prometía, con creciente certeza, que al año siguiente no volvería, pues el acontecimiento parecía cada vez más falso, pura comedia, un truco publicitario a gran escala, una llamada de atención de gente que ya gozaba de toda la atención del mundo. Cada año regresaba y cada año lo lamentaba. Pero ese año iría y no lo lamentaría. Lo utilizaría como escenario para hacer su salida, para dar testimonio de la falsedad.

Aquella tarde Kurt le dijo a Matheson que encargara un vestido a medida para Mary, un sencillo vestido camisero de seda negra con capucha, una capa que le ocultara el rostro por completo. Caería sobre ella como algo ineludible, como si su cuerpo lo hubiera creado, como si hubiera brotado de su propia piel a modo de un fino recubrimiento, rodeándola de la coronilla a la clavícula, una prenda perfecta.

Kurt no hizo ninguna declaración ni respondió a ninguna pregunta mientras la pareja caminaba muy despacio por la alfombra roja entre la epilepsia de los flashes: Kurt y aquella mujer envuelta en una capa, con un paso no exactamente elegante, agarrándose con las dos manos al codo de Kurt para mantener el equilibrio sobre sus tacones altos. Al cabo de unos minutos varios blogs ya reproducían las misteriosas fotos de ambos: Kurt con una alarmante expresión ramplona, Mary invisible a excepción de sus brazos pálidos y desnudos. La primera página en colgar las fotos se cayó por culpa de tantas visitas, fue la cabeza del pelotón que acabó pagando el pato. Al instante surgió un *hashtag* (#baglady), que recogía información del interior de la Gala. (Alguien especuló que se cubría por culpa de una operación de cirugía plástica chapucera, mientras otros afirmaban que quizá era un androide, pues había permanecido robóticamente inmóvil durante toda la velada, y durante un rato parecía evocar una maniobra publicitaria llevada a cabo por un emergente *performer* de Los Ángeles, que apenas unas semanas antes había permanecido sentado en una galería durante catorce horas al día con una bolsa similar sobre la cabeza mientras le pasaban una y otra vez todos los episodios de todas las temporadas de *Juego de tronos*.) Algunos se divirtieron y otros se irritaron ante el espectáculo creado por Kurt y la dama de la bolsa, usurpando la atención que reclamaban los demás con sus vestidos traslúcidos, sus parejas inverosímiles, la pareja de famosos recién divorciados que llegan cada uno en compañía de otro famoso. La Gala consistía en una cena que nadie tomaba, una serie de presentaciones que nadie escuchaba, y mucha gente de pie, todos mirando a su alrededor para ver cómo todo el mundo miraba a su alrededor.

Kurt y la dama de la bolsa se marcharon justo cuando comenzaban las presentaciones, seguidos de una estela de *paparazzi* que persiguieron su coche hasta el loft de Kurt. Las fotos eran ahora tan valiosas que algunos se colaron en el vestíbulo del apartamento, y sus flashes reflejaban los espejos y el mármol blanco en una locura de destellos mientras Jorge no dejaba de gritar y amenazaba con llamar a la policía.

Ashley había permanecido en el loft durante dos horas, preparada para una sesión que se había programado hacía mucho tiempo, un Experimento Relacional que Matheson no había eliminado (a sabiendas o no, nunca quedó claro) después de que a Kurt se le ocurriera la idea de la Gala. Aburrida y furiosa por la prolongada demora de Kurt —que le desbarataría el sueño y quizá frustraría su entrenamiento de mañana—, Ashley comenzó a deambular por el loft, torciendo ligeramente los cuadros de las paredes, revolviendo su escritorio, desorganizando un armario, manchando con el pulgar tiznado de carmín las sábanas y las toallas blancas, hasta que se detuvo ante un grupo de fotografías enmarcadas que vio en su oficina: Kurt con su primer Oscar, radiante, ufano y tan joven; una foto informal tomada en el restaurante de un amigo que acabaría haciéndose famoso por fotografiar a sus amigos famosos; y un Kurt adolescente con su madre, sin pelo y con la cabeza envuelta con un pañuelo (el miedo en la cara de esta, aplanada por un flash, sonriéndole a los días que no vería nunca). Parte de la cólera de Ashley se disipó, o se aplazó por un instante, hasta que miró la última fotografía: Kurt rodeando con el brazo el hombro de alguien más joven. Una cara conocida. Una cara terrible y conocida. Arrojó la foto a la otra punta del cuarto, sonriendo, aunque no de felicidad.

La División de Investigación se apiñó alrededor de las imágenes de vídeo. Algunos intentaron analizar los datos, desconcertados por el aumento y descenso de los patrones de actividad, por cómo cada fotografía le había provocado una reacción drásticamente distinta. Ninguno de ellos sabía, pues ni la verificación de antecedentes ni los escáneres cerebrales de Ashley podían decírselo, qué significaba para ella aquella cara.

De haber sido más supersticiosa, podría haber visto una conspiración, una trama contra ella, pero no creía en esas cosas. Lo que supo entonces fue que su trabajo ya no valía la pena, que ya no podía seguir alquilándose a ese hombre y su experimento, y con esa actitud se puso a arrasar todo el loft, hasta las habitaciones que se habían considerado de acceso prohibido, las habitaciones sin vigilancia, y aunque un miembro de la División de Investigación se puso en pie e hizo ademán de dirigirse hacia la puerta para sacar a Ashley del loft, Matheson le dijo que se sentara, que la dejara, que no pasaba nada. Por qué permitió que Ashley fuera donde se le antojara tampoco está claro, ni si lo hizo adrede, ni si él mismo colocó lo que Ashley descubrió en la sala de montaje.

La estancia se hallaba en un insólito desorden, el escritorio era un revoltijo de notas, fotografías y carpetas. En la parte central del tríptico de pantallas había una imagen congelada que Ashley reconoció, una noche de la semana anterior en que su cometido había sido interrumpir a Kurt y a Mary en mitad de la velada. Intentó encontrar una manera de reproducir la escena, pero el ordenador parecía bloqueado. Cuando repasó algunos de los documentos —un esquema de escenas, un guion, fotografías de diversas mujeres tomadas desde extraños ángulos, Ashley entre ellas—, lo vio todo tan claro como repulsivo. Rompió las páginas y las fotos, volcó el escritorio, arrojó todo lo que encontró a las tres pantallas, salió hecha un basilisco de la sala y oyó llegar el ascensor justo cuando doblaba la esquina, Mary parpadeando ante la luz tras quitarse la capucha.

Casi nadie recuerda cómo ocurrió el ataque: Mary, Kurt y Ashley tienen cada uno su propia versión, incorrecta e incompleta. Mary gritó en cierto momento, o quizá no, y Ashley se quedó callada, o a lo mejor le dijo algo a Kurt mientras hacía su trabajo. Un vídeo de vigilancia captó una imagen de Kurt mientras entraba tambaleándose en una habitación y caía con el brazo dislocado y sonaba la alarma de la salida de emergencia, y Ashley había desaparecido, y la sangre goteaba de la nariz de Kurt y le manchaba la camisa blanca del esmoquin, la americana negra tirada en el suelo como un animal atropellado en la carretera.

Mary apenas recuerda nada de la ambulancia, solo que no creía que le permitieran ir con él hasta el hospital porque no era pariente, pero Kurt había insistido, ebrio de dolor, y los enfermeros la habían dejado entrar, y mientras recorría la noche a toda velocidad, Mary sintió el vértigo emocional de mirar hacia atrás y hacia delante al mismo tiempo, de ver cómo una versión más joven de sí misma miraba una versión mayor de sí misma, mareada y confundida al pensar en cómo podría haber ido su vida. Al parecer no había ningún camino auténtico, ninguna manera lógica de vivir. Todo estaba roto, era un revoltijo lleno de sangre.

Mary, todavía con su vestido de la Gala en la sala de espera del hospital, divisó una pantalla de televisión que colgaba en la esquina, y por fin vio lo que todo el mundo había visto: una mujer sin rostro y de aspecto encorsetado que iba del brazo de Kurt. El montaje (cuatro segundos aquí, tres segundos allá, un zoom a la cara de Kurt, una panorámica de todo el vestido, un zoom a la bolsa de seda, vuelta a una pantalla dividida de comentaristas, otra vez Kurt, el vestido y vuelta a empezar) era frenético, vertiginoso, y solo fue capaz de mirarlo durante medio minuto antes de verse obligada a cerrar los ojos. *¿Cómo consigue este mundo sobrevivir a sí mismo?*

La sala de espera estaba llena de gente vendada, gimiente, dormida, furiosa, abatida, sumida en una angustiosa esperanza. Ninguno de ellos se había fijado en ella ni en Ashley, concentrados como estaban en sus urgencias personales. Comprendió que era un lugar perfecto para ser invisible. Sintió una mano en el hombro y creyó que sería una enfermera; cuando levantó la mirada, allí estaba Ashley radiante, iluminada desde atrás, como un santo. No dijeron nada, y al final Ashley se sentó junto a Mary. La televisión sin voz reproducía una y otra vez las mismas imágenes de Kurt y de Mary con la cabeza cubierta, y Ashley se quedó mirando un momento, y al final se volvió hacia Mary.

No nos conocemos, dijo Ashley, casi en un susurro, *pero de alguna manera nos conocemos a la perfección.*

Mary no estaba segura de qué decir, tampoco estaba segura de que pudiera decir algo, y tampoco estaba segura de conservar aún la capacidad de hablar, tan tarde, tan cansada, tan desconcertada.

En cierto modo, dijo Ashley, levantándose de pronto mientras hablaba, *prácticamente somos hermanas...*

Se marchó a toda velocidad, y durante un momento Mary se planteó perseguirla, adentrarse en la noche, arrojar su teléfono apagado a una alcantarilla, recorrer a pie la distancia que la separaba de su casa, olvidar que todo aquello había ocurrido y marcharse sin más, dejarlo, encontrar otra manera de ser, pero justo entonces apareció una enfermera que la llevó a ver a Kurt, y si alguna de esas enfermeras del turno de noche supiera quién era Kurt, no se lo contaría a nadie, trataría su cuerpo como trataban a todos los cuerpos, aunque él no estuviera lo bastante despierto como para darse cuenta.

Le habían vuelto a colocar el brazo y el hombro en su sitio, pero durante una buena temporada lo tendría sensible y magullado, y además sufría una conmoción cerebral, le explicó un joven con unas pronunciadas bolsas bajo los ojos, y también le dijo que las conmociones son habituales y misteriosas al mismo tiempo, que quizá no significara nada y que quizá, durante días o semanas, Kurt podría caerse al suelo de repente o sufrir dolores de cabeza o algo de vértigo. Probablemente seguía en estado de shock, pero sabía cómo se llamaba, en qué año estábamos, y quién era el presidente, así que todo lo que necesitaba era descansar.

Ya no podemos hacer más, dijo el médico, *o al menos no se me ocurre nada.*

Cuando volvieron a casa, Kurt iba como un zombi a base de calmantes, y todavía llevaba los pantalones de esmoquin y la camisa manchada de sangre, y apoyaba todo el peso del cuerpo en Mary, pero Matheson lo había estado esperando y se lanzó a echarle la bronca a Mary...

Por qué no me has llamado, no me puedo creer que no me llamaras..., ni siquiera sabía a qué hospital os habían mandado..., ha sido un descuido monumental, Mary, nada profesional. ¡He tenido que enterarme por Jorge de lo ocurrido con los paparazzi *y ni siquiera has cogido el teléfono! ¡Qué cojones!*

Mary lo miró entrecerrando los ojos, y se dijo que aquel día ya había durado demasiado.

Vete a casa. No vuelvas hasta que te llame, dijo Matheson, y la dejó en el vestíbulo mientras llevaba a Kurt hacia el ascensor, rodeándole la cintura con un brazo, renqueando juntos.

Cuando una persona se despierta sola, a primera hora de la mañana, ¿desea recibir instrucciones sobre la mejor manera de amar a las demás personas que duermen en su casa: a sus hijos, a su pareja, a los familiares de sangre o por elección?

Y si esa persona oye que esas otras personas trastean con los vasos y las tazas en la cocina —preguntan si los demás quieren café, se nos ha acabado el zumo, qué tiempo hará hoy—, ¿se pregunta si está amando a los suyos de manera correcta? Cuando esas personas bostezan, estornudan o están calladas mientras la radio les cuenta todo, ¿dónde está exactamente el amor entre la persona y los suyos? ¿Se trata de un aroma que flota en la habitación? ¿Se ubica en la memoria? ¿Se halla, como las ropas que no utilizamos, en el sótano?

Y cuando la gente no es capaz de encontrar los zapatos, las llaves, la cartera, y cuando le preguntan a esa persona si los ha visto, y cuando esa persona les dice que no, ¿hay una parte de esa persona que desea haberlos visto? ¿Desea saber esa persona dónde está todo? ¿Desea saber esa persona con certeza, con absoluta certeza, el efecto que ejercen en esa gente sus miradas, su tacto, su voz? ¿Desea esa persona escáneres cerebrales, diagnósticos, algo firme que sustente sus dulces sentimientos?

¿Cuál es la mejor manera de amar? ¿Cómo saber con certeza lo que hay en el corazón de otro?

Así de serio es lo que estamos haciendo, y nadie sabe cómo hacerlo.

Tercera parte

Uno

Me desperté sin nada. Un apartamento en silencio. No sentí dolor, ni necesidad. Nada por ni contra lo que luchar. Me quedé dormida, y cuando volví a despertarme no sabía cuánto tiempo había pasado, ni cuánto de mí había entregado a la ausencia.

Tenía una cama entera y un lugar para mí, días y semanas y una vida para mí, y si moría sabía que solo me encontrarían por el olor. Era algo que solía ocurrir en la ciudad, morir en soledad. Luego derribaban la puerta de tu apartamento y encontraban que no era apto para vivir en compañía. Los neoyorquinos ejercitaban esa angustia como una manera de crear un vínculo entre ellos, pero si tenías esa preocupación a solas, si no tenías a nadie a quien decírselo, si no había nadie que te lo dijera —*No, esto no te pasará a ti, a ti no*—, bueno... Esa idea puede adquirir formas extrañas en una habitación vacía. Así que ya no me preocupo de eso, pero a veces tengo la impresión de que eso podría preocuparse por mí.

Una voz perteneciente a otro apartamento desapareció entre los muros que nos separaban, apagada como una canción entre la electricidad estática de la radio. Desde la cama procuré escuchar todo lo que se decía, y al final me levanté de la cama y me dirigí a la sala de estar para aproximarme más a la voz. Me acurruqué junto a la pared para escuchar, pero seguía sin comprender nada. ¿Le habría importado a ese desconocido saber hasta qué punto me había esforzado?

En mi sala de estar había un sofá. Recordé que yo estaba allí cuando los dos repartidores lo sacaron de la caja, lo montaron y se llevaron todo el cartón y el plástico, pero la presencia de aquel sofá seguía confundiéndome. Todavía no me había permitido sentarme en él, como si tuviera la impresión de que no me pertenecía. Tenía la sensación de ser una desconocida que vivía como una desconocida en el cuerpo de una desconocida en la casa de otra desconocida. A lo mejor lo había comprado una de las desconocidas que yo había sido. Era de un azul claro, el único mueble, el único algo de la sala. A veces, cuando volvía a casa de mis turnos en el XN, me sorprendía, como un intruso mudo.

Fui a la cocina a beber agua directamente del grifo, y pasé junto al vestido de la noche anterior, hecho un guiñapo en el suelo del vestíbulo. Me recordó un poco una piel de serpiente que una vez me encontré en un bosque y me fascinó.

Me pregunté cómo había sido la Gala fuera del saco que me había cubierto la cabeza.

Por alguna razón me acordé de Clara. Sabía que debía llamarla o encontrar a un vecino que pudiera comprobar si se encontraba bien, algo que yo había tenido intención de hacer pero que, no sé por qué, no había hecho durante meses. Me quedé mirando un rincón polvoriento. Con el tiempo sentí que la luz viraba hacia el atardecer y aún no había hecho nada para demostrar que aquel día seguía viva. Dentro de mí, algo potencial se había convertido de repente en cinético, y tuve la impresión de que debía compensar todo lo que no había hecho. Encontré un periódico viejo y vinagre y me puse a limpiar las ventanas, hasta que comencé a preguntarme por qué lo hacía desnuda, y entonces me fui al dormitorio a ponerme una camisa, pero acabé quitando la sábana de la cama y envolviéndome con ella, y luego me di cuenta de que no me había cepillado los dientes, así que me fui al cuarto de baño, pero entonces me distrajo el sofá, en el que todavía no me había sentado no sé por qué, así que me acerqué a él y me senté, vi el teléfono de dial que no había utilizado en meses, y lo descolgué sin pensar y marqué el número de la tía Clara, y mientras sonaba cobré conciencia de mis brazos y mis piernas dentro de aquella sábana enmarañada, apretándose contra el sofá, el sofá devolviendo la presión debido a alguna fuerza interior.

El teléfono de Clara sonó y sonó sin que nadie contestara, pero yo estaba decidida a hablar con ella, si no por teléfono, por avión, por coche, por mis piernas, por mi cara o por mí misma. Eso era lo que hacía la gente. La gente miraba a los ojos de la gente que los había traído aquí, que los había traído a este planeta, que los había criado. Esa gente, ¿acaso no tenía alguna pista de por qué estabas aquí? ¿No tenía alguna opinión? ¿Algunas ideas que explicaran tu existencia? Estaba harta de que mi vida me sucediera. Necesitaba hacer que sucediera algo.

Encontré el teléfono del XN debajo del vestido, y estaba, tal como suele decirse, *muerto,* así que lo enchufé, esperé a que resucitara, sus mensajes —ninguno—, pero pronto descubrí lo fácil que era encontrar el nombre y el número de cualquiera y dónde vivía. Al cabo de unos minutos tenía el número de teléfono de los vecinos de Clara a izquierda y derecha. Cuando llamé al primero descolgó un niño y le pregunté si estaba su madre *(No),* su padre *(No),* o alguien *(Nadie).* Le pregunté cuántos años tenía y me dijo: *Cuatro. Soy mayor.* No sabía qué hacer, así que le dije adiós. De todos modos, después de eso lloré un rato y me sequé los ojos con la sábana.

En el segundo número al que llamé me salió una voz de mujer de mediana edad y le dije quién era: *La sobrina de la señora Parsons,* y por cómo dijo: *Ah, la señora Parsons,* comprendí que Clara no había muerto y me sentí aliviada.

¿Podría comprobar si le ha pasado algo? Es que estoy un poco preocupada porque no se pone al teléfono.

Bueno, supongo que podría, pero probablemente no será hasta mañana.

Perfecto, dije, confundida por el hecho de que le llevara tanto tiempo dirigirse a la puerta de al lado, aunque sin querer darle más importancia.

Aunque supongo que usted misma podría llamar a recepción y preguntar por ella.

¿Recepción?

Sí, en Prados Verdes.

¿Perdone?

Bueno, pensaba que lo sabría. Hace unos meses tuvieron que llevarla a una residencia que está al otro lado de la ciudad.

Yo no..., no sabía...

Bueno, puedo contarle lo que ocurrió, ¿sabe? Resulta que hacía tiempo que no sacaba la basura, y se le había amontonado en el garaje, y nos lo olimos, por así decir, de manera que fui a verla y quedó claro que ya no cuidaba de la casa. Incluso una cría de mapache se había instalado en la cocina sin que al parecer se diera cuenta. Le pregunté si había alguien a quien llamar, alguien que pudiera encargarse de ella, y me dijo que llamara a Tom, cosa que casi me parte el corazón, Mary. Casi me parte el corazón. De saber que existías, te habría llamado, pero ella no recordaba que tuviese más familia. Yo pensaba que tenía una hermana que aún vivía, así que revisé sus papeles, pero no encontré ni un número de teléfono ni nada. Lo que digo es que no sabía a quién llamar. Lo siento, querida, no sé si podrás asimilar todo esto.

Me sentí como el niño, el de cuatro años. Le di las gracias o algo parecido, y ella siguió hablando, explicándome no sé qué de un asistente social y de la pensión de Clara. Colgué el teléfono y esta vez no lloré. Sentí que de repente algo se quedaba muy quieto en mi interior, algo que había dejado de moverse del todo.

La pantalla del teléfono se iluminó con una alerta: un e-mail de Chandra, el primero en toda la semana. No había texto, solo un adjunto: una fotografía granulosa de Kurt y yo cubierta por el vestido y la capucha de seda. Parecía extrañamente ajena, la fotografía de una desconocida fallecida hacía mucho tiempo, alguien a quien no llegué a conocer. Quizá debería haberme sorprendido que supiese que era yo o que me enviara más de una docena de imágenes de mi cuerpo anónimo junto al cuerpo en extremo público de Kurt. Pero aquello no me afectó. Ya no me quedaba nada dentro.

Dos

No se me ocurrió comprar un billete de avión, simplemente me marché sin más, llegué, alquilé un coche, escuché una voz encorsetada que me decía cuándo y dónde girar, lo lejos que me encontraba de donde me dirigía. Prados Verdes ni era un prado ni era verde (y tampoco me sorprendió). Se trataba de un edificio achaparrado, rodeado por sus cuatro costados de campos de paja achicharrada por el sol. La enfermera que se encargaba de la recepción comía algo color naranja envuelto en papel de aluminio. Le dije quién era yo y a quién venía a ver (*Ajá,* contestó), y mientras estaba sola en una sala de espera llena de polvorientas plantas de plástico, reprimí el constante impulso de volver al coche de alquiler, de pedirle a esa relajante mujer de plástico que me dijera cómo ir a alguna parte, a cualquier parte.

Entonces me trajeron a esa persona en una silla de ruedas, Clara o quienquiera que fuese ahora Clara, consumida y encorvada, asintiendo con la cabeza sin parar. La enfermera le gritó: *Esta es su sobrina, señora Parsons. Se llama Mary. Ha venido a verla,* y nos dejó para que nos viéramos la una a la otra. Sonreímos, ambas confundidas. Quise preguntarle qué le había ocurrido y quise decirle que lo sentía y quise decirle que la quería, que había pensado en ella mucho más de lo que podía imaginarse, pero no dije nada de eso.

Dije sin pensar: *Tía Clara, te eché de menos.* (No te *he echado* de menos, no te echaba de menos y ahora estás aquí, sino algo más parecido a lo que le dije a Paul aquella noche, que lo echaba de menos teniéndolo delante, porque sabía que la Clara que yo había conocido ya no existía, que la había echado de menos, que lo que ahora estaba allí era lo que quedaba de ella, no ella, sino un recuerdo de esa persona.)

Oh, dijo. *Yo también te eché de menos. Pero aquí estamos, ahora.*

Las palabras se le atascaban y salían saltarinas, pero hablaba con el ritmo de un niño pequeño, con ese perplejo asombro. Nos quedamos en silencio. No supe qué decir. Le pregunté si le gustaba vivir allí.

Me trajeron a pacer... a estos prados verdes. Supongo que me quedaré un tiempo.

Le temblaron las manos cuando señaló vagamente la sala de espera.

¡Pero tienen todas estas malditas plantas de mentira! A Tom le dio un ataque. Odia estas cosas. ¡Las odia!

Aquello no fue nada divertido, pero me reí. Tom estaba vivo y odiaba las plantas de mentira.

Bueno, parece que llevamos aquí muchísimo tiempo, dijo. *Seguro que tienes que irte. Seguro que tienes cosas mejores que hacer.*

La verdad es que no. De hecho, he venido expresamente a verte.

Oh. Oh, eso está bien.

Asintió, mirándome con un repentino terror, y yo hice ademán de ir a cogerle la mano, pero ella la apartó de mí. Nos quedamos en silencio. Se mordió el labio inferior, mirando distintas partes de mi cuerpo como si intentara verme en mi totalidad: los pies, las manos, las rodillas.

Has vuelto.

Sí.

¿Cómo?

En avión. Me miró entrecerrando los ojos. *Vivo en Nueva York. ¿Te acuerdas?*

Florence.

Sí, esa es mi madre. Soy tu sobrina, Mary.

No. Junia.

Esa es... Vacilé. *Sí. Esa soy yo.*

¿Junia? Se le deformó la cara como si fuera a llorar, pero pareció que no le quedaba nada que expulsar. *¿Viste cómo ocurrió?*

¿Cómo ocurrió qué?

Es que no entiendo cómo él puede ser así. Yo nunca... Calló, se le quedó la cara flácida. Permaneció un rato en silencio.

¿Clara?

Sí, dijo sin levantar la mirada, y sobre nuestras cabezas tronó un altavoz.

—*¡Buenas tardes, Prados Verdes! El estudio de la Biblia comenzará en breve en la sala de recreo. El estudio de la Biblia, en la sala de recreo, con el pastor Hank, comienza en breve...*

Creo que ya he estudiado la Biblia más que suficiente. Sonrió.

Hice lo que pude por que pareciera que me sentía feliz allí, pero ya no sabía qué más decir, ni por qué había ido. Como no se me ocurría nada más, le pregunté cuánto tiempo llevaba allí.

Me trajeron a pacer. A estos prados verdes. Supongo que me quedaré aquí un tiempo.

—*Para todos aquellos que no lo hayan oído, he dicho que en la sala de recreo hay estudio de la Biblia. Por favor, diríjanse a la sala de recreo si quieren participar en el estudio de la Biblia de hoy. ¡Gracias!*

Creo que ya he estudiado la Biblia más que suficiente.

Sentí cómo el teléfono me vibraba en el bolsillo. No me había dado cuenta de que lo llevaba.

Bueno, ha estado bien, ¿no?, dijo Clara.

—Matheson—

Clara... ¿puedes esperar un momentito? Ya me había puesto en pie y me dirigía hacia la puerta. *Tengo que contestar esta llamada, será un minuto.*

Clara me saludó con la mano.

Tienes que volver al loft cuanto antes, dijo Matheson.

No puedo.

¿Qué?

No estoy en la ciudad. Estoy en Tennessee, con un familiar. (La palabra me sonó extraña en la boca.)

¿Qué demonios haces...? No..., es igual. Deberías saber que no puedes viajar sin permiso.

Era urgente, y estoy en mi tiempo libre. Mi tía...

Está en tu contrato, Mary. Deberías saberlo.

Lo sabía, pero ha sido una emergencia.

¿Y quién más ha tenido una emergencia últimamente, Mary? ¿Se te ha olvidado?

No, lo entiendo, pero...

No, me parece que no lo entiendes. Ese es justo el problema. Tus datos de las dos últimas semanas han sido muy erráticos. ¿Puedes decirme cuál es el requisito más importante de tu papel en el experimento?

¿Ser... el apoyo emocional de Kurt?

Cuidarlo. Se te exige que cuides de Kurt.

Lo cuido.

Ni siquiera le has enviado un mensaje de texto en tres días, Mary. ¿Eso es cuidar de alguien?

Creí que me habías dicho que...

¿Así que ahora es culpa mía? ¿Es eso? ¿Es culpa mía que no le cuides?

Eso no es lo que...

Escucha, necesitamos que vengas cuanto antes. ¿Puedes hacerlo por mí?

Puedo coger un avión mañana.

Mañana. Bueno. Supongo que tendremos que conformarnos... Y colgó.

Cuando volví a entrar, Clara se había ido. La misma enfermera que había en recepción levantó la cabeza como si no me hubiera visto nunca, como si tuviéramos que empezar de cero.

¿En qué puedo ayudarla?

La señora Parsons... estaba aquí hace un momento.

Creo que debería volver otro día. No está para visitas.

De nuevo en el coche supe adónde tenía que ir, y supe que la mujer encorsetada no podía guiarme hasta allí, que tendría que conducir de memoria.

Tres

Oí el chasquido del rifle antes de poder verle, pero supe que no dispararía. Salió al porche moteado de sombras con el cañón alineado con mi corazón. Todo era pura comedia: el arma nunca tuvo balas, llevaba años rota. No era más que su táctica para los excursionistas que se habían perdido, amartillar el rifle para indicarles que aquello era propiedad privada, aunque yo sabía que ni siquiera creía en la propiedad, solo en la intimidad.

Permanecí junto al coche en silencio. El viento no se movió y yo tampoco, y no pude oír ningún pájaro, ni siquiera el leve cloqueo de las gallinas que había detrás de la casa.

Cuando me reconoció, su cara volvió a ser la cara de un padre, y me di cuenta de que le colgaba el pellejo, tenía el pelo más gris, la barba enmarañada. Bajó el rifle lentamente, como si los dos tuviéramos uno. Ahí estaba mi padre al final de todos los años que habíamos perdido.

Vaya, dijo.

Dejó el rifle en el porche y se sentó en uno de los peldaños. Fui a decir algo, pero la mandíbula emitió un ruido seco cuando la abrí y la garganta se resistió, quedó dolorida. Todos los saludos eran demasiado pueriles, preguntar por mamá era demasiado infantil; las observaciones, demasiado fútiles; su nombre, demasiado pesado. ¿Por qué no había tenido todo eso en cuenta, que tendría que decir algo?

Ocurrió, dijo. La barba era desigual, rala en algunas zonas y exuberante en otras. *Jamás pensé que las cosas...*

Tenía una voz extrañamente débil y etérea.

¿Qué ocurrió?, pregunté, y por fin mi voz atravesó el aire.

Se fue al otro lado del porche y tocó la mecedora de mamá.

Aquí mismo. Se puso a rezar en voz alta, y ya sabes que ella nunca rezaba en voz alta, no le gustaba dar el espectáculo. Rezó el padrenuestro, y luego lo dijo al revés. Sonrió de esa manera aterradora con que sonríe la gente cuando no debería sonreír. *A veces su mente funcionaba así, durante estas últimas semanas funcionó hacia atrás. Fui hasta el sicomoro y cavé un agujero tal como dijimos que haríamos, la cogí en brazos y la llevé hasta allí. Y eso fue todo.*

No, pensé, y a lo mejor lo dije. No hablaba como un hombre que había enterrado a su mujer, y yo no me sentía como una hija que había perdido a su madre. Allí faltaba algo. Fallaba algo.

Ese nunca fue el plan, dijo, creo, porque mientras hablaba yo me caí, me desmayé con los ojos abiertos, y me quedé echada un rato. Pareció que Merle no sabía qué hacer, de pie delante de mí.

Estás bien, dijo.

Me había raspado el brazo derecho y tenía tierra y pequeños fragmentos de corteza en la boca. Me lavé en la cocina con el mismo jabón de sebo de ciervo que recordaba de siempre. Estuvimos un rato sin decir nada, y luego él me habló de un tumor, de alguna hierba que ella se aplicaba, de todas las oraciones que rezaban y de que llevaba casi un año muerta. Los pulmones se me hundieron en el cuerpo, y en ellos el aire se hizo denso, inamovible.

Merle y yo nos sentamos a la mesa de madera, y supe entonces que todo cuanto él había querido era que la vida tuviera sentido, una vida con razones. Quería una razón que te explicara por qué se había visto obligado a presenciar cómo ella se extirpaba ese tumor del pecho, ya que él había sido incapaz de hacerlo, le temblaba demasiado la mano con el escalpelo, y tenía que haber alguna razón por la que él lloraba mientras ella simplemente ponía una mueca de dolor mientras vertía la tintura en el enorme agujero de su cuerpo y luego quemaba la herida para cerrarla.

Al final tu madre preguntó por ti, dijo, pero no le creí. No sentía nada más que la ausencia de lo que pensaba que debería sentir. Me pregunté cómo habría medido ese momento la División de Investigación, qué podría haber demostrado de mí.

Sentí el impulso de informar a alguien de esa muerte, de rellenar un impreso del gobierno o de ponerme en alguna cola. Habría adoptado cualquier tipo de ritual, incluso un simple documento que explicara qué había ocurrido. Algo que dijera: Estoy aquí. Ella ha muerto. Se ha acabado. Lo comprendo.

¿No se lo dijiste a nadie?, pregunté.

¿A quién se lo tenía que decir?

A Clara.

Por mí es como si estuviera muerta, dijo con dureza, levantando la mirada hacia las vigas. Yo odiaba a su dios ambivalente, su fe en un plan tan infalible que era capaz de eliminar el duelo, que explicaba todos los dolores como parte del plan de Dios, por lo que ya no eran dolorosos, sino divinos.

Clara todavía vive, dije, incapaz de impedir que la cólera llenara mis palabras. *Era su hermana, y se lo debes...*

Tú no conoces a Clara tan bien como crees. Siempre estuvo en mi contra, se opuso a nuestro matrimonio. Y después de que Tom muriera se volvió..., se volvió insoportable, siempre intentaba discutir con tu madre... Lo que pensaba de mí no iba a cambiar por mucho que yo hiciera, y en cuanto dejaste de venir por aquí, ya ni siquiera nos hablaba. Nunca me dio una oportunidad. Nunca.

Pero seguía siendo tu familia.

Tú también eras mi familia.

No tenía nada que decir, nada que decir.

Yo no pedí llegar a esta situación, dijo. *Yo no quería quedarme solo así. Teníamos que ser una familia, tener más hijos. Nadie tenía que quedarse solo..., ese no era el plan. Pero tú fuiste todo lo que Dios nos dio. Y te marchaste, y Florence...* Pero no acabó la frase, se cubrió la cara y se derrumbó.

Perdona, dijo al cabo de un momento, petrificado, *no sé qué me ha dado.*

Conocía su furibunda retórica, su silencio, su alegría, incluso sus arrebatos de gratitud, pero nunca había visto su pena. Me pregunté si sabía que en el mundo real a veces dos personas tristes lloran juntas, y que la persona que llora menos abraza a la persona que llora más, la aprieta contra sí hasta que se calma su llanto y el cuerpo se relaja, libera algo, y los dos se apartan un poco pero mantienen el abrazo, y dejan que sus ojos se encuentren y uno de ellos esboza una leve sonrisa afligida. Me dije que a lo mejor podríamos intentarlo.

Todo el mundo se engaña. Negó con la cabeza mientras se le secaban los ojos. *Procuramos facilitarnos nuestro tiempo aquí, en esta creación, y me ha costado toda la vida comprenderlo..., pero no entiendo a Dios. Lo único que tengo es fe.*

Esperé unos momentos hasta preguntarle: *¿Y qué se supone que debo hacer yo ahora? Me refiero contigo.*

Estoy bien. Algún día me iré con Dios. Me tumbaré bajo el sicomoro y esperaré.

No podía responder nada a sus palabras, no podía decirle que no iba a morir, porque sabía que sí lo haría.

Al menos podrías llamarme alguna vez.

¿Para decir qué?

Miré a su espalda, por encima de él, a cualquier lugar que no fueran sus ojos, aquellos ojos del mismo tamaño y color que los míos, lo quisiera o no, exactamente igual que los míos.

No sé por qué se fue así, por qué tuvimos una hija que perdió la fe o quizá nunca la tuvo. Pero todo lo que me queda es la fe. Esa fue la vida que Dios escogió para mí. Rezo. Escribo. Espero el final. Es todo lo que me queda.

Me marché poco después de esas palabras.

En la habitación del motel bebí varios vasos de agua del grifo hasta que me entraron náuseas y me senté en el suelo del cuarto de baño, esperando la llegada de esa lenta aflicción. Al final encendí el televisor para que hubiera alguna voz en el cuarto, para salir de allí sin salir, pero la pantalla simplemente me enseñó a Kurt y a mí con aquella bolsa negra cubriéndome la cabeza. Apagué el televisor.

Encontré la Biblia del motel y la coloqué sobre la cama, la miré como si pudiera tener vida propia, como si fuera a moverse o a hablar, y al final la abrí, encontré unos versículos que antes me gustaban, y mientras los leía oí las palabras con la voz de mi madre, suave y serena, natural como el canto de un pájaro. ¿Ella las había creído todas? ¿Alguna vez había oído esos versículos con mi voz? ¿Alguna vez recordó, hacia el final, cómo sonaba mi voz?

Cerré la Biblia, y en el gesto de apartarla la sostuve delante de mí hasta que me dolieron los brazos, como si esperara a que ocurriera algo, pero lo único que sentí fue el peso de un objeto en mis manos.

Cuatro

Al abrir la puerta de mi apartamento descubrí que no estaba cerrada con llave.

Kurt estaba sentado en el sofá azul, con el brazo todavía enyesado y en cabestrillo. Bebía un zumo de color verde con la mano buena.

Has vuelto.

Sí.

Un pequeño grabador de vídeo montado en un trípode estaba enfocado hacia mí, con la luz roja encima de la lente.

Bonito apartamento. Muy austero.

¿Cómo has...?

Me diste una llave hace meses.

Nos quedamos callados un momento, y me preguntó cómo había ido el vuelo, parecía un tanto enfadado, y yo dije algo y nos volvimos a quedar callados. En medio del silencio, al final se me ocurrió que no había cerrado la puerta ni había soltado la mochila, y como no tenía dónde ponerlas, dejé caer al suelo las llaves y la mochila, y cerré la puerta a mi espalda. Encontrar compañía cuando esperaba estar sola resultó desproporcionadamente exasperante.

¿Cómo ha ido el viaje?

Asentí, casi ni tenía la sensación de haber viajado. *Ha ido... mmm. No sé si puedo..., no sé qué decir.*

Interesante, dijo sin el menor interés.

¿Para qué es la cámara?

Se levantó y apuró el zumo con una pajita.

Para los archivos. Regresó a la cocina. *Te lo explicaré.*

Oí cómo arrojaba el envase vacío al fregadero. Volvió a aparecer en la sala y dijo que tomara asiento. Me senté en el sofá. Movió la cámara para enfocarme de nuevo la cara y se quedó detrás.

¿Sabes en lo primero que pensé cuando me desperté por la mañana después de la Gala?

Negué con la cabeza.

En ti.

No supe qué sentir ni cómo reaccionar a sus palabras: no tenía muy claros los protocolos del manual. Me acordé de la inmovilidad y el silencio que reinaban en el bosque cuando Merle me contó cómo había muerto Florence. Me acordé de que en el trayecto de vuelta al aeropuerto había tenido que pararme para vomitar pura bilis sobre el asiento del copiloto.

Pero no tuve noticias tuyas.

Lo siento, dije por puro acto reflejo, aunque dio la impresión de que la disculpa era para otro. Para Clara o Florence. Para Chandra. Puede que Kurt me importara bien poco a no ser que esa fuera mi tarea, y no sabía si eso me convertía en una buena empleada, en una mala persona o en ambas cosas. Quise contarle lo que había ocurrido en Tennessee, ofrecerle alguna explicación, no verme forzada a ser la persona que lo había hecho todo mal, pero tampoco quería que él supiera todo aquello. Aquellas historias eran mías, tan personales como mi bazo.

Sé que ayer Matheson probablemente fue muy brusco contigo. Adopta un aire muy protector conmigo. Se da cuenta de cuándo me hacen daño de verdad.

Ahora tienes buen aspecto.

A ti no se te ve muy bien.

Mi madre ha muerto.

También la mía. Se me quedó mirando desde la parte posterior de la cámara. *Le dijiste a Matheson que era tu tía. ¿Ahora es tu madre?*

Las dos. Mi tía sufre demencia, creo, y mi madre acaba de..., ha muerto.

Negó con la cabeza. *Lo sabemos todo de ti, Mary. Que eres huérfana, que la mujer que te adoptó se llama Clara Parsons, que lleva un tiempo en una residencia de ancianos y nunca la has visitado. No es complicado descubrir todo esto. Lo supimos desde el principio. Lo que no sabíamos es que eras tan mentirosa.*

Permanecí allí sentada, en silencio, sin tener muy claro cómo debería sentirme. Me quedé mirando mi reflejo en la lente de la cámara.

Eso pone en entredicho todos nuestros datos. Todo. No sabes el estropicio que has causado.

Me daba igual que creyese que yo era una mentirosa. No quería que supiera la verdad. Era mía. Y pensaba guardármela.

De todos modos, hay una cosa clara: nos hemos amado. Desde una perspectiva científica, al menos, y quizá eso es todo lo que cuenta. No importa cuánto hayas mentido, no puedes mentir acerca de lo que demuestra la investigación, y eres tú quien ha de afrontar el hecho de que le has hecho daño a alguien a quien amabas.

Hacerle daño a alguien a quien amas..., menuda actividad humana.

Sabía que lo que había sentido por él no había sido un amor sin límites, sino más bien una obligación, la sensación de que te poseían. Qué triste pensar que en el cerebro esos sentimientos podrían parecer amor, que desde el exterior la diferencia no podía percibirse.

A lo mejor debería haber sabido que estudiar a la gente de esta forma era demasiado impreciso... Bajó la mirada hacia la parte posterior del videograbador, a ese yo bidimensional. *¿Sabes?, siempre te tuve mucho cariño, incluso cuando no fuiste buena conmigo.*

Se me quedó mirando, a la espera de una reacción. No le di ninguna.

Lo que he venido a decirte en realidad es que se está reorganizando el proyecto, y ya no te necesitamos.

Sentí el impulso de discutir, de decirle que no podían echarme. Un pánico repentino..., ¿qué haría? ¿Qué haría incluso ahora mismo? Pero no dije nada. Abrí la boca, pero no salió nada. Me pregunté qué habría medido en mí la División de Investigación en ese momento.

Te echaré de menos, le dijo a la pantalla, y yo contesté: *Yo también te echaré de menos,* el ensalmo que me habían enseñado y adiestrado a decir. *Te quiero,* dijo, y yo también lo repetí.

Inspeccionó la cámara, el yo en miniatura que se veía en la cámara, quizá buscando la prueba de una mentira. Pero era demasiado tarde. Yo no le amaba o no no-le-amaba. No había ninguna conclusión que extraer. Durante un buen rato permanecimos en silencio, a continuación repetí las dos frases —el *Te echaré de menos* y el *Te quiero*—, y repetí mis repeticiones y él hizo una tercera y una cuarta toma, hasta que en la quinta derramé unas lágrimas cuyo lugar no era ese. Un llanto agotado, una reserva atrasada de llanto. Esperó hasta que paré, me quité las manos de la cara y levanté la mirada hacia él. Se me quedó mirando, miró a través de mí. Yo le eché un vistazo a la lente. Ajustó algo de la cámara, la apagó, comenzó a desmontar el trípode con el brazo bueno, como si lo hubiera hecho cada día de su vida.

Recibirás el salario y las prestaciones durante un año, siempre y cuando no concedas entrevistas, ni anónimas ni de ningún otro tipo. Al cabo de un año recibirás la mitad del salario y ninguna prestación, suponiendo que sigas siendo capaz de permanecer alejada de los medios de comunicación y respetes las condiciones de tu acuerdo de confidencialidad. Debería recordarte también que todos los contratos que has firmado son legalmente vigentes y vinculantes. Y si violas cualquiera de ellos, te aseguro que lo sabremos.

Se dirigió hacia la puerta, se detuvo cuando estaba a punto de llegar, y apenas se volvió para hablar. *Y si surge algo que te resulta sorprendente, echa un vistazo a tus contratos antes de intentar ponerte en contacto con nosotros.*

Y se marchó. Me dirigí a la ventana de la cocina y lo observé desde arriba mientras salía del edificio y se metía en un coche que lo esperaba. Y en ese momento vi a Ashley cruzar la calle como una bala, chillando, golpeando la ventanilla, intentando abrir la portezuela, corriendo detrás del coche mientras este se alejaba.

Me pregunté qué podía haber ocurrido entre ellos para que ella lo necesitara hasta ese punto, pero supongo que nunca se sabe lo que ocurre entre la gente. Es algo tan privado como el contacto visual, no hay sitio para más de dos.

Cinco

Ed llamó aquella tarde, quería saber cómo me iba.

Muy bien, dije.

Dijo que mi aura le había transmitido un mensaje, y me daba igual que estuviera mintiendo o sufriera una alucinación o una iluminación o fuera honesto, y me daba lo mismo si el CAPing era todo una chorrada o no: quería en mi vida el consuelo de alguien sereno y seguro de sí mismo. Que supiera con certeza algo que yo no podía ver. O quizá solo necesitaba el consuelo de que hubiera alguien en mi vida.

Pregunté si podía volver a su consulta y me dijo que tenía hora libre a la mañana siguiente, y así fue como mi vida regresó al punto de partida, como al parecer ocurre con todas las vidas, y ahí estaba de nuevo con Ed, estirada mientras me empujaba y me pellizcaba. Esta vez se lo conté todo, y me pregunté qué me había impedido hacerlo antes, por qué había creído que ese silencio me protegería de algo.

Algo se ha asentado, algo ha cambiado en ti, dijo. *Ahora sabes algo.*

Yo no sé nada.

Asintió y nos quedamos un buen rato en silencio.

Eso ya es algo, dijo al final, aunque yo no estaba tan segura.

Después de nuestra sesión, le pregunté si había tenido noticias de Chandra.

La verdad es que ayer mismo.

Esperé a que me contara dónde estaba, cómo se encontraba, cualquier cosa, todo. Sentía cada gramo de hueso en mi interior.

Se encuentra bien. No puede hablar contigo, pero se encuentra bien.

¿Dónde está?

Con la cabeza gacha dijo: *Será mejor que no lo sepas todavía.*

Nos quedamos un rato en silencio. Yo no sabía dónde mirar. Me sentí igual de confusa que cuando Chandra tocaba aquella quejumbrosa flautilla.

Chandra es la clase de persona que se sitúa muy cerca de la luz. Nuestra cultura no entiende a la gente como ella. Se aprovechan de ellos o los diagnostican, intentan encontrarles una explicación, pero con ella eso no es tan simple. Está abierta a esferas que los demás no quieren ver por miedo, pero también..., bueno, a veces se adentra tan profundamente en la luz que luego no puede encontrar la salida. Debemos creer que existen maneras mejores de ser, maneras de mejorar. Esta es la fe que hemos de tener en la curación. Pero no importa lo mucho que lo deseemos, no existe nada fijo ni definitivo.

Permanecimos sentados un rato en silencio hasta que me puso la mano en la espalda y me miró de un modo tal que supe que aquella vez sí que nuestra tarea había terminado para siempre, que quizá nunca volveríamos a vernos, que él también me dejaba, me dejaba con mi no-saber. Me puso una mano en la cabeza, el pulgar entre los ojos, y lo que había sido nuestro tiempo juntos se convirtió en algo que habíamos hecho en lugar de algo que estábamos haciendo.

Se fue. Supe que era el momento. No nos despedimos. Simplemente me levanté y me marché.

Volví a casa dando un gran rodeo, aunque mi dirección parecía inevitable, y la ciudad permanecía en silencio a mi alrededor. ¿Quién era toda esa gente y por qué se levantaba cada mañana? ¿Alguno de ellos sentía lo que necesitaba sentir? ¿Alguno de ellos tenía a alguien en su vida que significara algo? Y si era así, ¿cómo lo sabían? ¿Y cómo lo soportaban?

En alguna estrecha calleja comprendí que había estado temblando, que las piernas ya no me sostenían, así que me apoyé en un muro y me dejé caer al suelo, y me quedé allí acurrucada, dolorida y sudorosa. Al acabar con Ed había acabado con todos, con Paul, Chandra, Kurt, Florence y Clara y Merle. Solo me tenía a mí, y sabía que eso le ocurría a todo el mundo, que todos teníamos que vivir así. En nuestros cuerpos, en el mundo, siempre existe una frontera entre ellos. Sentí que menguaban los temblores, hasta que cesaron. Me sentí respirar. Me sentí tranquila. Me sentí.

Alguien pasó junto a mí, un cuerpo desplomado en la acera, y me arrojó a los pies unas monedas. Las recogí.

Al entrar en mi apartamento el teléfono ya estaba sonando. Ya no sonaba nunca, pues los acreedores estaban satisfechos y Chandra había desaparecido.

¿Está Mary?

Vacilé antes de decir que era yo. Supongo que todavía no estaba convencida.

Soy Vivian. La madre de Chandra. Escucha, acabo de tener noticias de Julian, y ha mencionado que últimamente la habías estado buscando. ¿En Facebook?

Se quedó a la espera de que yo dijese algo, pero lo único que pude hacer fue esperar.

Escucha, recuerdo que eras una chica muy agradable, muy de fiar, pero a lo mejor no conoces a Chandra tan bien como crees. Las cosas, mmm, no le han ido muy bien y probablemente no deberías intentar contactar con ella.

Pero ¿dónde...? ¿Por qué no me ha dicho dónde...?

No es tan sencillo, Mary. Se involucró mucho en ese... grupo, pero también los dejó, y es solo que..., la verdad es que es demasiado complicado para que te lo explique ahora, pero no quiero que te preocupes.

Estaba preocupada, seguía estando preocupada, pero no sé por qué, no pude decirlo. Al final le pregunté si podía darle un mensaje a Chandra de mi parte, pero cuando me dijo que sí, fui incapaz de decir nada. Intenté mover los labios, pero detrás no había ningún pensamiento.

Creo que lo mejor es que dejes de insistir, eso es lo que digo. Eres una chica encantadora, recuerdo que eras un encanto y la verdad..., créeme, de esto no puede salir nada bueno.

Le di las gracias y ella me dio las gracias, pero ninguna de las dos pareció saber por qué.

A la mañana siguiente subí las persianas de la mugrienta ventanita de mi cocina y vi que Ashley me miraba entrecerrando los ojos desde la acera, como un atleta que concentra sus fuerzas. Yo estaba tomando un té rojo, y la taza se me cayó al suelo y se hizo añicos, y el líquido caliente me rodeó los pies mientras daba un salto atrás y aterrizaba sobre un trozo de cristal, con lo que la sangre y el té se mezclaron en el linóleo. Fui al baño cojeando y la oí gritar mi nombre en la calle. Intenté no perder la calma, no quería deshacer todo el trabajo que había hecho con Ed, pero cuando me senté en la bañera y me enjuagué los pies heridos y quemados con agua fría y me apliqué en la herida uno de los geles de Chandra, llamaron a la puerta. Me quedé paralizada, cerré el grifo para escuchar.

Llamaron otra vez, más fuerte.

No hice nada. No tenía por qué abrir la puerta solo porque alguien llamara. No me moví.

¿Mary?

Probablemente se había colado en el edificio detrás de alguien.

Mary, tan solo necesito hablar contigo. Abre la puerta. Vamos.

Encontré un vendaje para el corte, una gasa que había quedado de cuando tenía tantas lesiones, cosa que me recordó lo lejos que había llegado. Intenté hacer una lista de todas las cosas buenas de mi vida: la mayor parte de los síntomas habían desaparecido, había recobrado el apetito y ganado peso, había cancelado casi todas mis deudas. No tenía ningún trabajo estúpido, y sí una renta por no hacer nada. Podía quedarme en casa sin más, sin hablar con nadie, ponerme a limpiar y dejar la mirada perdida. ¿Y qué si una mujer quizá peligrosa llamaba a mi puerta? Me daba igual. Podía manejar la situación, me dije, si es que había algo que manejar.

No pienso marcharme hasta hablar contigo.

Así que durante un rato no me moví de allí y ella no se marchó. Permanecí sentada en mi salita mientras ella aporreaba la puerta cada pocos minutos hasta que al final cedí y dije:

¿Qué?

Déjame entrar.

No pienso dejarte entrar.

Entonces dime dónde está.

¿Kurt?

Soltó un bufido de desdén.

No sé dónde está, dije.

Y una mierda.

No lo sé.

Estaba aquí. Estaba contigo.

Ya no trabajo para él.

Yo tampoco, dijo, con una ironía implícita que no entendí.

Así que no sé dónde está. Por favor, déjame en paz.

Aquella noche me dormí sin haber salido del apartamento, sin querer abrir la puerta, sin saber si seguía allí.

Pasé toda la semana con las persianas bajadas y las cortinas corridas, asomándome tan solo cuando tenía que salir de casa, y si alguien me hubiera preguntado aquella semana qué tal estaba (nadie lo hizo), habría contestado que aterrada, aunque el sentirme perseguida también me proporcionaba un extraño placer.

Pero también estaba harta de aventuras, de viajes, de deudas, de la gente, del conflicto, del ruido, de trabajar, de todo. Intenté meditar tal como Ed había sugerido, y en una ocasión hice el esfuerzo de ir a una clase de yoga en uno de los sitios a los que Chandra me había llevado, pero cuando una mujer con el pelo color rosa pálido me recibió en la recepción, me dirigió una sonrisa ausente y me dijo *Namasté*, di media vuelta y salí, y ni siquiera comprendí lo que había hecho hasta que casi estaba en casa. Me metí en una tienda de comestibles, y mientras consideraba si comprarme sardinas en lata (otra recomendación de Chandra), escuché la voz de Ashley a mi espalda.

No te odio. Lo sabes, ¿verdad?

La otra mujer que estaba en nuestro pasillo ni siquiera levantó la mirada de la etiqueta que estaba leyendo, concediéndonos esa intimidad pública.

Ni siquiera te culpo de nada, añadió Ashley. *Es solo que como nos ha jodido a las dos, debemos permanecer unidas.*

No sabía si se refería a Matheson o a Kurt, y me importaba bien poco, y lo único que me pregunté, sin demasiado interés, fue si el XN todavía continuaba, si Ashley seguía participando, si debería revisar mi contrato tal como Kurt había sugerido la última vez, que quizá todo este tiempo me habían estado estudiando, o habían puesto micrófonos en mi apartamento, que quizá había firmado con ellos para toda la vida y no lo sabía. No le dije nada, salí de la tienda como si ella no fuera más que una desconocida chalada.

Tienen que haberte dicho algo, insistió mientras me seguía.

Nadie me ha dicho nada. No sé nada.

Pero lo harán..., él lo hará. Serás la primera en saberlo. Porque estabas enamorada, ¿verdad? Vi los informes.

Era cierto que a veces todavía me preguntaba dónde podría estar Kurt en ese momento, me preguntaba qué estaba haciendo, diciendo, sintiendo, pero no sabía si eso contaba como amor. Y si no lo era, tampoco sabría decir si se trataba de un extra oculto o de una carga terrible y amarga.

No lo sé, dije, y seguí caminando. Ashley vino detrás mientras yo vagaba en círculos por mi barrio. Comenzó a despotricar, a mencionar una conspiración, algo que estaban haciendo con los vídeos de vigilancia, algo de los sensores y de lo que nos habían hecho a todas, de que era un abuso, de que estaban controlando su mente, de que ya ni sabía quién era, de que la habían hecho papilla, la habían abierto en canal.

Ya no sé qué soy, dijo, *ya no sé qué sentimientos son míos y cuáles no.*

Nos encontrábamos delante de mi edificio, y me di cuenta de que la creía y comprendí exactamente esa sensación, y aunque quería ayudarla, no podía hacerlo de ninguna manera. Yo estaba fuera de todo.

Me daba miedo que intentara colarse en mi casa. Se cubrió la cara con las manos y lloró, y yo quise ser buena con ella, pero tuve la impresión de que necesitaba mucho más de lo que yo podía darle. Entonces levantó la mirada y dijo:

¿Por qué?

¿Por qué... qué?

Pero no me lo dijo. Simplemente volvió a preguntar *¿Por qué?* en voz tan baja como si estuviera en una iglesia.

La dejé en la acera, asegurándome de cerrar la puerta detrás de mí. Me quedé dormida pero me desperté una hora más tarde, encendí todas las luces y la busqué. La mitad de mí sabía que era imposible que hubiera entrado, pero la otra mitad se preguntaba si no podía haberse colado en el edificio, haber forzado la cerradura, introducirse a hurtadillas en mi dormitorio, aspirar profundamente el olor de mi pelo mientras dormía, en busca de un rastro de él, de algo que le sirviera de explicación. Me pregunté si me la encontraría esperándome en la cocina, haciendo crujir los nudillos, escaldándose la lengua con un té. Incluso salí del apartamento e inspeccioné el hueco de la escalera del edificio, esperando escuchar pisadas en los azulejos del vestíbulo, pero no oí nada, ni sonidos ni pisadas, solo el aire apoyándose en las paredes y el suelo. Casi susurré su nombre en el oscuro silencio, pero lo único que pude hacer fue aspirar y quedarme en el borde de la *A*.

Seis

Cuando Ed me telefoneó para decirme que necesitábamos una última sesión, de inmediato, aquella misma tarde —*No te la cobraré,* dijo—, no estaba segura de que no fuera un sueño. En la semana transcurrida desde la última vez que nos vimos, había dormido tanto que mi vigilia se había vuelto un tanto nebulosa y mis sueños más vívidos.

Me desperté boca abajo sobre la mesa de Ed mientras me apretaba el codo en la base de la espina dorsal y me levantaba el hombro derecho.

Lo he visto, dijo.

Incapaz de hablar, escuché.

Ha sido de lo más raro. Ayer por la noche, algo me dijo que me fuera a dar un paseo antes de volver en bici a casa, y había cola en ese cine que hay a dos manzanas de aquí, y ya no recuerdo la última vez que fui al cine, pero me puse en la cola y vi una película interesante..., en cualquier caso, estoy seguro de que ya sabes adónde quiero llegar.

Aunque no lo sabía, no pude o simplemente no quise corregirle.

Y entonces todo tuvo sentido: por qué habíamos interrumpido nuestra tarea, todas esas cuerdas psíquicas que no percibías y todo lo que me habías dicho la semana anterior. Todo tuvo sentido.

No estaba segura de qué quería dar a entender, pero me importaba bien poco. Me resultaba muy agradable que me tocara, y podría haber tolerado casi cualquier cosa, y luego, mientras me vestía y él me decía que esa era la despedida final, definitiva, me entraron ganas de abrazarlo, de decirle algo o de pedirle que me aclarara a qué se refería con lo de la película, pero tuve la sensación de que tenía que marcharme de inmediato. Ya había hecho el duelo dos veces por el final de nuestra tarea, y un tercero no tenía objeto. Salí a toda prisa del edificio y me dirigí a uno de los bancos del diminuto parque cubierto de hollín que había junto a aquella calle con demasiado tráfico.

Llevaba sentada allí una media hora cuando una mujer que apenas tenía edad de beber alcohol, que apenas tenía edad de nada, se me acercó con una amplia sonrisa y unos ojos desaforados:

¿Eres...?

La miré, a la espera de que añadiera algo.

Yo... lamento molestarte, estudio arte dramático, y nunca..., no me viene a la cabeza nadie que..., tu interpretación en El camino *es lo más conmovedor que he visto nunca. ¡Es tan auténtica, tan... emotiva!*

No dije nada y ella siguió hablando.

Te pediría un autógrafo, pero no tengo bolígrafo ni nada. ¿Tú tienes?

No.

¿Puedo? ¿Podemos? Levantó el teléfono, casi encogiéndose de hombros. No entendí lo que me pedía, pero cuando se sentó a mi lado y alzó el teléfono por encima de nosotras, nuestras caras se reflejaron, y justo antes de que la pantalla parpadeara vi mi rostro: el ceño fruncido y los labios apretados.

Gracias, muchísimas gracias. Se alejó a toda velocidad, como si yo fuera a explotar en cualquier momento.

Volví a casa deprisa, procurando no cruzar ninguna mirada con nadie, tomando las calles con menos gente, serpenteando entre las multitudes que atestaban Broadway y las avenidas. Cuando llegué a casa encontré el teléfono del XN, y ya pensaba que no volvería a encenderse, pero se encendió —supongo que contaba como uno de mis extras— y de inmediato me puse a buscar *El camino*, y la barra de búsqueda me conocía mejor que yo misma, pues añadió *Kurt Sky*. Lo primero que apareció fue un tráiler de un minuto, Kurt de perfil como imagen principal, y a pesar de mi titubeo, lo reproduje.

Una larga toma de Kurt en la que camina por un campo, que recordaba de su sala de montaje. Los ojos de Kurt, primer plano de su mirada. Y enseguida allí estaba yo, sentada en su sala, luego en la cama, una toma de Kurt corriendo, otra de sus ojos, luego uno de los ataques más violentos de Ashley, yo en segundo plano, mirando. Más tomas de Kurt en el campo, corriendo y jadeando, luego una voz en off —*Intentamos mantener todos esos secretos*—, yo en la cocina, la mirada levantada hacia el cielo —*pero siempre conocimos*—, y luego un encadenado a Ashley, empapada en sudor y sonriendo: *El camino*.

Dejé el teléfono sobre el sofá, fui a la cocina y no recordé para qué había ido, y me dirigí al cuarto de baño y me pasó lo mismo, y fui al dormitorio, me quité la ropa y regresé a la sala de estar. Miré el teléfono sin tocarlo. Quería saber más y quería saber menos. Fui a la cocina, bebí un vaso de agua del grifo, volví a llenarlo y volví a beber. Regresé a la sala de estar, me tumbé en el sofá junto al teléfono y lo conecté, comencé a buscar *El camino Kurt Sky* una y otra vez, clicando y clicando, leyendo reseñas, cuántas entradas se habían vendido hasta ahora, leyendo artículos sobre Kurt, sobre por qué casi ninguna de las actrices aparecía en los créditos, leyendo teorías que especulaban acerca de quiénes eran. Leí el final de algunos comentarios que atacaban o defendían mi aspecto, el sonido de mi voz, mi *actuación*. Según algunos era la mejor película del año, o la peor del siglo según otros. Solo llevaba unos días en cartel, pero daba la impresión de que ya ocupaba todo un sector de internet, como si ahora existiera poca o ninguna distancia entre la opinión que tenía cada uno de lo que fuera y el catálogo disponible. Era innovadora, emocionante, aburrida, feminista, chovinista, radical, predecible, vanguardista, pretenciosa, brillante, trágica, intelectual, vulgar, o basura. Algunos decían que utilizar actores no profesionales era una moda manipuladora, que Sky era uno de los cineastas más grandes que se habían conocido, que posiblemente seguía siendo el mejor actor que había existido, y al anochecer yo ya conocía la opinión de todo el mundo. Sabía lo que eran los *hashtags* y había visto montones, estaba al corriente de las últimas teorías acerca de la #baglady, el teléfono me quemaba en las manos, pero seguían saliendo más cosas: *¡Nuevo selfi de la actriz anónima de* El camino *acompañada de una afortunada fan!*

Y allí estaba yo junto a una chica sonriente, como a media carcajada, inclinando la cabeza en un ángulo estudiado, documentando su alegría junto a mi lo que fuera. Al mirarla, me entró ese miedo que nos provocan las cosas grandes: como cuando miras hacia abajo desde una gran altura o nadas en una parte del océano de mucha profundidad. Que te tomaran, que te tomaran una fotografía: comprendí que se decía así por algún motivo.

Casi me quemé las pupilas de tanto leer, mirar o escuchar todo lo que podía mientras se acababa la batería. Finalmente se agotó y solté el teléfono.

Siete

De día, dormía hasta tarde. Por las noches me preguntaba si debía ir a alguna parte, comer en algún sitio público, intentar conocer a alguien para ponerlo en mi vida, pero no lo hacía. Comía de pie junto al fregadero. Releí toda mi biblioteca. Lo ordené todo. Llegaban a mi puerta hombres con cajas y bolsas. Más o menos cada semana iba al banco para sacar dinero con el que dar propina a los que me traían las cosas a domicilio —mi cuenta volvía a llenarse con depósitos semanales que ingresaba Kurt—, pero casi todo lo demás lo hacía diciéndole a mi teléfono lo que quería y dónde estaba. Al principio solo era comida y artículos de limpieza —aparte de leer, todo lo que hacía era limpiar o correr como una tonta por el breve pasillo—, pero luego me compré una mesita y una alfombra, un purificador de aire y manojos de salvia. Pronto tenía una casa hermosa y perfecta. Limpiaba tan a menudo y tan a fondo que el polvo no era capaz de posarse antes de que lo eliminara. Ni siquiera tenía cubo de basura: emprendía un viaje a la rampa de la basura cada vez que un objeto —una servilleta de papel, el corazón de una manzana, una bolsa de plástico— ya no me servía. Cuando hacía buen tiempo, dejaba las ventanas abiertas y las persianas bajadas, y el viento las hacía vibrar como un carillón sin las notas agudas. Cuando el tiempo era perfecto, me anudaba un pañuelo a la cabeza, me ponía unas gafas grandes y me sentaba en la escalera de incendios metálica. Los turistas a veces me señalaban con el dedo: *Mira cómo viven aquí, en las escaleras de incendios.*

Pasaron así algunos meses, suficientes como para que regresara el frío y luego el calor. Al principio estaba segura

de que Chandra no tardaría en venir a verme o en llamar
—creía tener esas premoniciones—, y no quería estar fuera cuando llegara. El invierno hizo que mi soledad pareciera
noble, estar tranquila y esperar era la reacción correcta a la
nieve y la oscuridad. Me preocupaba un poco acabar como
Merle, maligno, distante y demasiado seguro de todo, así
que cada día intentaba hacer una lista de mis certezas, y de
inmediato tachaba cada línea. En los días buenos no escribía nada.

Al cabo de unos meses, Mikey, el repartidor de la bo-
dega, comenzó a enseñarme fotos de su hijita, a hacer chistes, a preguntarme si había oído hablar de esa explosión,
de las manifestaciones o de lo que fuera. Yo no estaba al
corriente de las noticias, pues no leía nada en internet ni
en los periódicos, pero hablar con Mikey me recordó que
aunque no había querido tener nada que ver con el resto del
mundo, quizá no estaría mal saber qué estaba haciendo
ese mundo. Así que me compré una pequeña radio negra y
dejé que sus voces y su música fueran mi única compañía.
Por la mañana le decía *Buenos días* a la radio, y cada noche,
antes de acostarnos a las dos, le decía *Buenas noches*. Durante el día me lo contaba todo, y su tono no cambiaba
nunca. Confiaba en ella. Me sentía más y menos sola.
    Comencé a preguntarle a Mikey si había oído hablar
de la campaña para el Senado estatal o la crisis de los refu-
giados. Muchas veces su respuesta era negativa. Siempre
me escuchaba con paciencia mientras yo le contaba lo que
sabía.
    Me encantaba el boletín horario de noticias, sobre
todo cuando repetía lo mismo una segunda o tercera vez y
podía intentar recitar las palabras de memoria. Durante una
época pronunciaba los nombres de los locutores, pero con
el tiempo acabé insertando el mío —*De NPR en Washing-
ton, les habla Mary Parsons*—, hasta que un día dije sin

pensar: *Les habla Junia Stone*. Me pasé la tarde susurrando *Soy Junia Stone* a los rincones más extraños de la casa, al sofá, al congelador, a una sábana recién lavada mientras la doblaba.

Estaba escuchando la radio mientras limpiaba las diminutas ranuras de la madera con Q-tips cuando oí mencionar el nombre de Kurt Sky, algo acerca de un experimento, y luego su voz visceralmente familiar... ¿Me lo estaba imaginando? Intenté escuchar, pero las palabras se dispersaban a mi alrededor, se desordenaban, no me entraban en la cabeza: *un traje de realidad virtual para todo el cuerpo extremadamente innovador, no solo una experiencia audiovisual, sino una experiencia que afecta al usuario de dentro afuera, internamente..., estimulación de electroterapia craneal..., la ilusión temporal pero profunda de que el usuario se ha convertido durante un breve intervalo en una persona por completo diferente... Terapia Distanciadora de la Identidad, un producto de Tecnologías Kerensky.*

Me sentí confusa y extraña, y solo volví en mí cuando escuché a dos de los locutores de la mañana comentar con qué urgencia se necesitaba mi aportación anual, que no eran nada sin mí, que se irían a pique, *Por favor, llámame*, así que apagué la radio y me fui a buscar el teléfono, lo encontré, lo conecté, tecleé una *K* y de inmediato apareció *Kurt Sky Empresa Tecnológica*. De algún modo ya me lo imaginaba. Me tumbé en el suelo, aunque todavía no había terminado de limpiarlo. TecnologíasKerensky.com fue lo primero que apareció, una elegante página azul y blanca, y enseguida un hombre con una bata blanca sonreía en la diminuta pantalla, decía hola, se presentaba y me daba las gracias por mi interés por la Terapia Distanciadora de la Identidad. La imagen era tan clara y tan real que casi me convencí de que aquel hombre estaba allí conmigo, de que lo tenía en la mano.

—*Aceptamos que enamorarse es un estado breve y engañoso, y que a pesar de nuestras buenas intenciones las relacio-*

319

nes acaban casi siempre de manera dolorosa, y si perduran, es algo que simplemente toleramos. ¿Alguna vez se ha preguntado qué le ocurre al cerebro que permite que esto suceda? ¿Alguna vez se ha preguntado si existe un modo de salir de este terrible ciclo?

Detuve la perorata del hombrecillo y lo apoyé (apoyé el teléfono) contra el rodapié, a continuación me incorporé para escuchar, para tomármelo tan en serio como él parecía tomarse a sí mismo.

—Nuestro equipo ha localizado una parte especial del cerebro que nos muestra que la motivación psicológica para encontrar y mantener un amor romántico es también el deseo de, en cierta forma, convertirse en otra persona...

Oí mi propia voz en lo más profundo de la memoria *—El amor es un compromiso para convertirse en una sola persona—*, y me acordé de Kurt grabando esas palabras, apresándolas y guardándolas en ese crepúsculo en la azotea, bajo los efectos de la droga. (Lo que era mío no era mío, quizá nunca fue mío.)

Aquel hombre no dejaba de formularse preguntas que de inmediato contestaba. Me levanté y caminé por la habitación, me sentía incapaz de sentarme, tenía la impresión de que alguien me obligaba a moverme, me agarraba de los hombros y me empujaba.

—La Terapia Distanciadora de la Identidad utiliza un sistema de biotecnología portátil enormemente avanzado que transforma la actividad cerebral y las sensaciones corporales del usuario para crear una experiencia de realidad virtual tan completa que los usuarios afirman que su yo se disuelve por completo y sienten una trascendencia tan profunda que uno está del todo convencido de ser otra persona. Y nuestros estudios han demostrado que una sesión semanal de TDI de diez minutos ejerce un efecto tan profundo sobre el cerebro que parece aliviar ese deseo imposible de ser otra persona, esa fuente de tanto sufrimiento que, como hemos demostrado, es la razón principal de la desaparición del amor romántico. La disposi-

ción del usuario se transforma de manera tan repentina y radical que es capaz de mantener una relación sin caer en el infructuoso y habitual intento de huir de su yo a través de otra persona.

Explicaba que las parejas infelices se habían sentido satisfechas de nuevo, o quizá por primera vez. Los solteros casi de inmediato habían encontrado un amor repentino, auténtico, duradero y seguro. Todas sus incertidumbres habían terminado. Habían encontrado una existencia mejor.

Dejé continuar el vídeo, dejé que el hombrecillo del teléfono siguiera hablándole a una habitación vacía mientras yo me dirigía a la cocina, mientras miraba por la ventana, lavaba un plato, me iba al dormitorio y me sentaba en el colchón, me miraba los pies, me miraba las manos, me preguntaba qué debería hacer con ellas, si es que debía hacer algo. Escuché al hombre que hablaba en la otra habitación, y luego una voz diferente, la voz de Kurt, y sentí un leve dolor debajo del pecho. ¿Era esa la sensación de echar de menos a alguien? ¿Era eso?

—*... cómo algo que antes no tenía sentido ahora lo tiene,* le escuché decir, y otras palabras, curvadas por la distancia entre nosotros. Me puse a pensar en todo lo que Kurt me había dicho, pero ya no me acordaba. Todas esas cosas, ¿las llevaba de algún modo cosidas bajo la piel de una manera inamovible?

—*Las dos amenazas más graves para una relación son la certidumbre y la incertidumbre...*

Seguí caminando por mi apartamento, miré todas mis cosas: una diminuta planta que tenía en la ventana de la cocina, un cactus que me habían enviado de algún lugar de California, algo vivo que apenas me necesitaba. De repente me molestó y lo llevé a la escalera de incendios, cerré la ventana y regresé a la sala de estar para ver a un diminuto Kurt en la pantalla del teléfono explicando algo, hablando y hablando:

—Habrá quien diga que la frustración romántica no es más que una parte de la condición humana, que se trata de un problema ineludible al que todos debemos enfrentarnos, pero también la polio era antes una parte ineludible de la condición humana, y ya no tenemos que enfrentarnos a ella. La esperanza de vida solía ser la mitad de la que es ahora. Antes solo sabían leer los clérigos y la realeza. Evolucionamos emocionalmente al igual que evolucionamos físicamente, y no hemos terminado de evolucionar. Este es el siguiente...

Pero el teléfono se murió a media frase, y lleva muerto desde entonces. La gente cree necesitarlos, pero no es verdad.

Pensé en todos esos miles de millones de corazones que latían ahí fuera intentando encontrar el amor o mantenerlo. Toda esa gente, tropezando unos con otros..., ¿cómo podemos soportarlo? ¿Cómo conseguimos sortear a los demás?

Abrí todas las ventanas del apartamento. Unas horas antes el día había sido cálido y luminoso, pero ahora, de repente, se notaban un viento y un frío impropios de la época. Las persianas vibraban, las cortinas volaban y restallaban mientras unas rápidas nubes hacían parpadear el sol, más oscuro, más claro, más oscuro. Me invadieron pensamientos sombríos, pensamientos auténticos, preguntas auténticas. Hay tantas maneras de vivir y morir, tantas maneras de contar la misma historia, una y otra vez, pero todo el mundo sigue intentando encontrar una manera mejor de contarla, una manera mejor de mirar a alguien a los ojos y decirle: *Estoy vivo contigo, nací sin mi consentimiento, igual que tú, algún día moriré y estaré muerto de la misma forma que tú estarás muerto.* ¿Qué buscamos en todos? ¿Qué buscamos en realidad en todo eso?

Gateé por la escalera de incendios y sentí el aire húmedo. Cerré los ojos y vi una cara (quizá la tuya, quizá la mía) y comencé a hablarle (en silencio o en voz baja, no lo sé), y dije: *¿Sabes?, en realidad nunca he sabido qué hacer. Simplemente sigo tomando decisiones o no, tomo un rumbo acertado* *o equivocado que nunca es del todo acertado o equivocado, pero sigo adelante. Tenía un trabajo, luego tuve otro, y luego me quedé sin trabajo. Era pobre o no lo era. Estaba enferma pero mejoré, volví a empeorar, mejoré. Alguien murió. Luego murió otro. Un dinero cambió de manos. La gente cambió. Yo cambié.*

¿Acaso eso no era bastante para nosotros? ¿Y quién nos metía todo ese miedo, ese miedo a cambiar cuando todo lo que hacemos es cambiar? ¿Por qué hay tanta gente que quiere pasar por todo eso dormida, sonámbula, durmiendo en vida, sin sentir nada, con los ojos cerrados? ¿Es que no hemos dormido ya suficiente? ¿No podemos despertarnos ahora, aquí, en este cálido valle entre las frías montañas del sueño? Sentada en mi escalera de incendios, vi a ese hombre que a menudo, en los días de calor, vendía botellas de agua en la calle, pero puesto que el día ya terminaba, y hacía frío y ya era hora de volver a casa, por lo visto había dejado de venderlas e intentaba regalarlas. Pero todo el mundo pasaba de largo, a toda prisa, no aceptarían agua de un desconocido.

Agradecimientos

Quiero dar las gracias a Emily Bell, Eric Chinski y Anne Meadows, incansables editores y aliados, y a Jin Auh, Stephanie Derbyshire, Jessica Friedman y Alba Ziegler-Bailey por vuestro apoyo. Gracias, Maya Binyam, Rodrigo Corral, Brian Gittis, Spenser Lee y a todas las personas de Farrar, Straus and Giroux y de la Agencia Wylie.

Muchas gracias a la gente de Granta Books, Actes Sud, Big Sur, Alfaguara, Das Mag y Aufbau, sobre todo a los traductores y editores: Myriam Anderson, Teressa Ciuffoletti, Martina Testa, Damià Alou, Gerda Baardman, Daniël van der Meer, Bettina Abarbanell y Lina Muzur. Sois magos y santos.

Comencé esta obra un otoño y la terminé durante la primavera en el Omi International Arts Center, y me siento muy agradecida a todas las personas que convirtieron el Omi en un lugar tan agradable para trabajar. También he sobrevivido gracias a la generosidad de la Whiting Foundation, el premio New York Public Library Young Lions, la Universidad Stony Brook, el Black Mountain Institute, la Late Night Library, y a quienes trabajan en el turno de mañana del Annex de Fort Greene: Justin, Mark, Mike, Ron y Sasha. Gracias por darme cobijo mientras escribía esta obra.

Por haberme respaldado de una u otra manera, estoy muy agradecida a Sean Brennan, Anu Jindal, Peter Musante, Rebecca Novack, Sara Richardson, y sobre todo a Kendra Malone. Y a Jesse Ball, por su inconmensurable amabilidad y estímulo, gracias.

Este libro se terminó
de imprimir en
Madrid (España),
en el mes de
marzo de 2018